Cocodrilo

Cocodrilo

Varado en un puerto de narcos

DAVID VANN

Traducción de
Luis Murillo Fort

LITERATURA RANDOM HOUSE

Cocodrilo
Título original: *Crocodile*

Primera edición en España: octubre, 2015
Primera edición en México: septiembre, 2015

D. R. © 2015, David Vann

D. R. © 2015, de la presente edición en castellano para todo el mundo:
    Penguin Random House Grupo Editorial, S. A. U.
    Travessera de Gràcia, 47-49, 08021, Barcelona

D. R. © 2015, Luis Murillo Fort, por la traducción
    Colaboración editorial: Valdemar Ramírez (México)

D. R. © 2015, derechos de edición mundiales en lengua castellana:
    Penguin Random House Grupo Editorial, S.A. de C.V.
    Blvd. Miguel de Cervantes Saavedra núm. 301, 1er piso,
    colonia Granada, delegación Miguel Hidalgo, C.P. 11520,
    México, D.F.

www.megustaleer.com.mx

Comentarios sobre la edición y el contenido de este libro a:
megustaleer@penguinrandomhouse.com

ISBN 978-607-313-379-1

Impreso en México/*Printed in Mexico*

Los faros eran de tamaño completo pero estaban hechos de yeso y malla de alambre. Arrodilladas, unas mujeres frotaban con escombros la pasarela nueva de ladrillo para que pareciese vieja y gastada, y la draga trabajaba durante toda la noche para retirar desperdicios de varias décadas, poniendo a punto un nuevo paraíso mexicano para guatemaltecos. Las barcas de pesca locales, conocidas como «pangas», pasaban con estruendo en actividades de narcotráfico.

Por mi averiado velero de considerables dimensiones, amarrado ahora a un solitario trecho de concreto medio desmoronado, desfilaban ratas, serpientes, mendigos infantiles, prostitutas, la policía, la armada, borrachos de todo tipo y los hombres de la Capitanía de puerto. A mí me conocían como el «Cajero Automático», siempre exudando dinero incluso al borde de la ruina, y si alguna vez tomaba un taxi en Tapachula, la ciudad que hay tierra adentro, los taxistas sabían quién era yo y conocían todos los detalles de mi vida. Conocían al mecánico y sus ayudantes, que me chantajeaban con el motor. Sabían cuánto pagaba yo semanalmente al Gordo por concepto de protección. Sabían quién me había robado el fuera de borda. Sabían que había hecho una intentona de fuga, zarpando a un nudo con un motor diésel averiado que escupía mugre negra al agua, y que piratas a bordo de pangas habían embestido mi barco y amenazado con abordarme en busca de droga. Sabían que aquella noche me hice a la mar como un cobarde, con las luces apagadas, para volver a puerto miserablemente al cabo de dos días. Estaban al corriente de Eva, y supieron antes que yo que no era guatemalteca. Sabían que yo estaba aquí porque otro capitán había abandonado mi barco y destrozado el motor, pero no sabían por qué me había quedado.

Dejé el barco a mediodía porque estaba muerto de hambre. Lo abandoné tal cual, sin cerrar, porque tenía al Gordo. Me abrí paso entre los pequeños mendigos, crucé el campo, y seguí hasta el único restaurante del lugar, el de la solitaria mesa en el exterior. Pedí «pollo diablo», que era como llamaban en la zona a los muslos de pollo.

Mientras esperaba, se acercó una de las prostitutas. Se levantó el top, dejando al aire sus pechos, y dijo en inglés, arrastrando las palabras, «Me love me», su frase habitual, queriendo decir en realidad «Te quiero».

—*No, gracias** —dije yo, mi frase habitual también.

Me comió con los ojos y dio media vuelta, a punto de caerse, muy borracha. Era amiga mía, sin embargo, hacía poco que se dedicaba a esto. Uno de los hombres que siempre estaban recostados en la pared de concreto dijo una grosería. Ella volvió la cabeza como si no hubiera oído bien, y el tipo se le acercó con una sonrisita y se lo repitió.

Fue muy rápida. Vi cómo él retrocedía y los dos hilillos de sangre que brotaban en su mejilla, pero no alcancé a ver el momento del golpe. Los amigos del majadero se lanzaron sobre ella, la tiraron al suelo a puñetazos y luego la patearon, todos a la vez. La mujer se arrastró hacia mí y me agarró un tobillo.

—*Ayúdame* —gimió.

Le estaban pegando en el estómago, la espalda, las costillas, la cara.

Yo quería ayudarla, pero uno de aquellos hombres trabajaba para el capitán de puerto, quien tenía mis papeles. Otro trabajaba para el Gordo. Otro, pescador, era un borracho al que yo había insultado. Y luego estaba el pretendiente, que

---

* Las cursivas, salvo algún título de película, aparecen en español en el texto original. El español del protagonista puede incluir palabras en otro idioma. *(N. del T.)*

desde hacía tiempo quería matarme. Mi vida en este lugar pendía de muy frágiles pactos.

—*Por favor* —dije.

Y los hombres pararon. Se me quedaron mirando, como el resto de los congregados. No se oía el más mínimo ruido, y el calor era inhumano. Uno de los tipos se alejó unos pasos para tomar un pedazo suelto de concreto y luego vino y se detuvo junto a mi amiga. Ella estaba medio inconsciente. El hombre levantó en alto el trozo de concreto y dijo «*Una*» al tiempo que lo bajaba. Repitió la operación diciendo «*Dos*» al bajarlo. Y luego lo levantó una vez más.

Supe lo que iba a pasar cuando dijera «tres». Supe que la cabeza de mi amiga estaba a punto de ser aplastada ante mis ojos. El hombre en cuestión era el sicario del Gordo, así que probablemente había ejecutado a más de uno. Tenía una cicatriz que le cruzaba media cabeza. Le faltaban un diente y un dedo e iba hasta el tope de cocaína.

El 2 de diciembre de 1997, Elizabeth Sudlow, la capitán que yo había contratado para que llevara mi barco de San Francisco a Panamá, me dejó un mensaje de voz diciendo que el velero estaba anclado en Puerto Madero y que el motor había dejado de funcionar. Según ella, había que cambiar los inyectores. Que le enviara un mecánico cuanto antes. Intentaría llamarme más tarde.

Tuve que buscar Puerto Madero en un atlas. Estaba justo en la frontera con Guatemala, el puerto más meridional de la costa oeste mexicana. Eso era muy al sur, muy lejos. Se me ocurrieron muchas preguntas. ¿Por qué, por ejemplo, tenía que enviar yo a un mecánico a más de seis mil kilómetros de distancia? ¿Y qué había pasado? ¿El resto de la tripulación seguía a bordo?

Mientras esperaba, miré un calendario e hice un cálculo de lo que podían durar las travesías. Cinco pasajeros me esperaban en Panamá para hacer la última etapa en barco hasta las islas Vírgenes Británicas, donde yo iba a dar unos cursos de invierno. En otoño y primavera impartía clases en Stanford, pero durante los meses de invierno y de verano organizaba chárteres educativos en mi barco a través del Programa de Formación Continua de la universidad. Era, además de mi apuesta de futuro, un negocio propio.

Cuando sonó por fin el teléfono, me llevé un susto. Elizabeth parecía estar en el edificio de al lado, no a más de seis mil kilómetros, tan clara sonaba su voz.

—¿Qué pasó? —le pregunté.

—No voy a volver —dijo ella.

—¿Cómo? ¿Qué quieres decir? Que no vas a volver, ¿adónde?

—A Puerto Madero. Lugar de mierda.

—Pero ¿no me estás llamando desde Puerto Madero?

—No. Estoy en Marin.

—¿Quieres decir Marin de aquí, en la bahía de San Francisco? —Era increíble, pero Elizabeth me confirmó que había dejado el barco en México—. ¿Cuándo te fuiste? —pregunté.

—Llegué aquí ayer.

—¿Y quién se quedó en el barco?

—Mike, y a lo mejor el Oso también.

—¿Cuánto hace que está allí el barco? ¿Qué fue lo que pasó?

—Encontramos fuertes vientos en el istmo de Tehuantepec —dijo Elizabeth—. Conseguimos pasar, con el tormentín, y cuando el temporal quedó atrás, cambié de tanque y el diésel dejó de funcionar. No hubo forma de arreglarlo. Es una larga historia, pero fuimos a la deriva durante tres días y luego nos las apañamos para llegar a Puerto Madero aprovechando un poco de viento.

Yo no podía asimilar tantas cosas a la vez. Los vientos que ella mencionaba podían alcanzar los cien kilómetros por hora en esa zona, una travesía harto peligrosa, pero daba la impresión de que lo habían superado más o menos bien.

—¿Qué le pasó al motor? —pregunté.

—Debió de entrarle agua. Creí que podía ser el respiradero del tanque, así que improvisé un circuito de alimentación y retorno con un bidón, pero no funcionó.

—Es imposible —dije—, por el respiradero no puede entrar agua. ¿Y por qué no probaste los otros tanques? ¿Probaste eso, para ver si había gasóleo limpio? ¿Y no se te ocurrió mirar los filtros cuando cambiaste de tanque?

—Mira, David, aquello fue horroroso, y el barco se deshacía.

—¿Que se deshacía?, ¿qué quieres decir?

—Se oía un ruido muy fuerte, como un tronido, cada vez que el barco daba un bandazo. Creo que fue cuando el barco se fue de costado en el puerto. Creemos que pudo ser el bao mayor del casco, justo debajo del salón grande.

Yo no quería enfadarme porque quería evitar que ella me colgara, pero esto era demasiado.

—El barco no tiene ningún bao mayor, Elizabeth —le dije—. Es de fibra de vidrio. Y el ruido que comentas lo hace uno de los balaustres que sostienen el techo. Es un ruido fuerte, pero no es nada estructural. Se lo expliqué a ti y a Mike antes de que zarparan.

—Bueno, pues estamos a mano —dijo Elizabeth—. Tú no me debes la segunda mitad de mi paga por la entrega, y yo no vuelvo allí.

—Has abandonado mi barco en un país extranjero, Elizabeth. ¿Cuándo llegaste a Puerto Madero?

—Hace como una semana.

—¿Una semana? ¿Mi motor ha estado toda una semana con agua en los cilindros? ¿Por qué no me llamaste?

—No quiero seguir hablando —dijo ella—. Mike tiene tu dinero para emergencias. Te está esperando allí.

—¿Dónde? —pregunté. Intentaba calmarme porque necesitaba información básica—. ¿Dónde está el barco?

—Tengo un número al que puedes llamar si quieres dejarle un mensaje. El barco está anclado frente a la Capitanía de puerto.

Me dio el número de una pequeña cabina de teléfono que, por lo visto, era el único sitio en Puerto Madero desde donde se podía llamar. Después se negó a decirme el número de ella y colgó.

Apoyé la frente en la superficie de la mesa y me tapé los oídos. No me lo podía creer. Elizabeth tenía licencia de capitán de barco igual que yo, pero más experiencia. Había construido embarcaciones. Y, sin embargo, se había echado una semana en la playa sin decirme nada. Y además le había dado a Mike, el chef, los dos mil dólares para emergencias.

Me sentía paralizado, pero decidí llamar al número de México y dejarle un mensaje a Mike.

—*Bueno* —contestó una mujer.

—*Sí* —dije. Yo no hablaba español, solo sabía unas cuantas frases—. *¿Habla englais?* —pregunté.

—*No, lo siento* —dijo ella.

—*Ah, tengo un amigo… hum…* Mike.

Entonces la mujer soltó un rollo del que no entendí ni jota.

—*Un número* —dije. Y le di mi teléfono—. *In los Estados Unidos. Para Mike. Yo David.*

No me acordaba de cómo se decía «me llamo». No había estudiado español en mi vida. Solo había estado un par de veces en México con Joanna, mi ex novia, que siempre me molestaba por no saber español.

Después de colgar me pregunté si el mensaje le llegaría a Mike. Volví a apoyar la frente en mi mesa.

La tarde estaba muy avanzada. Tenía que encontrar un mecánico y enviarlo a Puerto Madero con nuevos inyectores para el motor. Empecé a llamar a tiendas de refacciones que conocía, probando suerte, y al cabo de una docena de intentos frustrados encontré un sitio donde tenían piezas de Volvo; pensé que igual había inyectores y que tal vez sabrían de algún mecánico dispuesto a viajar a México de inmediato. Fue la primera tienda donde no se rieron en mi cara; a las otras mi problema les había parecido muy gracioso. La situación era insólita y, por lo visto, después de todo el día dándole a la llave inglesa, les divertía oír algo fuera de lo común. «Puedo darle un dibujo de cómo hacer un inyector con una botella de tequila —me dijo un tipo—. Y seguro que aguanta tan bien como la culata Peugeot de aluminio que lleva usted en ese motor Volvo.» Al parecer, la culata de mi motor era de lo más delicado.

Telefoneé a Julie. Había sido alumna y pasajera mía, tenía una maestría en administración de empresas y trabajaba conmigo desde hacía poco para ampliar el negocio de las clases. No le gustaron las noticias. «La gente que inscribí para este viaje eran amigos míos, David.» Pero por otra parte lo lamentaba y estaba dispuesta a ayudarme dentro de lo posible. Esperaría a que yo tuviese más información y luego llamaría a sus amigos para evaluar los daños. En caso necesario, les vendería como novedad que íbamos a zarpar de Puerto Madero, en vez de Panamá.

Un empleado de Redwood City me llamó poco después y me dio el teléfono de un mecánico. Le habían explicado la situación y estaba libre para viajar. Suspiré aliviado. Le llamé tan pronto como colgué.

Se llamaba Herbert Mocker y tenía un marcado acento alemán. Me las arreglé con el poco de alemán que yo sabía y nos reímos bastante hablando por teléfono.

—Conozco esos pequeños puertos —me dijo—, los hay por todo el litoral. Sé a quién hay que pagar y dónde conseguir cosas. Puedo ayudarle.

Hablamos de los inyectores y el mecánico me dijo que haría unas cuantas llamadas. Mientras tanto, yo me ocuparía de conseguirle boleto de avión para el día siguiente.

Telefoneé a varias compañías, cambié el vuelo que yo tenía programado y le compré un boleto. La cosa estaba empezando a salir demasiado cara.

A todo esto, continuaba esperando una llamada de Mike. Pasé casi todo el día siguiente en mi despacho, a la espera. Y por fin, a media tarde, llamó.

—Hermano —dijo de entrada—, aquí hay muchachos de dieciocho años con ametralladoras. Este sitio es poco seguro.

—¿Muchachos de dieciocho con ametralladoras? ¿Qué quieres decir, que van con ellas por la calle, o son militares?

—No sé, creo que de la armada o algo así. Pero qué más da, maldita sea, van con ametralladora. Y Puerto Madero es una absoluta mierda. Fíjate que solo puedes llamar por teléfono desde donde estoy ahora. Tienes que venir lo antes posible. No sé cuánto tiempo voy a poder seguir vigilándote el barco.

—Mike, por favor —dije—. Necesito que me ayudes. Voy a enviarte un mecánico con unos inyectores. Sale hoy en avión, llegará ahí mañana por la mañana. Se llama Herbert Mocker.

—Hermano, no pierdas el tiempo. Si ni siquiera me estás pagando lo que es…

—Te pagaré —dije—. Necesito tu ayuda. No abandones el barco, por favor. Voy a bajar dentro de tres días, y Herbert llega mañana.

—Ya.

—Bueno, ¿qué pasó?

—Tu barco es una chatarra. Tres días a la deriva, carajo, creí que me volvía loco. Entró agua de mar por los respiraderos y el barco se caía a pedazos. ¿No sabías que *Grendel* es capaz de navegar a nueve nudos con solo el tormentín, eh? Eso estuvo bien. El viento en Tehuantepec es terrible.

—Mike, el agua no entró por los respiraderos —dije—. Fue porque el gasóleo de Acapulco no valía nada. Elizabeth podría haber pasado a otro tanque y lo más seguro es que no hubieran tenido problemas. Y el barco no se cae a pedazos. Eso son los balaustres que aguantan el techo, al soltarse un poco suena como si descorcharas una botella.

—Sí, ya —dijo Mike—. No te imaginas qué infierno. Tú no sabes cómo fue aquello.

—Sí que lo sé —repliqué—. Pero si hubiera estado yo allí, no nos habríamos echado tres días a la deriva. Y no hay excusa para que Elizabeth haya abandonado mi barco en un país extranjero.

—Elizabeth hizo todo lo que pudo.

—Pero abandonó mi barco en un país extranjero.

—Bueno, se me acaba la llamada. Te dejo. Ven rápido.

Mike me colgó, y cuando intenté llamar al mismo número, varias veces, para ver si podía hablar de nuevo con él, no hubo forma de conseguir conexión. Estaba preocupado. Mike era un buen tripulante, siempre y cuando alguien lo supervisara y con todo bajo control. En las islas San Juan, duante el verano, se había portado de maravilla. Habíamos completado ocho semanas de talleres de escritura creativa, navegando entre Anacortes (Washington) y Victoria (Columbia Británica).

Quedé con Herbert aquella tarde en una tienda donde tenían los inyectores. Herbert Mocker era un grandulón de cincuenta años, con bigote y una mata de pelo negro. Me estrechó la mano (la suya era grande y áspera) y me dio una palmada en la espalda.

—No te preocupes —dijo—. Yo lo arreglo.

Le entregué el boleto de avión y un contrato.

Herbert levantó las dos manos y dijo:

—Yo no trabajo así.

—Ah, ¿y eso?

—Yo lo hago todo con un apretón de manos, nada más —dijo.

—Que haya contrato no es nada raro —dije yo—. No es que quiera darle gran importancia, aparte de que confío en ti (vienes muy bien recomendado), pero el contrato es necesario.

—Pues tendrás que buscarte otro mecánico. Por mí, se acabó.

Y Herbert hizo incluso ademán de ir hacia la puerta. Yo no podía creerlo.

—Perdona —dije—, a ver si podemos tomárnoslo con calma.

—Mi manera de trabajar es esta —dijo—. Tú me pagas por adelantado. Yo hago el trabajo bien hecho. Un apretón de manos y listo, no hace falta ningún papel.

—Muy bien —dije—. De acuerdo. Es que no estoy acostumbrado a hacerlo de esta manera.

—No confías en mí, ¿eh?

—No, solo he dicho que no estoy acostumbrado a hacerlo así.

No me gustaba Herbert Mocker y, desde luego, no me inspiraba la menor confianza. Pero no tenía alternativa; necesitaba enviar un mecánico a México esa misma tarde. Si algo estaba claro, era que Mike no iba a esperar mucho tiempo más. Y cuantas más horas estuviese el motor del barco lleno de agua de mar, menos probabilidades habría de repararlo.

—Te pago por adelantado, no hay problema —dije—. Y nos olvidamos del contrato. Nos damos la mano y listo.

Herbert me estrechó la mano y convirtió el gesto en un espectáculo, otra vez amable y simpático como si fuéramos viejos amigos. Luego pagué doscientos dólares por los inyectores nuevos y le entregué setecientos cincuenta a Herbert por sus servicios. Me vino a la cabeza la idea de que Herbert no llegara a tomar ese avión; ni siquiera sabía con certeza si era realmente un mecánico.

Aquella noche me costó dormir. Estaba avergonzado por el fracaso de mi proyecto. Supongo que la culpa no era mía, y, en todo caso, yo era la víctima, no el criminal, pero la sensación era de vergüenza. No quería que nadie se enterara de lo ocurrido, ni otros profesores de Stanford ni amigos o parientes. Era necesario ir allí en persona, controlar la situación y seguir adelante con los planes para los chárteres en las islas Vírgenes Británicas. Claro que los cursos no estaban siendo un éxito; ese era otro problema.

Como no podía dormir, me levanté y me puse a leer manuscritos de alumnos. Tenía que acabarlos todos antes de marcharme.

Al día siguiente, mientras trabajaba en poner las notas finales, estuve pendiente de una llamada de Herbert, que no llegó hasta bien entrada la tarde.

—No pude subir al barco —me dijo.

—¿Qué?

—Ese cocinero tuyo, Mike. Le di los inyectores para instalarlos en el barco, pero no llegué a subir. Solo pueden hacerlo el capitán o el dueño del barco, porque Mike se largó en otro velero y no hay nadie más a bordo.

—No entiendo nada. Acabas de decirme que le diste los inyectores a Mike, o sea que habrás tenido que verlo. ¿Y qué hay de los dos mil dólares para emergencias?

—A Mike solo lo vi unos minutos, en la playa. Estaba a punto de marcharse. Había amarrado otro barco al tuyo y estaba transportando sus cosas, una tabla de windsurf y no sé qué más. Me dijo que se iba a Costa Rica, a vivir «*la pura vida*». El dinero para emergencias se lo llevó él; dice que tú se lo debías. Y me preguntó por la legislación mexicana de salvamento marítimo. Yo creo que intentará llevarse tu barco si lo dejas donde está.

—Esto es de locos —dije—. Pero ¿por qué no podías subir tú a bordo después de que él zarpara? Yo te envié para que repararas un motor.

—Ahora ya estoy en Tapachula —dijo Herbert—. Y no pienso volver. El capitán de puerto dijo que no podía subir nadie más al barco, y Mike me comentaba que por lo visto en México es ilegal dar talleres sin autorización. Yo no quiero saber nada.

—Había pasajeros —dije—, pero los viajes estaban convenientemente registrados de país en país, y eso es legal. Podrías haberle dicho al capitán de puerto que yo te había contratado como responsable, y así habrías podido subir. Al fin y al cabo tienes licencia de capitán, ¿no? Además, te pagué para que hicieras el trabajo.

—No me estés chingando —dijo Herbert—. Yo no arriesgo tontamente el pellejo por nadie.

—No te estoy chingando. Es que no entiendo por qué no dijiste que eras el capitán, puesto que tienes licencia, y así le echabas un vistazo al motor. Te envié ahí para nada. Una pérdida de dinero, mucha lana para alguien como yo. Y además no recuperaste el dinero para emergencias que le di a Mike.

—Te devuelvo el dinero. Yo no trabajo con gente como tú.

No me lo podía creer.

—Maldición, Herbert, no tienes por qué devolverme nada. Sigo interesado en trabajar contigo. Es solo que me decepciona que no intentaras subir a bordo.

—Ven acá para que veas cómo es esto. Primero conoce al capitán de puerto y después, si quieres, hablamos. Pero ten mucho cuidado. Puede que te arresten, o que te decomisen el barco.

Herbert era demasiado susceptible como para sacarle ahora más información, de modo que colgué y llamé a mi amiga Adriana. Era de México, estaba haciendo el doctorado en Derecho en Stanford y había sido alumna mía en uno de mis talleres de escritura creativa. Le expliqué la situación y le pregunté si conocía a algún abogado de la zona que pudiera echarme una mano. La perspectiva de tener que pagar honorarios no me hacía feliz, pero tampoco que me arrestaran con tan solo pisar suelo mexicano.

—Conozco a uno muy bueno en la Ciudad de México —me dijo Adriana—. Creo que puedo arreglarlo para que vuele contigo hasta Tapachula. Necesitas tener alguien al lado cuando llegues allí. México funciona a base de contactos; la gente a la que conoces y la gente con la que vas. Ah, ¿sabes lo de los *regalos*?

—¿Regalos?

—Sí. Cosas para dar, o propinas. Nadie lo llama soborno.

Aterricé en Tapachula lleno de esperanzas. El aeropuerto era una maravilla. Palmeras y mangos, y yo pensando que podría tomármelo como unas pequeñas vacaciones.

Recorrimos unos veinte kilómetros en un Volkswagen de los antiguos, la carretera un pasadizo entre la selva que crecía a ambos lados. El abogado mexicano que me acompañaba tenía más o menos mi edad —treinta y uno— y vestía un carísimo traje cruzado verde oscuro, una elección sorprendente para el clima de la zona.

Puerto Madero era minúsculo. Había un puñado de personas en lo que parecía un mercado y base de taxis. Tuvimos que aminorar la marcha y todo el mundo nos miró. Calles sin pavimentar partían de allí en forma radial, y todo el mundo iba a pie. Doscientos metros más allá el pueblo terminaba; seguimos la playa dejando atrás campamentos militares donde soldados muy jóvenes con metralleta vigilaban chozas y oficinas de duro concreto. El Pacífico rompía en olas pequeñas, y era allí donde yo quería estar, en el agua, en mar abierto. Tenía a cinco pasajeros esperando navegar desde Panamá hasta las islas Vírgenes Británicas, de modo que era urgente reparar el motor.

El motivo de haber montado este negocio de talleres era que mi carrera académica había topado con una pared. No había conseguido publicar mi primera novela, *Leyenda de un suicidio*, y me quedaba en la calle al término de aquel curso académico. Decidí arreglármelas por mi cuenta e impartir talleres de escritura creativa a bordo de un barco. Lo pasé de maravilla, era justo lo que más me apetecía hacer y el primer verano fue todo un éxito, pero necesitaba esos talleres de invierno en las Vírgenes. Pagaba una hipoteca considerable por el barco, y mi sueldo de profesor daba para poca cosa. No iba sobrado de tiempo ni de dinero.

Pasamos junto a campos llenos de basura —debía de ser el vertedero no oficial— y seguimos camino al borde del agua hasta llegar al puerto propiamente dicho. Consistía en una serie de chozas grandes de palma seca.

—Palapas —me informó el abogado—. Ahí encontrarás comida y bebida.

A un lado vi que había varias casas de concreto. Muchas obras en marcha, una entrada con faros gemelos y un estacionamiento de grandes dimensiones. El abogado me explicó que el gobierno mexicano subsidia este tipo de ampliaciones portuarias en ambos litorales del país para fomentar el turismo. Sacan mucho dinero con los puertos a base de cobrar sumas exorbitantes, sobre todo en centros turísticos como Ixtapa.

—Sitios donde a gente como tú la llamada telefónica le puede salir a diez dólares americanos el minuto…

Pero este no era un puerto para turistas estadounidenses o europeos. Lo estaban construyendo pensando en gente que vendría de Guatemala en autobús para bañarse en las mugrientas aguas del puertecito, así que no iba a ser un «resort» a gran escala.

—Animales —dijo el abogado. Él había sido rico toda su vida.

Construían a base de concreto, yeso y malla de alambre. Los faros gemelos, que más de un necesitado guatemalteco vería como el umbral del mundo desarrollado, parecían desafortunados trabajos escolares en papel maché, aunque no carecían de cierta belleza; o de cierta esperanza, al menos.

El edificio del capitán de puerto era de una sola planta, cinco o seis habitaciones puestas en fila más un estacionamiento con suelo de arena. Hacía mucho calor ese día y estábamos los dos empapados en sudor cuando nos apeamos pestañeando al sol. El cielo se había derretido con el calor, estaba encogido como un envoltorio de plástico dentro de un microondas, y no quedaba un soplo de aire.

El capitán y su gente nos esperaban en la puerta. Después de una rápida bienvenida, nos dieron Coca-Cola en vaso con cubitos de hielo. El abogado les había telefoneado previamente desde Ciudad de México. Pertenecía a un importante despacho, y el capitán de puerto se mostraba muy respetuoso con él.

El despacho era amplio y austero, con su mesa de trabajo, unas sillas, banderas, el retrato del presidente. El intercambio de cumplidos y cortesías se prolongó durante una media hora, tiempo durante el cual intenté sonreír cuando parecía oportuno hacerlo, aunque yo apenas si entendía una pequeñísima parte de lo que hablaban. El abogado tenía la manía de jalarse los puños de la camisa para dar énfasis a sus palabras, mientras que al capitán se le daba muy bien hacer amplios gestos con las manos como si abarcase con ellas una gran parte del globo terráqueo. Parecía que estuvieran entrenando para ver quién podía más; mi destino dependería un poco del resultado de la contienda, pero tuve la impresión de que al menos no me iban a arrestar por algo que hubiera hecho mi anterior tripulación, así que por ese lado la cosa marchaba bien.

De repente nos pusimos de pie y llegó el momento de ir a ver el barco. El capitán me haría oficialmente «entrega» de la embarcación; una devolución, puesto que el barco había estado a su cuidado. Sus hombres no habían subido a él en ningún momento ni habían hecho, al parecer, mantenimiento de ninguna clase, pero sí lo habían vigilado.

Zarpamos en una barca, el abogado y yo y dos hombres del capitán. Cuando llegamos a la altura de mi barco, pensé que la situación quizá no era tan grave. El barco se veía sucio, sí, pero a primera vista no parecía que lo hubieran desvalijado ni nada por el estilo. Sentí incluso un poquito de orgullo, porque era un barco grande y hermoso, con sus barnizados mástiles y sus grabados de dragones a cada lado de la proa. Yo había navegado con él hasta Hawai y Canadá en toda clase de condiciones meteorológicas, y era un navío pleno de vida, sobre todo de noche a poca distancia de la costa, con las velas desplegadas y los dos ojos colorados de las ventanas de la cabina.

Subí con cuidado a cubierta, amarré la barca y le tendí una mano al abogado. Al mismo tiempo, los dos pesos pesados del capitán se asieron del guardamancebos e intentaron subir a pulso. Les grité, pero demasiado tarde. Los cables se partieron y tanto el uno como el otro fueron a caer en la barca mientras yo ayudaba al abogado a subir. Empezaron a decir groserías en español, que si *chinga* esto y *chinga* lo otro, y luego se levantaron para intentarlo de nuevo, pero esta vez por los montantes.

Hice un primer inventario de la cubierta. El fuera de borda de 6 caballos para el bote inflable no estaba; probablemente lo habría robado algún lugareño, o quizá se lo habría llevado Mike.

Cuando levanté la tarima de la sala de máquinas, encontré agua todavía en los filtros del diésel. Elizabeth no los había limpiado. Yo estaba ansioso por arreglar el motor, pues con cada hora que pasaba los cilindros se oxidaban más, pero antes teníamos que volver al despacho del capitán con el informe de daños.

Hubo otra larga ronda de saludos y agradecimientos, con especial hincapié en la «conservación» del barco bajo la atenta tutela del capitán, y luego el abogado le dictó una declaración al secretario. Hizo todo un alarde de gran orador, con aquella voz estentórea que resonaba en las paredes. Pude darme cuenta de que el discurso impresionaba al capitán, confiriendo al entorno una estatura mucho mayor, que era para lo que yo había aflojado el dinero. Subirle un poquito los humos a todo el mundo, que se sintieran importantes, y así quizá me dejarían a mí tranquilo y podría dedicarme a reparar el barco.

Luego, cuando el abogado se fue, me pregunté cómo llegar hasta el barco. El bote estaba aún en cubierta, desinflado, y yo no quería pedirle al capitán que me llevaran otra vez hasta allí pues quería evitar tanto las formalidades como los favores. Eché a andar por la playa, frente a donde estaban las palapas, en dirección al grupito de barcas de pesca. Eran de fibra de vidrio y de unos seis metros de eslora, abiertas y con la proa alta. Incluso desde lejos pude ver que estaban equipadas con motores fuera de borda Yamaha, nuevos, lo que hablaba más en favor del narcotráfico que de la pesca.

Estaba caminando por una acera estrecha todavía en construcción —ladrillo rojo sobre una losa de cemento— cuando me crucé con una mujer que con un ladrillo en la mano iba rascando los que ya estaban colocados. Solo se me ocurrió pensar que le pagaban por hacer que la acera nueva pareciera gastada; no pude encontrar otro motivo. Era bastante guapa, como pude ver cuando levantó la cabeza y me saludó. Su mirada fue tan lasciva como transparente: dame algo de dinero, ahórrame tener que estar haciendo esta mierda todo el día, y tendrás todo el sexo que necesites. Otras mujeres de las palapas me estaban mirando también. Allí en medio, yo era un cliente potencial. Me sentí muy incómodo.

Todos los pescadores me observaron cuando me acerqué; en Puerto Madero, como en aquel lugar todavía más apartado, no había un solo gringo. Estaba claro que allí no iban muchos turistas, salvo para solucionar asuntos de papeleo con una rápida visita al despacho del capitán, de modo que yo era un bicho raro. Me pregunté qué diversiones les habrían proporcionado Mike, Elizabeth y el resto de mi anterior tripulación. Durante la semana que habían pasado en la playa, era seguro que habrían consumido bastantes cervezas.

Dejé atrás las palapas y caminé por la arena hasta las barcas de pesca —y sus relucientes motores fuera de borda— varadas en la playa. Saludé a los pescadores, que dijeron «*Buenas*» y se me quedaron mirando; sin duda me habrían ofrecido un par de pescados si hubieran tenido algo que vender, pero no era el caso. Señalé hacia mi barco y luego pregunté: «¿Taxi?».

Después de un rato de regateo, acabé cediendo a pagar veinte pesos, que eran dos dólares con cincuenta.

Cuando estuve a bordo, la tarde ya declinaba y el tiempo era bueno: una brisa fresca, unas cuantas nubes por el oeste que anunciaban una buena puesta de sol.

Trabajé hasta altas horas de la noche. En el tanque delantero encontré 400 litros de gasóleo limpio, sin agua. Elizabeth podría haber pasado a ese tanque, bombear el agua de los filtros, expurgar los inyectores, y el motor habría funcionado bien. En menos de media hora hubiera podido estar en movimiento, y de ese modo se habrían evitado ir tres días a la deriva y perder tripulantes. Y yo no habría tenido que ir a Puerto Madero. Me pregunté cómo no se le había ocurrido hacer eso, no tenía ningún sentido. Y Elizabeth conocía bien su trabajo.

Las baterías de arranque estaban bajas, y las de mantenimiento también, pero yo tenía una de repuesto. El motor se puso en marcha, y vi cómo los inyectores escupían agua y aire. Lo purgué hasta que solo salió gasóleo y acto seguido enrosqué los tapones a fondo e intenté arrancar, pero no pude.

Aunque era muy tarde, sustituí los cuatro inyectores. Ocupé la llave inglesa por mucho tiempo y poca cosa más. Lo purgué otra vez e intenté arrancar… Nada. Tendría que llamar a Herbert por la mañana. No sabía cuál podía ser el problema. Tal vez había óxido en los cilindros, o quizá era la bomba de inyección, o qué sé yo.

Subí a cubierta, totalmente empapado en sudor, y dejé que la brisa me refrescara. De las palapas salía música de cantina a todo volumen. Las barcas de pesca estaban zarpando una por una. La mayoría habían estado todo el día en la playa, de modo que, o pescaban de noche —lo que parecía improbable puesto que no llevaban reflectores— o aprovechaban la oscuridad para cruzar la frontera hasta Guatemala.

Abajo hacía tanto calor que decidí dormir en cubierta, con tapones para los oídos. El problema principal era la draga, que bombeaba fango pútrido de una zona del puerto a través de una enorme manguera de cientos de metros… para escupirlo cerca de mi barco. Una operación curiosa, sacar fango de un sitio para arrojarlo en otro, del mismo puerto, y el olor era inenarrable. Décadas de basura, desperdicios humanos, restos de pescado y camarones, y unas cuantas personas desaparecidas. Y para acompañar la pestilencia, el ruido del diésel sin amortiguar. Dormí solo a ratos, me despertaba a cada momento con un temor u otro, y finalmente me levanté bastante antes de las siete porque el sol era ya muy fuerte.

Inflé el bote y fui por los remos. El estado de la lancha era lamentable y el motor fuera de borda ya no estaba en su sitio, pero tal vez fuera mejor así: seguramente a nadie se le ocurriría robar un bote sin motor. Podría dejarlo en la playa durante el día y no pensar en él.

Iba vestido mucho más informal que el día anterior: pantalón corto, camiseta y mis sandalias Tevas. Me puse a buscar un teléfono y comprobé que, en efecto, en ese puerto no hay más teléfono que el del despacho del capitán, en vista de lo cual me fui para allá, pero aún estaba cerrado. Eran poco menos de las ocho y la mujer de la limpieza dijo que abrían a las nueve. O quizá dijo que el día era nuevo. O quizá algo sobre la hora. Me convenía aprender español. Decidí buscarme algo de desayuno mientras esperaba.

Las palapas no daban buena espina. Suelo de tierra apisonada, techumbre de paja, botellas de cerveza de la noche anterior encima de las mesas. No quise ni pensar en cómo sería la cocina. Decidí tomar un taxi hasta el puerto propiamente dicho. Estaba a solo diez minutos y dos pesos.

Los taxis eran camionetas tipo pickup de dos décadas atrás (Datsun en lugar de la típica Nissan), con barandillas y plataformas alrededor para que pudieran viajar en ellas de quince a veinte personas. De este modo la capacidad es mucho mayor que si solamente hubiera pasajeros sentados. Un sistema muy eficaz. Se queda uno esperando en la esquina, junto a los faros, hasta que pasa el siguiente taxi.

El trayecto hasta el pueblo me recordó a cuando de niño viajaba yo de pie en la plataforma. Así era como cazábamos ciervos. Cuando veía uno, daba golpes con el puño en el techo de la cabina, la camioneta frenaba en seco y todo el mundo se ponía a disparar. Un método bastante rudo, sí, pero yo lo recordaba con cariño porque me traía a la memoria los buenos momentos pasados con mi padre. Aquí, por supuesto, el paisaje era muy diferente, desde la basura esparcida en las cunetas hasta la selva que parecía echarte el aliento desde los bordes, pero la sensación era la misma.

Llegados a Puerto Madero, busqué el pequeño comercio donde había un teléfono. Conseguí dar con Herbert, y él me dijo que hiciera una prueba de compresión en el motor. Sería la única manera de saber si los cilindros estaban dañados; pero para hacer esa verificación, necesitaría tener el manómetro adecuado, que ahí donde estaba no iba a encontrar nunca. Le pregunté por qué no me lo había dicho antes. Sin embargo, Herbert ni siquiera fingió disculparse:

—Yo no soy el que averió el motor.

—Pero tú sabías que quizá iba a tener que hacer una prueba de compresión, ¿no?, y que aquí sería imposible conseguir ese manómetro…

—Olvídate de la compresión —dijo finalmente.

Me recomendó desmontar la bomba inyectora de alta presión y llevarla a reparar. Le pregunté si no podía limpiarla y examinarla yo mismo, pero dijo que no. Había que hacerlo en el taller, con herramientas de diagnóstico adecuadas.

—Tienes que decir «*injectores diésel*» —me explicó—. «*La bomba de injectores diésel.*» Y para que sepan lo que han de hacer, dices «*limpiar*».

La conversación telefónica me dejó con mal sabor de boca. A todo esto seguía muerto de hambre, pero en vista de que no había ninguna tienda de comestibles y de la mala pinta que tenían los restaurantes, decidí regresar al puerto. Comería algo en una palapa e intentaría encontrar un mecánico. El capitán había dicho que sus sobrinos sabían reparar cosas.

De camino en una de aquellas pickups y al ver soldados otra vez, me maravilló la cantidad de dinero que el gobierno había invertido en material militar. Un tanque enorme que debía de costar millones, cuando en el pueblo no había una sola calle pavimentada, apenas coches, y la mayoría de las viviendas tenían el suelo de tierra y muchas ni siquiera paredes.

Equipo militar sofisticado junto a pobreza extrema es un espectáculo francamente obsceno. ¿Y contra quién iban a pelear? ¿Había alguna posibilidad, incluso muy remota, o en los próximos mil años, de que Guatemala invadiera México? ¿O acaso esperaban un ataque anfibio desde ultramar, tal vez de un país asiático en la otra punta del Pacífico que quisiera robarles los mangos y toda aquella lujosa infraestructura? En la guerra contra la droga tampoco es que un tanque sea un arma usada con frecuencia, de modo que solo quedaba que estuviera allí para proteger al gobierno mexicano de los propios mexicanos.

Entré en una palapa y pedí pollo diablo, que se suponía llevaba jitomates como guarnición. Luego me dirigí a la capitanía de puerto, donde me aseguraron que sus sobrinos vendrían a buscarme, de modo que volví a la palapa y me dispuse a esperar tostándome al sol, con un empalagoso refresco de naranja en la mano. Observé a un grupo de unos veinte tipos que estaban construyendo una plaza entre las palapas. Esto iba a ser la majestuosa pasarela peatonal que iría desde los falsos faros hasta el mar. Vi que incluso estaban plantando palmeras pequeñas. El método de construcción era un tanto curioso: vertían el cemento sobre la tierra y luego intentaban darle forma. Incrustaban los ladrillos de cualquier manera, como si ya estuvieran destrozando a golpe de pico el trabajo del día anterior.

El pollo diablo apareció tras cuarenta y cinco minutos de espera, nadando en una baba rojiza. No puedo llamarlos «muslos» porque aquella cosa no se ajustaba ni de lejos a la idea que yo tengo de «muslo». Pie de cerdo habría sido una descripción bastante aproximada, salvo que la minúscula pizca de carne adherida a las articulaciones no parecía cerdo. Miré aquellas dos piltrafas desde todos los ángulos posibles y no fui capaz de imaginar cómo encajaban en un pollo. Pero como estaba muerto de hambre, al final me comí la carne de los dos, proceso que me llevó menos de un minuto. Desaparecida la carne, el engendro tenía más o menos el mismo tamaño de antes. Seguían siendo dos cosas sin identificación posible. La saliva rojiza en que nadaban era el otro único sustento. Ni pan, ni verduras, ni guarnición de ninguna clase.

Di las gracias a la mesera cuando vino a llevarse el plato, y le habría pedido repetición (seguía igual de hambriento), pero imaginé que eso supondría repetir toda la historia, tres cuartos de hora de espera. Supongo que en sitios de pobreza extrema, las raciones son pequeñas para que estén al alcance de la gente. Aunque tal vez era este restaurante en concreto. No tenía modo de saberlo.

Pagué un dólar por la comida y me encaminé de nuevo a la capitanía de puerto, ya que los sobrinos del capitán no se habían presentado, pero me los encontré de camino. Iban montados en sendas bicicletas tipo BMX, ambos como de un metro veinte de estatura, chavitos de bachillerato. Uno de ellos hablaba algo de inglés y me prometió traer un mecánico esa misma tarde.

—La bomba de injectores —dije—. Limpiar. Necesita equipo especial, para mecánico.

Él asintió muy serio. Lamenté destrozar su lengua con mi intento de explicar que había que reparar la bomba en el taller, un trabajo especializado, pero no supe qué otra cosa hacer.

Remé de vuelta al barco, tan receloso como hambriento. Se suponía que debía estar atento a una camioneta amarilla en algún momento de la tarde, pero lo que me molestó fue lo de «en algún momento».

En el barco hacía mucho calor. En esas latitudes, el sol no es cosa de broma. Me quité la ropa no bien estuve dentro, pero no hice más que seguir sudando. Menos mal que en la cocina de a bordo encontré material para hacer unos sándwiches de mantequilla y mermelada.

Intenté limpiar el barco, pero apenas si había corriente eléctrica y los tanques de agua estaban casi vacíos, de modo que no pude hacer gran cosa. Verifiqué sistemas e hice una lista muy completa. De vez en cuando salía a cubierta para ver si divisaba la camioneta amarilla; volví a tierra tres veces más para preguntar a los sobrinos si el mecánico iba a venir o no esa tarde, y siempre me decían que sí, pero el tipo no apareció. Cuando fui a tierra por última vez, ya de noche, en busca de comida, me informaron que llegaría al pueblo a primera hora de la mañana. Después me dediqué a recorrer las palapas buscando una donde hubiera gente comiendo.

Lo que descubrí es que había gente, pero no comían, solo bebían. Cervezas a troche y moche, pero ni un solo bocado. Al final me metí en una y pedí la carta. Unos tipos que parecían estar coleccionando botellas de Corona sobre su mesa me miraron sin disimulo. No decían nada, simplemente miraban y miraban, como si de repente pudiera yo convertirme en crisálida o sufrir cualquier otro tipo de brusca y fascinante transformación. Si llegaba el momento, no se lo querían perder. A todo esto yo permanecía con las manos sobre la mesa, mirando a todas partes excepto a ellos.

En la carta, cuando por fin me la trajeron, no encontré ninguno de los platos que uno espera ver en un restaurante mexicano de Estados Unidos. Lo que sí tenían era camarones capeados, que eran muy caros, el famoso pollo diablo (no pensaba probarlo otra vez), varias cosas que no logré traducir ni de lejos, y tortas o sándwiches. Pensé que uno de pollo no podía estar del todo mal y pedí dos, y un refresco de naranja. Sin mayonesa, los sándwiches. Hubo un poco de toma y daca con la mesera hasta que conseguimos dar con el término en español para mayonesa, pero al final nos pusimos de acuerdo.

Entraron tres tipos más y fueron a sentarse al otro lado, cerca de la plaza en construcción, y también ellos parecían haber venido solo para contemplarme. Ni siquiera pidieron cerveza, y la mesera simplemente los ignoró. No pude hacer otra cosa que dirigir la vista, entre uno y otro grupo de mirones, hacia los operarios que había en la plaza. Parecía que el grupo iba a trabajar durante toda la noche. Disponían de una enorme luz portátil alimentada por un generador, y para deshacer el trabajo anterior contaban ahora con un martillo neumático. Ahora bien, para añadir material nuevo solo tenían herramientas manuales. El ruido que armaban, entre el martillo neumático y veinte tipos peleándose con la tierra, el cemento y los ladrillos, era como se pueden imaginar, pero ni siquiera así podían competir con el pandemónium decibélico musical que salía de todas las palapas, incluida esa donde yo estaba.

Llegaron por fin mis sándwiches, envueltos en papel aluminio. Tenía pensado comérmelos allí mismo, pero por alguna razón ellos habían dado por hecho que me llevaría la comida. A mí me daba igual, de modo que pagué el dólar con cincuenta por los dos sándwiches y la naranjada y me largué.

Estaba metiendo el bote en el agua, dispuesto a marcharme, cuando oí una voz alta y ebria que me llamaba, un chico que hablaba un inglés pasable.

—Soy Santiago —dijo—. Yo puedo ayudarte. Ayudo a Mike y otros de tu barco. Hago muchas cosas para ellos. ¿Quieres ayudarte yo?

Sentí curiosidad. Quería saber qué habían hecho Mike y los demás. Por otra parte, un intérprete no me venía mal. Claro que el chico estaba borracho y me sobraban sus aspavientos, como que se llevara la mano al pecho para indicar la hondura de la colaboración que me ofrecía, etcétera; y sus amigos, que se paseaban por donde rompía el agua con cervezas en la mano, no inspiraban mucha confianza.

—¿Podríamos hablar mañana? —le pregunté—. ¿Quedamos en la plaza a las ocho o las nueve?

—Allí estoy, mi amigo —dijo, y me pinchó con el dedo en el pecho, se tambaleó hacia un lado, se enderezó—. Santiago cuidará de ti, amigo.

No era como para tranquilizar a nadie, desde luego, y a perspectiva me pregunto cómo no me lo vi venir, cómo no se me ocurrió sospechar que Santiago, de quien en efecto me hice amigo, iba a conspirar contra mí ya desde el principio y a determinar el curso de los acontecimientos.

Lógicamente, esa noche no dormí apenas, entre las luces de la draga, el ruido que hacía, los escupitajos de arena, y las pangas yendo de acá para allá. No paré de darle vueltas a las cosas sin llegar a nada, y cuando por fin había conseguido dormirme, un altavoz me despertó de madrugada. Levanté la cabeza de la almohada, en cubierta, y vi acercarse una patrullera mexicana. Cinco o seis marinos con ametralladoras y un capitán joven inclinado sobre la regala a punto de abordarme.

—¡Buenos días! —dijo. Otros cuatro saltaron a cubierta detrás de él, mientras los otros permanecían en la patrullera para amarrarla y observar—. ¿Le importa que subamos a su embarcación? —preguntó.

Extraña pregunta puesto que ya tenía los pies en mi cubierta, pero yo no dudé en darle la bienvenida. Sus hombres tenían el dedo puesto en el gatillo, como si yo pudiera saltar sobre todos ellos en cualquier momento.

Me dijo su nombre, uno tan largo y complicado que difícilmente habría podido yo recordarlo.

—Estoy aquí para velar por su seguridad —añadió—. Patrullo este puerto y tendré los ojos bien abiertos para que usted no tenga que preocuparse por nada.

—*Gracias* —dije—. Por cierto, muy buen inglés. Lo habla usted perfectamente.

—Gracias, señor —dijo él, sonriendo a placer y mostrando sus blancos dientes.

Era muy atildado, llevaba el pelo corto engominado, un bigote cuidado con esmero y un uniforme impecable. Joven, apuesto y con éxito, parecía querer convertir nuestro encuentro en una especie de cumbre de jefes de Estado, cuando no era más que la marina mexicana molestando a un gringo al amanecer.

—¿Me permite invitarlo a bajar para que vea mis papeles e inspeccione el barco? —pregunté.

Como uno de sus hombres había bajado ya sin que nadie lo invitara, pensé que lo mejor era tomármelo bien. Supuse que buscarían droga, me jorobarían un rato para que quedara claro quién mandaba allí y, quizá, tratarían de inventarse un motivo para un *regalo*, o sea un soborno disfrazado de propina. Nada grave, en realidad, de no ser porque yo había estado ausente del barco durante bastante tiempo y muchas otras personas habían pasado por él. Si encontraban el más mínimo indicio de droga, estaba jodido. No se iban a creer que la droga no fuera mía, porque para creerlo necesitarían algún incentivo. O podían poner ellos mismos la droga. Entonces se incautarían del barco, lo venderían, me meterían a mí en la cárcel y harían que alguien pagara por sacarme de allí. Todo perfectamente legal.

Una vez abajo, tres de los cuatro marinos empezaron a registrar cajones, cama, sentina, etcétera, mientras el cuarto aguardaba con las manos sobre su arma. Parecía una de aquellas pequeñas metralletas que los alemanes utilizaban en la Segunda Guerra Mundial. Me costó concentrarme en la perorata del capitán.

—Creo que le convendría ir al peluquero —me dijo en un momento dado—. No es que me parezca largo, pero podría llevarlo usted mejor cortado.

—Ah —dije, asintiendo por aquello de mantener las apariencias.

—Yo siempre lo llevo muy corto —continuó el capitán—. Y pulcro. Y me pongo gomina y me lo peino bien. ¿Usted se peina?

—Lo siento —dije—. Normalmente llevo el pelo mucho más corto.

—Ya, pero ¿se peina usted?

—Pues no, la verdad. Ya digo que normalmente lo llevo muy corto.

—A la gente se la conoce por su aspecto —me dijo—. El exterior… es como lo que hay dentro. Disculpe, no recuerdo ahora la palabra exacta.

—Quiere decir que lo de fuera «refleja» lo de dentro.

—Gracias —dijo—. Sí, exactamente. Y, dígame, ¿por qué está usted en Puerto Madero?

—Mi barco lo abandonó aquí otro capitán, con el motor averiado. Una vez haya reparado el motor, me iré.

—Se irá… En este barco había mucha gente cuando llegó. ¿Piensa usted tener mucha gente a bordo?

—No sabría decirle. La suficiente para formar una tripulación. Algunos amigos míos dijeron que bajarían, pero los planes siempre pueden cambiar.

—Yo creo que esto es un barco de alquiler.

—No —dije yo—, en absoluto.

—Yo creo que sí. Creo que usted no tiene los papeles necesarios pero piensa alquilarlo de todos modos. Para sacar un buen dinero…

—Yo no alquilo nada —dije—. Lo único que quiero es llevar mi barco al Caribe.

—¿Y una vez allí lo alquilará?

—Puede, pero no es lo que estoy haciendo ahora.

—¡Ajá! Si tiene pensado alquilarlo, entonces esto es un barco de alquiler, ¿no?

—A bordo no hay ningún pasajero de pago, de modo que esto es una embarcación de placer, con bandera estadounidense. El barco fue matriculado en Estados Unidos, tiene los papeles en regla, y yo soy ciudadano estadounidense.

Había que detener su impertinencia.

Él me miró durante un par de largos segundos y sonrió.

—Amigo mío… —dijo. Y entonces me tocó el pelo, encima de la oreja—. Puedo recomendarle un buen peluquero, solo tiene que decirlo. Aquí estaré. Este es un puerto muy peligroso, en una zona fronteriza peligrosa, mucha droga, muchas armas, mucha gente de otros países que no debería estar aquí y que intenta sacar provecho de nuestro democrático país. Pero aquí estoy yo para vigilar. —Se señaló los ojos con sendos dedos separados de una mano, y luego los dirigió hacia mí—. *Dos ojos* —sentenció, y creo que supe interpretarlo bien. Viene a ser como el signo de la victoria pero con un punto inquietante.

No respondí nada, y tampoco creo que el capitán esperara de mí una respuesta. Se suponía que quien tenía la última palabra era él. Subió por la escalerilla seguido de sus hombres y se marcharon en la patrullera mientras yo permanecía abajo. El gringo espantado, escondiéndose, tal como tenía que ser.

No intenté conciliar el sueño otra vez. Fui a tierra en el bote de remos, entré en una palapa donde todavía había gente bebiendo y pedí *huevos rancheros*. No estaban en la carta, pero al parecer sabían de qué se trataba. Comer huevos en aquel sitio era una operación de peligro, pero el riesgo me parecía pequeño comparado con todo lo demás.

El grupo de albañiles continuaba trabajando, aunque supuse que hacían turnos. Había además un montón de mujeres frotando ladrillos contra ladrillos —a las cinco y media de la mañana— y esparciendo arena sobre la acera nueva… para luego barrerla. Otra forma de envejecer la plaza, supuse yo. Daba la impresión de que podían pasarse años así.

Llegaron los *huevos rancheros*: dos, fritos, nadando en la misma baba colorada que el famoso pollo diablo. Pedí tortillas de maíz, me trajeron cuatro de harina, y puse manos a la obra. No estaban mal. Tomé nota de que ya sabía dos platos que podía pedir.

Estaba terminando cuando apareció Santiago. Era una buena señal, me dije, puesto que era temprano. Pero entonces comprendí que alguien me habría visto entrar y le habría despertado obedeciendo órdenes, cosa que asustaba un poco. Santiago tenía una buena mata de pelo, lo llevaba un poco más largo que la moda local. A diferencia de casi todos, no usaba bigote, y su expresión era seria. Después de saludarnos, intenté averiguar alguna cosa sobre él. Me dejó bien claro que era guatemalteco, no mexicano.

—Aquí la mayoría de Guatemala, Honduras, El Salvador, Nicaragua. No muchos mexicanos.

—¿Gente que cruzó la frontera en busca de un empleo mejor? —pregunté.

—Sí. Aquí empleo mejor —respondió.

—¿Cuánto gana una mesera, en esta palapa?

Santiago hizo cálculos.

—Unos doscientos pesos al mes.

Es decir, veinticinco dólares. Me quedé pasmado. Esperaba un salario bajo, pero no tanto. Comprendí que el dólar y pico que pagaba yo por el desayuno, y que me había parecido poco, debía de ser un precio hinchado.

—¿Tú tienes un empleo? —le pregunté.

—No —dijo—. No todos días. Pero trabajo de intérprete. Ayudo a gente de yates con sus papeles.

—¿Qué hacían Mike y Elizabeth y el resto de la tripulación mientras estaban aquí?

Santiago se rió.

—Beben mucha cerveza. Mike y su amigo cogen chicas de aquí. Ninguno trabaja. Hablan de ti, dicen cómo es que no das dinero y que tu barco no vale nada, y que te vayas al diablo.

—Caramba, qué bien —dije yo—. Imagino que era de esperar.

—Yo te veo bien —dijo Santiago.

—Gracias.

Por fin llegó su desayuno. Yo le había dicho que pidiera lo que quisiese, y él había pedido lo mismo que yo.

—En California —comenté—, la comida mexicana es diferente. Te pondrían salsa, crema ácida, guacamole, frijoles y arroz… Y las tortillas serían de maíz.

—California es un país rico.

—Es verdad.

Le conté que estaba esperando al mecánico e intenté explicarle lo que había que hacer en el motor.

—Yo puedo ayudar —dijo Santiago—. Aquí tienes cuidado. Esto no es California. No puedes hacer mucho, aunque sepas alguien te estafa. Yo sé quién se lleva tu fuera de borda, pero eso no quiere decir que puedes recuperarlo.

—¿Sabes quién se llevó el fuera de borda?

—*Sí*. Pero es no importante. Los que lo cogen son familia del *capitán*. Y tienen armas.

—Me da lo mismo —dije—. Pienso recuperar ese motor. ¿Dónde viven?

—Yo no te llevo, hermano. Habla con el *capitán*, le dices que sabes quién lo tiene, pero no hables de mí nada, y a ver qué dice. Ya lo verás. Es imposible que tú recuperas el motor.

—Hablaré con él, de acuerdo. Y no diré nada de ti. Oye, ¿y donde te localizo si el mecánico se digna venir?

—Vivo detrás de las barcas. Preguntas por Santiago. Pero ir luego a verte yo. El mecánico no vendrá esta mañana. Quizá hora de comer.

Nos dijimos adiós y yo me encaminé hacia la capitanía de puerto. Quería recuperar mi motor.

Aún estaba cerrado. Había olvidado que abrían a las nueve. Como no tenía otra cosa que hacer, me senté en los escalones y estuve esperando un par de horas, medio enloquecido por el sol.

Finalmente, una hora después que el resto del personal, compareció el *capitán*, pero no quiso recibirme enseguida. Para cuando se dignó hacerlo, yo llevaba ya casi cuatro horas esperando y estaba medio desquiciado. Abrevié la fase de los saludos y demás —«*Buenos días, cómo está*», etcétera— y luego dije:

—Parece ser que los hombres que robaron mi motor fuera de borda están aquí en el pueblo.

El *capitán* se limitó a sonreír, mirándome como si esperara que yo añadiera algo más.

—Creo que puedo decirle qué casa es, si me presta usted algunos hombres para ir a buscarlo.

El *capitán* sonrió otra vez, se retrepó en la silla y miró a su alrededor. Después se inclinó al frente, juntando las manos sobre la mesa.

—¿Trae sus papeles? —me preguntó.

—¿Mis papeles? Oiga, yo he venido para hablar del motor fuera de borda.

—¿Trae la documentación?

—Usted ya tiene copia de todo. Cuando llegué al pueblo, fue usted mismo quien me dio los papeles, después de hacer copias de todo. Y se quedó el original del despacho de aduana.

—Necesito ver que tiene sus papeles.

De modo que Santiago estaba en lo cierto; pero yo no tenía ganas de rendirme.

—De acuerdo —dije—. Volveré al barco. ¿Alguna otra cosa que quiera usted de allí, aparte de los papeles?

—No. Solo los papeles.

Subí al bote y remé hasta el barco a pleno sol, tomé todos los papeles —incluidos la documentación del barco y mi pasaporte—, me di otra tanda de remar y fui hasta la oficina.

Me hicieron esperar media hora más, y eso que el *capitán* no tenía ninguna otra visita. En el vestíbulo no había nadie más que yo, esperando, mientras él estaba allí sentado a su mesa, mano sobre mano. Pude verlo porque la puerta estaba entreabierta.

Cuando me hicieron pasar, fui derecho hasta su mesa y le entregué los papeles. Él me indicó que tomara asiento, sin decir nada, y se puso a examinar los papeles uno por uno, con gran parsimonia, aunque era evidente que no le hacía falta leerlos.

—Sus papeles —dijo al cabo—. Ya puede cogerlos.

Me levanté, los tomé de la mesa y volví a sentarme. Mi silla estaba como a seis metros de él; la mayor parte del tiempo me encontraba muy lejos.

—¿Puedo contar con su ayuda para recuperar el motor que me robaron? —pregunté.

Él se recostó en su butaca y juntó las manos detrás de la cabeza. Luego giró en redondo y yo me vi mirando sus manos y la parte de atrás de su cabeza mientras él parecía contemplar el retrato del presidente que adornaba la pared de atrás. La cosa duró como cinco minutos, y como es natural se me hizo insoportablemente larga.

—¿Puedo contar con su ayuda para recuperar el motor que me robaron? —insistí.

Entonces él giró lentamente, bajó las manos a la mesa y las juntó con delicadeza.

—¿Ha visto usted el informe meteorológico? —preguntó—. Se lo puedo enseñar.

—Bueno —dije yo.

Se levantó y fue hasta otra mesa, donde había una impresora y un fax. Me indicó por señas que me acercara y así lo hice. Me pasó el parte más reciente, escrito en español, y yo hice lo que pude para interpretarlo. Él me confirmó que la palabra «*olas*» era lo que yo imaginaba.

Terminé de leer hasta donde me vi capaz y luego dije:

—El tiempo parece bueno.

—En efecto, lo es —dijo él—. Así que gracias por venir a mi despacho. Nos veremos pronto, amigo mío.

—¿Me ayudará a encontrar el motor? —pregunté.

Eso le enfureció. Adiós sonrisas. Se sentó otra vez y yo llevé mi silla al lugar de donde la había cogido. Él estaba haciendo un movimiento con las manos encima de la mesa, como si cortara algo, despacio, sin alterarse.

—Permítame que le diga las dos maneras de denunciar un delito, aquí en México —dijo.

—Estupendo.

—La primera es hacer un informe oficial. Si opta por un informe oficial, tendrá que hacerlo en este despacho, luego en la oficina del puerto, después en Puerto Madero con la policía y con la armada, y en Tapachula con otros dos cuerpos policiales, la policía de esta región y la federal. Luego, cada una de dichas instancias procederá a inspeccionarlos, a usted y a su barco. Hablo de la armada, de mis hombres y de todo tipo de cuerpos policiales. Y una vez convenientemente completados dichos informes, alguien recomendará lo que se puede hacer al respecto. Tal vez algo, o tal vez nada. Depende.

—Hay que ver cómo ha mejorado su inglés —dije—. ¿Y la otra manera de denunciar un delito?

Yo, desde luego, no quería que me inspeccionara nadie vestido de uniforme. Supuse que el hombre exageraba con lo de los trámites, y que probablemente solo tendría que aguantar a la armada, al capitán, a la autoridad portuaria y a la policía local. Aun así, era mucha inspección. Porque seguro que irían a inspeccionar, eso lo di por sentado.

—El otro sistema es extraoficial. Usted puede notificármelo, como acaba de hacer ahora, y si yo encuentro ese motor, se lo haré saber.

—Me parece bien —dije—. ¿Puedo ayudarle a encontrarlo, explicándole dónde se encuentra?

—No —respondió—. Usted déjelo de mi cuenta.

Regresé a las palapas para esperar al mecánico. En un momento dado vi pasar en bici a uno de los sobrinos y le hice señas de que parara.

—¿Y el mecánico? —le pregunté.

—Dentro de media hora —dijo—. Más o menos.

—Fantástico. Estaré aquí sentado, bebiendo y llorando.

Me miró como si yo estuviera *loco*, dijo «*Hasta luego*» y se alejó pedaleando.

No probé nada de alcohol, en parte porque casi nunca bebo y en parte porque hacía tanto calor que pensé que si tomaba alcohol me moriría allí mismo. Me atiborré de naranjadas a la sombra y contemplé la pequeña bahía con su oscura playa de arena/fango. Un poco más lejos había otra cala con viejas y herrumbrosas barcas de pesca, grandes, de unos quince metros de eslora, como mi barco. Debían de tener treinta o cuarenta años, y desde luego no las habían pintado bien. Debían de ser restos de flotas estadounidenses, como también eran restos los coches que había en el pueblo. Nosotros les sacamos todo el jugo durante quince o veinte años, y cuando ya casi no corren, vienen aquí al sur para iniciar una segunda vida, veinte años más de servicio. Reducir, reutilizar, reciclar. En México el sueño se estaba haciendo realidad.

Me pregunté qué capturaban en aquellas barcas. Tenían que ser peces o camarones, pero no sabía cuál de las dos cosas. Mi padre había pescado atún blanco en aguas de México, aunque no tan al sur ni tan cerca de la costa.

Para mi sorpresa, una camioneta amarilla se detuvo junto a la palapa. Era una Dodge Ram nueva, mala señal. Si el tipo tenía un vehículo de esta categoría, seguro que cobraba mucho por su trabajo. Pero al menos había hecho acto de presencia. Me acerqué para presentarme.

Tenía el cabello negro, lucía bigote y llevaba una camisa discotequera de los setenta, jeans ajustados y botas vaqueras; cadenas de oro le colgaban hasta el ombligo. Dijo llamarse Ramón y que lo suyo eran los motores.

Traía consigo un ayudante, un individuo menudo que llevaba las herramientas y no dijo esta boca es mía. Fuimos en el bote inflable hasta el barco, un trayecto lento debido al peso de tres personas y herramientas. Que me hubieran robado el fuera de borda era un verdadero inconveniente.

—*Es bonita aquí* —dije, intentando entablar conversación aunque lógicamente muy limitado por el idioma.

El mecánico no respondió. Ramón el silencioso. Bueno, por mí estaba bien.

Una vez a bordo le mostré el motor y señalé la bomba de inyección.

—*Para limpiar* —dije—. *La bomba.*

Él asintió, echó un vistazo a las piezas e intentamos poner el motor en marcha, por si acaso. Finalmente sacó las herramientas y empezó a desmontar la bomba.

—Perdón —dije. No sabía cómo traducirlo al español—. Esto… ¿cuánto me vas a cobrar por la limpieza? *¿Cuánto dólares para este limpiar?*

Ramón torció el gesto y se apartó del motor.

—Cientos dólares —dijo.

—¿Cien dólares por limpiarla y montarla otra vez? —pregunté, gesticulando con las manos como si retirara la bomba, me la llevara para limpiar y la montara otra vez.

—Sí, sí —dijo—. Cien dólares, limpia. —Luego hizo gestos con ambas manos como si sostuviera una bomba y la volviera a meter en su sitio—. *Por todo.*

—*Bueno* —dije yo—. *Gracias.*

Se puso a trabajar otra vez, pero entonces me di cuenta de que necesitaba saber cuánto tiempo. Cinco pasajeros me esperaban para ir hasta las islas Vírgenes. Eran amigos de Julie. El plan, en un principio, era zarpar de Panamá, pero ella había dicho que les consultaría lo de salir desde Puerto Madero.

—Perdón —dije—. *¿Tiempo? ¿Mañana?*

Señalé el motor. Era una lata no saber español.

—*Sí* —dijo Ramón—. *Por la tarde.*

Lo de «*tarde*» me pareció entenderlo, de modo que le dije «*Bueno. Gracias*» otra vez.

Por fin tenía algo que contarle a Julie. Un día de trabajo, cien dólares. Si sus amigos tenían pensado llegar un día más tarde, eso me daría tiempo por si surgían problemas. Y aunque nos demoráramos en salir un par de días más, el viaje era lo bastante largo como para pensar que perdería algún tripulante por culpa de la espera. Con suerte, el motor arrancaría y podríamos seguir con nuestros planes.

A Julie le alegraron las noticias, y sus amigos estaban dispuestos a zarpar desde Puerto Madero, en vez de Panamá, aunque ello supusiera una semana extra. Podían ausentarse del trabajo sin problema; la mayoría de ellos tenía negocio propio. Julie me pasó el horario de los vuelos –llegaban al día siguiente– y me dijo que no lo estropeara todo.

Cuando volví a las palapas, me encontré con uno de los sobrinos y quedé con él para llevar gasóleo al barco. Pero para poder llenar los tanques de agua, iba a tener que ir al muelle de concreto donde atracaba la flota pesquera (aquellos viejos cascarones que me habían intrigado), de modo que decidí dejarlo para cuando contara con una tripulación completa. Entonces me encontré a Santiago, o él a mí, y le pregunté dónde podía comprar comida. Me dijo que en Tapachula.

–Deja traer a Helena. Es mi novia –dijo.

Ella trabajaba en la papala número 8. Tuvimos que esperar un buen rato porque estaba ocupada. Pantalón de licra rosa marcando muslo grueso. Cuando por fin tuvo un momento libre, se mostró tímida y recatada, y deduje que un pantalón rosa ajustado era lo que solía llevar siempre. Santiago le explicó el plan y luego tuvimos que esperar media hora más hasta que Helena terminó y fue a buscar su bolso. Todo iba un poquitín lento.

Fuimos hasta Puerto Madero en el equivalente a un vagón de ganado, y de allí en una combi hasta Tapachula. La camioneta paraba cada medio kilómetro o algo así y recogía más pasajeros. Cuando llegamos al barrio comercial de Tapachula, éramos veinticinco, de los cuales solo cuatro eran niños. No exagero, los conté. Yo iba más o menos en el centro, de pie, aunque solo fuera porque los cuerpos circundantes me sostenían así, la cabeza un poco inclinada y rozando el techo. Para que pudiéramos bajar donde nos convenía, una docena de pasajeros tuvo que apearse provisionalmente. Era una combi común y corriente.

Mientras esperábamos para cruzar la calle, noté que mi cuerpo seguía despidiendo calor, y estaba empapado de pies a cabeza. Acababan de plancharme al vapor.

Como es natural, el centro comercial y la tienda de comestibles tenían aire acondicionado, o sea que me quedé tieso de golpe. Pero no me importó. El súper era grande y el centro comercial bastante bonito, para lo que había visto hasta el momento. Además del pequeño restaurante y las tiendas, contaban con un cine. En Estados Unidos nunca me meto en lugares así, pero cuando estás en un país en desarrollo, te sientes a gusto porque eso te recuerda a casa. Si todo salía bien, quizá iría a ver una película antes de zarpar rumbo a Panamá.

Santiago y Helena fueron inmediatamente a un bar para comprar tacos, que no tienen nada que ver con los tacos que sirven en Estados Unidos. Yo me decanté por comida china, siempre curioso por probarla en un país diferente, ya que los platos no están estandarizados. Unas veces el chow mein lleva fideos, otras veces no. Me decidí por un chow mein de pollo, y por suerte venía cargado de deliciosos noodles. Los trabajadores eran mexicanos; el dueño, japonés. Toda la decoración era japonesa.

—Toda la decoración es japonesa —dije, preguntándome si el hombre hablaría inglés.

—Muy bueno —contestó—. Pero aquí nadie sabe. Piensan que es lo mismo todo.

Mientras comíamos le pregunté a Helena de dónde era. Santiago hizo de intérprete. La chica había nacido en Honduras, a su padre lo habían matado a tiros delante de ella y de sus hermanos. Por motivos políticos, se suponía, pero Helena dijo que su padre nunca se había metido en política.

No supe qué decir a eso. Mi padre había muerto, pero porque se quitó la vida. Una muerte igual de violenta, aunque no tan injusta. De todos modos mencioné a mi padre, ya que había un cierto paralelismo. Nos dimos mutuamente el pésame y continuamos comiendo.

Luego pregunté a Santiago si su padre aún vivía.

—No sé —dijo—. Mi madre estuvo con algunos, pero no sabe cuál es.

—Ah. —Tampoco aquí acerté a hacer un comentario en firme—. Bueno, ninguno de los tres tiene que hacer regalos el día del Padre —dije al final.

Santiago tuvo que traducírselo a Helena, pero ella no sonrió ni hizo el menor comentario; él tampoco. Quién sabe cómo se lo tradujo Santiago.

Volvimos a casa en un Volkswagen. Para ellos era todo un lujo, no viajar en un taxi colectivo, pero distaba mucho de ser lo que la mayoría de los estadounidenses llamaría lujoso. El coche, que era de los años sesenta, había ido acumulando en sus más de treinta años de servicio todo un repertorio de ruidos. Además, uno notaba la textura de cada centímetro de pavimento. Cada piedra, cada bache, hasta cada insecto con caparazón. Por si fuera poco, atrás había un agujero y los gases de escape venían hacia la cabina, así que viajábamos con las ventanillas bajadas.

Cuando llegamos a los dos faros de mentiritas, pagué el pasaje y nos despedimos. Yo volví remando al barco, saqué un colchón a cubierta y me puse los tapones para los oídos. La draga se había desplazado un poco y ahora sus luces daban en la cubierta; también la manguera escupidora se había desplazado un poco, de modo que me volví hacia el otro lado para que no me molestara la luz y me subí la camiseta para taparme la nariz. Por lo demás, apenas si soplaba brisa aquella noche, y los mosquitos empezaron a devorarme; decidí ir a buscar una sábana, pero por desgracia las únicas que yo tenía eran de franela, de cuando unos talleres que había hecho en las islas San Juan, y al momento estaba empapado en sudor, como si me hubiera puesto a dormir en una caldera. Unas condiciones poco favorables para conciliar el sueño.

Por la mañana los sobrinos llegaron remando en una canoa pequeña y bamboleante, con mis bidones amarillos entre los dos. Al parecer, en este puerto no había otra manera de cargar combustible; si necesitabas gasóleo, tenías que acarrear bidones arriba y abajo. Por algún motivo no estaba permitido recargar en el muelle pesquero. Lo único que se me ocurrió fue que el combustible que tenían allí lo subsidiaba el gobierno y no se podía vender al por menor. Los sobrinos intentaron explicármelo con pelos y señales, pero su inglés era patético, mi español también, y de todos modos no eran de fiar. Aunque hubiera habido otras alternativas, los sobrinos no me lo habrían dicho porque les interesaba el negocio.

De hecho, hasta me caían bien, más o menos. Eran dos seres humanos muy menudos, pulcros y veloces de movimientos, serios con el trabajo, como si lo que nos traíamos entre manos fuera de vital importancia. Su gesto fue de litúrgica seriedad cuando vertieron los bidones en los depósitos del barco sin dejar que se derramara una sola gota. Aparte de eso, eran muy graciosos imitando a gente, sobre todo a su tío, el capitán de puerto. Parodiaban los gestos que hacía con las manos y sus evasivas, y como se sentían intocables, no le temían a nada.

Por la tarde, horas después del cambio de gasóleo, mientras me disponía a cenar un sándwich de pollo y a esperar al mecánico, pasaron los sobrinos en sus bicis BMX y me dijeron algo que no entendí. Como, por suerte, estaba yo en la palapa número 8, pregunté a Helena por Santiago y ella mandó a alguien a buscarlo. Necesitaba un intérprete; sabía que me estaban hablando del mecánico y de mi bomba, pero nada más.

Santiago llegó con cara de sueño unos veinte minutos después. Los sobrinos le explicaron el problema y luego Santiago me dijo que tenía que ir yo a ver al mecánico a Tapachula, que el hombre había reparado la bomba de inyección pero que era necesario que fuera a verlo al taller.

—¿Por qué? —quise saber.

Les preguntó a los sobrinos, pero ellos se encogieron de hombros. No había otra opción. Santiago y yo subimos a un vagón de ganado, después a una combi atestada y finalmente en un Volkswagen que nos llevó al taller, no sin antes dar varias vueltas a la manzana hasta que divisamos la flamante camioneta amarilla.

En el taller había siete u ocho tipos, operarios de Ramón; estaban allí sin hacer nada, como si esperaran algo, formando un semicírculo con Ramón en el centro. Todos me miraban fijo. Me sentí incómodo al instante.

—*Hola* —dije, en plan animado—. *¿Listo?*

Le había preguntado a Santiago cómo se decía en español cuando algo estaba terminado.

—Amigo —dijo Ramón.

Señaló hacia el banco de trabajo y allí estaba la bomba. No podía decirse que fuera un taller de alta tecnología. Un sucio banco de madera, unos estantes de madera sucios, el suelo de tierra, unas cuantas herramientas eléctricas, muchas herramientas de las otras, pero ni rastro de la grande y esplendorosa e indeterminada máquina expresamente pensada para limpiar y verificar bombas inyectoras de alta presión. Parecía que la hubieran desmontado, le hubieran pasado un trapo y la hubieran montado otra vez. Esto olía mal.

—*Bueno* —dije—. *Gracias.* —Me volví hacia Santiago—. ¿Le preguntas cuándo podría venir a instalarla en el barco?

Santiago le transmitió la pregunta y entonces Ramón miró a uno de sus amigos y enseñó una sonrisa. Dijo algo en español que no logré entender. Viendo la cara que estaba poniendo Santiago, deduje que las noticias no eran buenas. En efecto, no lo eran.

–Dice que hay pequeño problema –me explicó Santiago–. Dice que la bomba era complicada, muchas horas de trabajo y muchos empleados. Así que ahora el precio es más alto.

–Puta madre –dije por lo bajo–. ¿Qué tan alto?

–Dice que novecientos dólares.

–¿Novecientos?

Aquello era increíble. Habíamos quedado en cien. Yo me esperaba algún timo, pero no de semejante magnitud.

Intenté tomármelo con calma. Si Ramón contaba todo aquel selecto personal era por algo. Con razón tenía una flamante camioneta. No se me ocurría qué hacer.

–*Amigo* –dije–, Santiago, explícale por favor que comprendo que habrá sido mucho trabajo y que le agradezco el esfuerzo.

Santiago tradujo.

–Y que entiendo que el presupuesto tal vez era un poco bajo y que quizá haya que ajustarlo.

Santiago tradujo.

–Pero que nueve veces el precio que habíamos dicho es demasiado. El doble no digo que no, pero novecientos es demasiado. Además, yo no tengo tanto dinero, en serio. Díselo, por favor.

Santiago tradujo y Ramón se me quedó mirando. No consultaba con nadie, no parecía pensarlo. Finalmente dijo algo y Santiago me dio la traducción:

–Dice que si quieres la bomba son novecientos dólares.

–Muy bien. Pues dile que haré un trato. Voy a pagar un precio escandaloso e injusto por recuperar mi bomba. Le pagaré cuatrocientos cincuenta, la mitad de lo que pide. Es mi última oferta. Si no le gusta, acudiré a la policía y me da igual si no recupero la bomba.

Santiago tradujo, y esta vez Ramón miró a sus amigos.

Dijo algo, y Santiago me comunicó que estaba de acuerdo y que incluso iría a instalarme la bomba al barco. Entonces Ramón sonrió; la sonrisa del lobo.

Total, desembolsé la enorme suma de dinero, llevé yo mismo la bomba y tomé un taxi con Santiago, rechazando la oferta de Ramón de llevarnos en su pickup. No quería acabar de rodillas en un camino de tierra con un arma apuntándome a la nuca. Vi que Santiago se sentía incómodo, por no decir avergonzado. Fue un bonito detalle de su parte. La delincuencia parecía incomodarlo. Más adelante supe que el timo lo había organizado él desde el primer momento, y me asombró haberle tomado por lo que no era, haber sido tan rematadamente tonto.

Para cuando llegamos al puerto, la camioneta amarilla se encontraba ya allí. Ramón estaba esperándonos, él solo, y fuimos los tres al barco en el bote. Estuve tentado de lanzarlo por la borda para ver si podía nadar con sus jeans ajustados y sus botas vaqueras, pero no sabía el tiempo que estaría en Puerto Madero y no deseaba que me metieran una bala cualquiera de aquellas noches. Pero de haber estado a punto de zarpar, es probable que lo hubiera hecho.

Ramón tuvo que quitarse la camisa y sudar para montar otra vez la bomba y ajustar el tiempo de encendido. Había un montón de tuercas Allen en sitios muy complicados y comprendí que no era una tarea fácil. Me alegró verle trabajar, ya que me cobraba tanto. Hubo que reconectar también los tubos de cuatro inyectores. Si después el motor no funcionaba, al menos habría disfrutado viendo sudar a aquel tipo. Pero, lógicamente, también deseaba que el motor arrancara como antes.

Cuando Ramón estuvo listo, comprobé que todas las válvulas estuviesen abiertas y luego purgué el motor con la batería de repuesto. Esperamos hasta que hubiera gasóleo limpio en los inyectores, sin ninguna burbuja de aire, y luego intentamos ponerlo en marcha. No hubo suerte. No arrancaba ni a tiros, y yo no quería malgastar batería tontamente.

Ramón me miró encogiéndose de hombros.

—Quizá tienes otro problema.

—Sí, tengo todo el repertorio —le dije, sin importarme si me entendía o no.

Volvimos en el bote a tierra. Ramón se encaminó a la palapa más cercana y al poco rato llegaron los sobrinos, quienes sin duda sacaban tajada también, los rateros, y se pusieron todos a beber cerveza.

—Bueno —le dije a Santiago—, tendré que buscar otro mecánico. ¿Tú conoces alguno que sea bueno?

Santiago negó con la cabeza y luego dijo:

—Podemos mirar.

Nos pusimos en marcha. Camión de ganado, combi, mucho sudar y esperar... Para cuando llegamos a Tapachula, la tarde tocaba a su fin. Julie llegaba esa misma noche en avión y sus amigos al día siguiente. Tenía que conseguir que el motor arrancara.

Antes de llegar al centro comercial vi un anuncio de John Deere.

—Bajemos —dije.

Santiago le gritó al conductor, el vehículo frenó de golpe, caímos unos sobre otros, media docena de cuerpos se apearon provisionalmente y conseguimos salir. Muchas de aquellas personas usaban perfume o colonia potentes. Cinco minutos en un taxi compartido, y el resto del día apestabas como tres o cuatro seres humanos juntos. Esta vez era una combinación de almizcle, varios grados de sudor —reciente y antiguo— y algo floral que flotaba sobre el resto de los aromas.

Resultó que en la tienda John Deere solo vendían podadoras y cosas pequeñas. Nada de motores diésel, ni bloques o piezas de repuesto para motores grandes. Pero nos indicaron un concesionario Mercedes Benz que había unas puertas más adelante. Suena raro, hablar de Mercedes en un sitio semejante, pero los camiones y camionetas de esa marca son muy populares en el mundo en vías de desarrollo. Tuvimos que pasar una caseta para entrar, acto seguido una recepción, que era una sala fresca y limpia con profusión de cristal, y finalmente pasamos a la tienda de repuestos, donde había todas las relucientes y complicadísimas máquinas que yo esperaba encontrar.

Santiago hizo de intérprete mientras yo explicaba lo que estaba buscando a varios hombres que tal vez eran mecánicos, pero al final resultó que no tenían el material adecuado. Podían, sí, limpiar los inyectores, pero no arreglar la bomba ni hacer una prueba de compresión ni enviarme un mecánico al barco. No hacían visitas a domicilio, y para la prueba de compresión hacía falta un tester de la marca Volvo; era preciso que encajara a la perfección, y uno Mercedes no serviría. Les preguntamos dónde más podíamos intentarlo y nos dijeron que había que ir a la otra punta de la ciudad, a una empresa llamada DINA. Fabricaban sus propios camiones así como motores diésel, y disponían de buenos mecánicos para cualquier cosa.

Nos metimos en otro Volkswagen y cruzamos toda la ciudad —un espectáculo inverosímil de tiendas de calefactores y equipos de alta fidelidad— hasta llegar a un recinto grande donde había camiones, guardias de seguridad y más cristal.

—Tiene buen aspecto —dije—. Aquí igual podrán ayudarnos.

—*Quizás* —dijo Santiago.

Tuvimos que pasar otra vez una caseta, a continuación una lujosa sala donde había un tráiler en exposición, y luego nos enviaron a un despacho en la esquina de atrás del recinto, que era la oficina de reparaciones.

Allí, de lujo, nada. Estaba lleno de humo y de hombres con overal. Pero había uno que hablaba inglés y parecía dispuesto a ayudar. Dijo que podía enviarme un mecánico aquella misma tarde, lo cual era estupendo. Él no podía hacer una prueba de compresión en un motor Volvo, ni arreglar una bomba de inyección de esa marca, pero ¿quién podía? Tuve que oírme decir, y no por primera vez, que era una pena que mi motor no fuese de otra marca. DINA, por ejemplo, o Caterpillar.

—En México nadie tiene Volvo —dijo—. No hay un solo motor Volvo diésel. En todo el país. Volvo es una mierda.

—*Gracias* —dije.

A través de Santiago, lo arreglé para que el mecánico viniera con nosotros y salimos a toda prisa en un Volkswagen.

El mecánico era simpático. Alto y con un aire juvenil, parecía ser un buen tipo que trabajaba duro para su familia. Me alegré.

Cuando llegamos al barco y el mecánico se puso a trabajar, lo hizo con ganas, sin hablar, e incluso rechazó una cerveza, cosa que era buena señal. Estuvo toqueteando bastante rato las tuberías de cobre que iban de la bomba de alta presión a los inyectores, lo cual me extrañó mucho. No me parecía que el problema pudiera estar ahí, a menos que hubiera agua o aire dentro por no haberlo vaciado del todo. Pero luego hizo ajustes en varias tuercas de la bomba tras haber conectado el estárter varias veces, y al cabo de una hora más o menos, consiguió hacer funcionar el motor. No sonaba muy bien, y lo cierto es que yo no tenía ni idea de cómo lo había logrado, pero funcionaba.

—¡*Muchas gracias!* —grité, entre el ruido del motor.

No cabía en mí de felicidad. El mecánico, sin embargo, no parecía tan contento.

—Dice algo no está bien —me explicó Santiago—. Quizá un cilindro no funciona del todo. Los cuatro van, pero uno quizá no bien. O que quizá es una pieza pero no sé decir en inglés. Unas piezas pequeñas en la parte de arriba.

—¿Lo podrá arreglar? —pregunté.

—No —dijo Santiago—. Hace falta test de compresión, pero no puede hacerlo porque Volvo.

—Ya, ya —dije—. Está bien. ¿Y qué me recomienda, si no puedo hacer el test de compresión?

Santiago habló con el mecánico, un intercambio largo entre los dos, y luego me dijo:

—Dice que tú pruebas. Quizá se arregla, quizá no. Quizá necesitas un motor nuevo.

Le di las gracias al mecánico, junto con una generosa propina, y me apresuré hacia el aeropuerto.

Julie bajó muy animada del avión. Trabajaba un montón de horas en una empresa de alta tecnología y venía con ganas de disfrutar del trópico. El aeropuerto era tan simpático, pintado de vivos colores, que nada hacía pensar en lo que le esperaba. Y el aire, con el sol poniéndose ya, no era tan asfixiante. Mientras íbamos hacia el taxi, Julie me agarró por la barbilla y me dijo:

—Ánimo. Relájate. Dentro de nada estaremos en el Caribe. ¡Aruba, allá vamos!

—Pues no sé —dije—. El motor va, pero no suena muy bien. Y este sitio es un infierno, créeme.

—El problema es tu sangre germánica. Eres un poco amargado. Cuando volvamos, tendremos los nuevos folletos y vamos a vender cantidad de viajes, ya lo verás. Canterbury Sails te va a sorprender.

No pude por menos de sonreír. Sí, quizá tenía razón Julie y todo iba a salir bien.

Cuando por fin llegamos al puerto, era ya de noche. Julie se tomó muy bien lo de ir a remo hasta el barco, y una vez allí fue muy comprensiva también respecto a lo sucio que estaba. No tendríamos agua para limpiar hasta que llevásemos el barco al muelle. Al día siguiente compraríamos víveres, la tripulación llegaba al caer la tarde, y al otro día recargaríamos agua, haríamos un poco de baldeo y zarparíamos.

Por la mañana, Julie parecía cansada. Antes de venir ya lo estaba, y luego todo el viaje hasta aquí y, para colmo, la imposibilidad de pegar ojo a bordo.

—Voy a matar al tipo de la draga —dijo—. ¿Por qué no lo hacen de día? ¿Por qué tiene que ser por la noche? Y esa música, ¿no podrían ponerla más alta todavía, o reventar los altavoces?

—Es el paraíso, Julie —dije—. Nuestra pequeña parcela de paraíso. Palmeras y mangos por allí, detrás de esas chozas infectas.

—O nos vamos de esta pocilga en menos de dos días, o yo me largo.

—Cuando hayas desayunado te sentirás mejor. La comida es excelente. Pero antes creo que pondré en marcha un rato el motor, para que se vaya acostumbrando.

Lo intenté, pero no arrancó. Probé un montón de veces, mientras pensaba que debería haberlo dejado en marcha toda la noche para que él solo se limpiara, maldiciéndome por mi estupidez. No arrancaba, estaba mudo, y yo no sabía cómo hacer lo que el mecánico había hecho para que funcionara; tenía miedo de desarreglar lo que él había arreglado.

—Esto no me gusta, David —dijo Julie—. Mis amigos llegan hoy.

—Iré a buscar al mecánico —dije—, y él lo pondrá en marcha otra vez.

Pero cuando por fin llegué a Tapachula, resultó que estaban en plena fiesta, cosa que en México sucede cada día durante el mes de diciembre. Las calles cortadas porque había desfiles, y yo atrapado dentro del taxi, a su vez atrapado detrás de oficiantes y suplicantes de toda índole ataviados con disfraces chillones y mal hechos. Sentí ganas de matar o de echarme a llorar.

Julie y yo seguimos adelante con el aprovisionamiento, pese a que ninguno de los dos tenía confianza en que el viaje llegara a hacerse.

—Si esto no funciona —me dijo—, tendrás que devolverles todo el dinero. Y además deberían pedirte que les pagues el boleto de avión, aunque puede que no lo hagan.

Cuando aquella noche llegaron los invitados, al principio parecían muy alegres, pero su estado de ánimo fue declinando poco a poco, primero al ver el puerto, luego el bote de remos, finalmente el barco. Era gente rica y triunfadora, y Julie, su amiga, los había convencido para navegar por el Caribe en un bonito barco de quince metros de eslora. No entraba en los planes Puerto Madero, ni un barco sucio con el motor averiado. Siempre ha sido uno de mis grandes defectos subestimar los problemas y permitir que otros confíen en mis defectuosos cálculos. Debí demorar el viaje hasta que el barco estuviera en perfectas condiciones. Pero, por otra parte, yo andaba escaso —por no decir desesperado— de tiempo y de dinero; y en Puerto Madero descubrí también, por primera vez, que soy optimista hasta la temeridad.

A las siete de la mañana siguiente me puse en camino para ir a buscar al mecánico y traerlo de vuelta y, en efecto, llegué con él al puerto hacia las nueve y media, cuando los invitados estaban en una palapa bebiendo y riéndose de la comida y del pueblo y, supongo, de mí también. Pasara lo que pasara, no iban a estar mucho tiempo allí, así que podían permitirse unas risas, por otra parte merecidas. Les presenté al mecánico de DINA y todos brindaron con él con sus respectivas cervezas.

—Por Juan —dijo Tom. Era un chico alto y apuesto que había hecho una fortuna en publicidad—. Que sus herramientas hagan cantar de alegría a ese motor.

Los otros rieron y vitorearon. Vi que Juan estaba como nervioso, así que les dije adiós y me lo llevé al barco.

Esta vez Juan tardó un poco más, un par de horas, pero al final consiguió ponerlo en marcha. Le ofrecí una buena paga a cambio de que viajase con nosotros hasta Panamá, pero dijo que el mar le producía un miedo atroz. Estar en el fondeadero ya lo ponía nervioso, lo mismo que a bordo del bote inflable.

Después que Juan se marchara, conduje a los amigos de Julie hasta el barco y levamos el ancla y fuimos hasta el muelle pesquero, un tramo largo y sucio de concreto. Todo eran barcos metálicos oxidados, puestos uno al lado del otro, así que tuve que amarrar en uno y hacer que nos pasaran la manguera del agua. Los pescadores no dejaban de mirarnos, sobre todo a Julie y a las otras dos mujeres, mientras Tom bromeaba con ellos porque sabía algo de español. Lo más sorprendente es que gustaba a todo el mundo. Era el típico blanco grandote, con aspecto de militar, el pelo muy corto, pero yo le había visto lanzar niños por los aires en la playa, salpicando a bañistas que no parecían tomárselo a mal, y ahora bromeaba con unos tipos que a mí me parecían peligrosos. Tom tenía confianza en sí mismo, aparte de dinero. Podía marcharse cuando le diera la gana. Yo no tenía ni una cosa ni la otra. Y a estas alturas mi ánimo estaba por los suelos.

Una vez los tanques estuvieron llenos, me alejé del muelle, pero al motor le faltaba potencia y el barco iba dejando una estela negra en el agua; parecía carbonilla, una marea negra como de un metro y medio de ancho.

—¿Qué es eso, David? —preguntó Julie.

—Ni idea —dije—. Y, por si fuera poco, el motor parece que tira poco.

La tripulación intercambió miradas.

Aquella noche teníamos previsto ir al supermercado para comprar los últimos víveres, pero al final nos sentamos en una palapa y pedimos pollo diablo y otras exquisiteces mientras charlábamos.

—Yo esto ni lo pruebo —dijo después Julie (y no era la única), entre comentarios sobre el estado del barco. Nadie estaba comiendo nada de lo que había pedido.

—¿Es posible que dentro de un huevo puedan desarrollarse testículos? —preguntó Tom.

Hubo muchas propuestas. Por ejemplo, zarpar a vela, prescindiendo del motor. El viento nos llevaría hacia Hawai, o quizá al sur rumbo a Costa Rica, donde sería más fácil conseguir un buen mecánico. Lo malo era que en estas latitudes podía darse calma chicha. La tripulación anterior había ido a la deriva durante tres días enteros. Y sin motor no tendríamos electricidad, y en consecuencia tampoco radar, ni luces de navegación, ni inodoro, ni refrigeración. Era muy poco seguro, la verdad. Yo tenía unas ganas locas de marcharme de allí y necesitaba la ayuda de la tripulación, pero no podía someterlos a un viaje tan poco seguro.

—¿Y si nos fuéramos a Yucatán? —le preguntó a Tom uno de los chicos.

Iban aportando ideas para unas vacaciones; estaba claro que la única persona que iba a seguir conmigo era Julie.

Mientras estaba allí con aquellas personas, deseando ser uno más del grupo, medité un plan de mayor envergadura. Mi deseo era dejar el barco allí tirado o bien ponerlo a la venta, pero para eso no tenía dinero suficiente; un agente me había asegurado que apenas sacaría el cincuenta por ciento de su valor. Tampoco tenía ningún sentido atravesar Panamá (o intentarlo) rumbo a las islas Vírgenes Británicas, porque el tiempo se me había echado encima y, además, no había conseguido colocar muchos viajes. Llevar el barco otra vez a San Diego, eso sí, porque allí podría venderlo. O podía investigar la posibilidad de organizar chárteres en el mar de Cortés. Seguramente había alguna manera de hacerlo por lo legal, aunque varias personas me habían dicho que era imposible. Ahora bien, si el motor seguía averiado, no había nada que hacer.

—Propongo un brindis —dijo Tom—. Por el capitán David. Que finalicen pronto sus problemas, y que su fin, aunque llegue pronto, no sea problemático.

Al día siguiente se marcharon todos. Tom y uno de los otros fueron a hacer un recorrido por Yucatán, y se salvaron por un pelo de engrosar la lista de víctimas de la famosa matanza, cuando tropas rebeldes acribillaron a todo un pueblo.

Los demás regresaron a casa o hicieron escala en sitios como Cancún y Acapulco. Solo quedamos Julie y yo.

Intenté conseguir otros tripulantes. Mi hermana y su novio accedieron a venir y echarnos una mano, pero con todas las vicisitudes del maldito motor, que un día funcionaba y al siguiente no, al final le dije a ella que no viniera, porque tenía que estar en Acapulco en una fecha determinada y yo no podía garantizarle que estaría allí a tiempo. Así que otra vez Julie y yo solos. Ella se mostró asombrosamente fuerte y entregada. No creo que nadie más hubiera aguantado a mi lado en esas circunstancias. Pero Julie también tenía sus límites, y al final me dio un ultimátum:

−Nos marchamos mañana con el motor tal cual, o yo tomo el avión y me vuelvo a casa. No pienso quedarme en esta pocilga un día más.

Y allá fuimos. El motor no estaba bien. Ambos lo sabíamos, pero confiábamos en poder ir a vela hasta Acapulco y, cuando no soplara nada de viento, avanzar con el motor aunque fuese a paso de tortuga.

Este plan tenía muchos peros, y uno de los cuales era que el golfo de Tehuantepec es un lugar verdaderamente aterrador. La calma chicha puede durar días enteros, ni el menor atisbo de brisa, y luego, en cuestión de horas te encuentras con vientos de 60 nudos y olas de más de seis metros. Es famoso precisamente por esto. En realidad el golfo es una bahía de aguas poco profundas en el lado occidental de la estrecha franja de tierra llana que separa el Pacífico del mar Caribe. Ese trecho de tierra llana crea un túnel de viento entre dos inmensas regiones con climatologías dispares, y el agua poco profunda contribuye a que las olas sean extremadamente altas y peligrosas.

Lo sensato es cruzar el golfo de Tehuantepec a motor, no a vela. Hay que esperar una ventana en el clima −pero sabiendo que la cosa puede cambiar en apenas unas horas− y navegar a toda máquina y a menos de un cuarto de milla de la costa. De este modo evita uno las olas altas y el peligro de ser empujado ochocientas millas mar adentro, como les ha ocurrido a barcos que intentaban cruzar a vela por el centro; sin embargo, eso entraña también la posibilidad de ser acribillado por la arena de las dunas si el viento arrecia. Ha habido barcos que han perdido toda la pintura, o que incluso han visto agujereado su casco de resina por el lado de tierra. Nosotros no teníamos la opción de navegar rápido, a motor, y pegados a la costa. Nos dirigíamos hacia el norte, es decir, a contracorriente, con un motor que no funcionaba bien, y si el viento arreciaba tendríamos que navegar a vela. Podíamos salvar un trecho, pero luego encontrarnos con calma chicha y estar a la deriva días y días si fallaba el motor, y después olas gigantescas y rachas de viento que nos empujarían millas y millas Pacífico adentro, para terminar con otra calma chicha y otra vez a la deriva hasta que se nos terminaran la comida y el agua.

Aun con el motor funcionando a la perfección, la travesía sería arriesgada. Mi barco carecía de piloto automático, por lo tanto uno de los dos iba a tener que estar al timón en todo momento, las veinticuatro horas del día. Y Julie no sabía navegar. Era un viaje de locos, una estupidez, pero estábamos tan frustrados que decidimos lanzarnos, ella y yo solos. Además, si yo no daba ese paso, Julie se marcharía y entonces me iba a quedar sin nadie que me ayudara.

Zarpamos temprano, el motor en marcha y la vela mayor desplegada. Casi no había viento. Olas perezosas de medio metro o poco más, condiciones favorables, a cinco nudos y sin forzar el motor. Yo estaba entusiasmado con la partida; dejar aquel sitio atrás hacía que tan estúpido viaje pareciera menos estúpido.

Hasta bien entrada la tarde no hubo cambios. Navegábamos a unos cien metros de la costa. Yo quería tener la opción de anclar cerca si la cosa se ponía fea. El litoral era hermoso, todo playa abandonada. Una arena limpia y de un amarillo intenso. Más allá, palmeras y selva. Era como contemplar el paraíso, incluida la aldea que vimos al pasar, casi ochenta kilómetros costa arriba. Chozas de hojas de palma, no de lámina de metal o de plástico. Una aldea primitiva, en realidad. Tanto como podía serlo una aldea en 1997. Ni un solo coche a la vista, como tampoco nadie esperaba que llegase gente de fuera. Unos niños nos vieron pasar pero no saludaron. Se quedaron mirando sin más.

Seguimos un trecho más, rumbo al norte, y yo ya empezaba a pensar que saldría bien, avanzando con un motor lento y un poco de vela hasta llegar a Acapulco, donde sería mucho más fácil encontrar mecánicos y donde mi propia calidad de vida sería también mucho más alta. Pero entonces el motor dijo que no quería funcionar más.

Levanté el entarimado, bajé a la sala de máquinas y comprobé filtros y todo eso, pero no vi nada. Intenté ponerlo en marcha otra vez, pero en vano. Estábamos a un centenar de metros de la playa, la profundidad era de doce metros, y aquel era uno de los tramos de costa más abandonados del mundo.

Entre el grupito de chozas y Puerto Madero, ochenta y tantos kilómetros sin nada, y hacia el norte nada en absoluto.

Fuimos un rato a la deriva, dejando que el motor se enfriara. No se me ocurría otra cosa que hacer. Ni soplo de viento, así que no podíamos seguir a vela. De hecho, llevábamos la mayor desplegada, y lo único que hacía era moverse ligeramente con el propio vaivén del barco.

—Estamos jodidos —sentenció Julie—. Jodidos de verdad.

—Pues sí —dije yo—. Creo que esa es más o menos la conclusión. Parece que el motor se ha muerto por completo. —Yo empezaba a lamentar esta aventura—. No sé si todavía era posible arreglarlo, pero ahora ya no. Quizá lo eché a perder innecesariamente haciendo esta travesía.

—Bonito razonamiento —dijo Julie.

—Quién me mandaba a mí navegar —dije—. Teniendo en cuenta lo que pasaron mi padre y mi tío, varias veces a punto de morir, debería haberlo pensado mejor.

—Bueno, tú no te rindas todavía —dijo ella—. Recuerda que estoy yo aquí. Tienes que llevarme a casa.

—Cierto. Muy cierto.

El mar nos arrastró de nuevo hacia el sur. Nos movíamos como a un cuarto de nudo, si es que se le puede llamar moverse, y siempre a igual distancia de la costa.

—Al menos estamos cerca de la playa —dije—. Y tenemos ancla. Eso al menos es un alivio.

Probé de arrancar otra vez el motor después de verificarlo todo, y esta vez se puso en marcha. Incrementé, muy lentamente, las revoluciones y vi que apenas si le quedaba potencia. Cuando lo tuve al máximo, hasta donde me pareció sensato arriesgarme, íbamos solamente a un nudo y en la dirección de Puerto Madero. A este paso necesitaríamos cincuenta horas para volver al punto de partida, pero yo dudaba mucho de que el motor funcionara tanto tiempo.

Era tarde, cuando faltaba menos de una hora para que se pusiera el sol, vimos venir dos pangas desde la dirección de Puerto Madero.

—Fabuloso —dije—. Tenemos visita.

Fui consciente de nuestra vulnerable situación. Nadie sabía que estábamos allí. No teníamos armas. No había testigos en las inmediaciones, ni policía a la que acudir.

Julie se puso nerviosa.

—Yo me voy abajo —dijo—. Si alguien pregunta, no me has visto.

—Ja, ja —dije—. ¿Te importa mirar en los armaritos que hay sobre la mesa de navegación, a ver si encuentras las dos pistolas de bengala?

—¿Es broma?

—No bromeo, Julie. Tráemelas enseguida, por favor. Y cartuchos. Hay una nueva, blanca y anaranjada, con cartuchos rojos; y una vieja tipo militar, verde, dentro de un estuche metálico amarillo, con sus cartuchos.

Las pangas pusieron proa hacia nosotros. Julie encontró las pistolas a tiempo de acercármelas y volver abajo corriendo. Las dejé, una a cada lado, sobre la cubierta, cargadas y en un lugar desde el que los de las pangas no pudiesen verlas.

En un momento los tuve encima, una por cada lado, con sus potentes fuera de borda de 75 caballos. Se cruzaron por detrás de mi popa, rodearon el barco y aminoraron la marcha para ponerse a mi altura, es decir, para casi no moverse.

—*Coca* —gritó uno de ellos, llevándose un dedo a la nariz e inclinando hacia atrás la cabeza.

En la proa de su barca iba un muchacho con cara de miedo. No llevaban pescado a bordo ni aparejos de pesca. Solo gasolina y cervezas. El hombre estaba ebrio y tal vez pasado, se balanceaba un poco, apoyado en la palanca del acelerador del fuera de borda.

El hombre que conducía la otra panga estaba haciendo el mismo gesto de meterse el dedo en la nariz. Y también llevaba a un chico en la proa.

—*No tengo* —dije—. *Lo siento.*

Yo, procurando ser educado. Miré de reojo hacia la escalerilla; Julie estaba escondida allí detrás y se tapaba la boca con una mano. Parecía aterrorizada. En ese momento comprendí lo estúpido que había sido. No era solo el tiempo y el estado del barco; es que ni siquiera había pensado en los piratas. Estábamos solos en un lugar perdido de la mano de Dios y nadie podía ayudarnos.

—*Birra* —dijo el hombre del lado de estribor, haciendo gestos de beber.

Llevaba puesto un pañuelo y tenía la cara hecha trizas, fea. Supe con toda certeza que, como el tipo pusiera el pie en mi cubierta, le iba a meter una bengala en el cuerpo. Me he hecho esa pregunta anteriormente, si llegado el caso sería capaz de matar a alguien, incluso en defensa propia. En frío parece una cosa tan inhumana, que se nos antoja casi imposible. Pero, en caliente, uno lo ve clarísimo. Por supuesto que lo mataría.

Aparte de que no tenía cerveza a bordo, ni cocaína.

—*No tengo* —dije.

Traté de mirar al frente y seguir mi camino, confiando en que nos dejaran en paz.

El de la derecha se apartó unos cuantos metros y rodeó el barco para situarse rápidamente a mi espalda y arremetió contra la popa. Por suerte era una popa de perfil curvo, de modo que su proa rebotó sin más. El de la otra panga lo vio y decidió imitarle; era como tener a dos tiburones empujando por detrás.

—Conecta la VHF —le dije a Julie. Los hombres no podían oírme ahora debido al ruido de sus motores, y además estaban detrás de mí, no me veían hablar—. Intenta llamar a la marina mexicana o a los guardacostas. Dales nuestra posición por la VHF y diles que ochenta kilómetros al norte de Puerto Madero siguiendo la costa.

Julie abrió los armarios y tomó el micrófono de la VHF. Luego lo sostuvo en alto y empezó a hacer aspavientos. No tenía ni idea de cómo funcionaba la radio.

El tipo que estaba a babor se acercó más al barco y se agarró a la barandilla de madera, a solo unos palmos de donde yo estaba.

—¡*Coca!* —me gritó.

Y luego gritó varias cosas más en español que no logré entender. Puse la mano sobre la pistola que tenía en ese lado, preguntándome si él podría verla. Estaba erguido sobre su embarcación para agarrarse de la barandilla y subir a bordo.

Oí al otro tipo detrás de mí y volví la cabeza, y entonces caí en la cuenta de que le había dado la espalda al primero de ellos, que en ese momento podía haber pasado ya la barandilla, lo cual quería decir que iban a atraparme. No era fácil controlarlos a los dos.

Pero cuando me volví otra vez, el primero de ellos ya no estaba. Entonces vi que rodeaba otra vez el barco con su panga y empezaba a embestir de nuevo por detrás. El segundo hombre abandonó también la barandilla y se puso a embestir junto al otro. Habían perdido una oportunidad.

Se movían todo el tiempo, listos para embestir contra el barco, chillando cosas, girando alrededor. Los chicos que iban a proa parecían absolutamente aterrados. Con las manos hacían gestos de «no», pero de manera muy disimulada, como diciéndome a mí, supuse yo, que no les diera cerveza ni drogas a los hombres.

La cosa se prolongó hasta lo insufrible, los mismos movimientos para asustarme, una y otra vez. Yo creo que transcurrieron veinte minutos en este plan, pero nada de armas blancas o de fuego, sin verdaderos intentos de abordarme, simplemente un brazo asomando a la borda, primero por un lado y después por el otro, un poco más y yo habría echado mano de las pistolas para disparar. «Ojalá no sea necesario», iba pensando. Y finalmente, el que estaba a estribor, y que parecía ser el jefe, hizo el gesto de *dos ojos*.

−*Por la noche* −dijo−. Volveré a por ti.

La segunda frase, en inglés, me dejó helado. Sonó como una cantinela aguda, casi con voz de mujer.

−*Con armas* −gritó luego, y enseñó una sonrisita.

Luego dio gas a fondo y se alejó, seguido de la otra panga.

−Ya puedes subir, Julie −dije−. Pero tenemos que irnos de aquí enseguida. Han dicho que volverán esta noche, que nos estarán vigilando. Y me ha parecido entender que decían con armas. ¿Tú sabes cómo se dice «armas» en español?

Julie se asomó un poco desde la cabina y vio cómo las barcas se alejaban. Estaba muda. Para ella podía ser peor. A mí quizá me iban a matar, pero a ella seguramente la violarían los dos. Estoy seguro de que era eso lo que estaba pensando.

—Seguiremos todo derecho —le dije—. En cuanto se hayan perdido de vista, arrancaré el motor y pondremos rumbo a mar abierto, arriaremos la vela y no encenderemos ninguna luz. Les costará mucho encontrarnos, aparte de que no creo que se alejen de la costa más de unas cuantas millas.

No me lo creía del todo, el que no fueran a seguirnos mar adentro, pero era la única solución que se me ocurría.

—Bueno —dijo ella.

Tan pronto dejamos de ver las pangas, varié el rumbo y Julie se puso al timón mientras yo arriaba la vela. Quise pensar que el motor no nos fallaría. Me aseguré de no dejar ninguna luz encendida y luego tomé otra vez el timón y esperamos hasta que el sol se puso del todo y se hizo de noche, algo que tardó más de lo esperado. Luego siguieron horas de navegar en completa oscuridad.

Aquellos tipos no parecían piratas profesionales, actuaban al descuido cuando se presentaba la oportunidad, como tantos otros piratas de países en vías de desarrollo, lo cual no quería decir que no fuesen igual de peligrosos. Mi barco representaba más riqueza de la que nadie por estos lares iba a poder amasar en toda su vida. Y si eran drogadictos, una ocasión como esa podía ser la única manera de seguir adelante.

Pasaron muchas horas antes de que pudiera relajarme un poco. Estábamos ya tan lejos que localizarnos, sin luces, sin disponer de radar, era casi imposible. Una ligera brisa se levantó hacia poniente, por el través de babor; con ella podíamos navegar a vela hasta Acapulco, lo cual era tentador. Esperé un rato más, dejando que Julie durmiera y pendiente de ver si el viento tenía trazas de durar o era solo un conato, y luego fui a despertarla para que se pusiera al timón. Icé la mayor, la mesana y el genaker, todo el trapo que podíamos llevar; eso nos permitió poner rumbo a Acapulco navegando a más de cinco nudos. Julie volvió un rato abajo y yo me puse de nuevo al timón. Hacía una noche espléndida, había salido la luna y la brisa era cálida. El blanco del velamen reflejaría la luna, pero me pareció que habíamos puesto distancia suficiente, y que íbamos lo bastante rápido, pues el barco había cobrado vida gracias al viento. Ya no cojeaba; ahora parecía deslizarse.

Sin embargo, al cabo de otra media hora empecé a tener dudas. El viento era constante, pero hasta Acapulco nos quedaban cuatrocientas millas y no podíamos contar con que el viento se mantuviera así durante tanto tiempo. Navegábamos justo por el centro del golfo, en una posición altamente vulnerable.

Di un golpe de timón y puse rumbo hacia un punto al oeste de Puerto Madero. Manteniendo así una distancia prudencial respecto de la costa, evitábamos las pangas pero a la vez nos acercábamos a puerto. El viento era nuestra única oportunidad de volver a tierra; no había la menor garantía de que el motor fuese a durar. Lo tenía a baja velocidad, siempre en marcha, porque me daba miedo apagarlo.

Julie me relevó al timón durante un par de horas y luego volví otra vez. Al cabo de una hora o algo así, el viento se extinguió por completo, de modo que bajé el genaker y la mesana dejando solo la mayor, puse una marcha al motor y avanzamos de nuevo a un nudo. Me alegré de haber aprovechado el viento para cubrir terreno hacia Puerto Madero. Luego resultó que durante el resto de la travesía apenas si hubo viento, de modo que seguimos a motor el día entero, asándonos al sol, y también de noche, y luego otro día y otra noche más. Yo estaba acostumbrado a travesías largas y a que el tiempo transcurriera con frustrante lentitud, pero Julie empezaba a volverse loca. Hablaba sola, murmurando negros pensamientos sobre mí, sobre el barco, sobre México y el mundo en general.

Llegamos a puerto y echamos el ancla por la mañana temprano. Julie tenía ya el equipaje listo. La llevé a tierra y luego busqué un taxi. Ella pensaba alojarse en cualquier hotel de Tapachula si no encontraba vuelo enseguida, pero su deseo era poder despegar cuanto antes.

—Me da igual adónde vaya el avión —dijo—. Incluso si tengo que hacer escala en Australia.

—Gracias por no abandonarme —le dije—. Dudo que nadie más hubiera aguantado tanto.

—En eso te doy toda la razón —dijo Julie—. Y no sé por qué he aguantado. —Luego se echó a reír—. En fin. De un modo o de otro saldremos de esta. Llámame dentro de unos días y te contaré cómo se presentan las cosas para lo de las Vírgenes y Turquía.

—Muchas gracias —dije—. Eres la mejor.

—Soy la única, no hay otra —dijo ella.

Y me miró de una manera significativa, que era como solía indicarme su interés, cosa que yo por sistema fingía no comprender.

Y, claro, cuando ella se marchó, me puse a pensar en mi novia. Había estado evitando llamar a Tamako —y pensar en ella— porque sospechaba que era solo una amiga de cuando las cosas van bien. Ella tenía pensado reunirse conmigo en las islas Vírgenes Británicas para pasar unas bonitas vacaciones navideñas a bordo de mi barco. Llevábamos poco tiempo juntos y nuestra relación estaba fundamentada en restaurantes buenos, sexo normal y ratos sin problemas. Si esas vacaciones no se hacían realidad, Tamako seguramente me mandaría a volar.

Así pues, dejando las cosas para más tarde, llamé a Herbert y le expliqué todo lo que había pasado. Él me dijo que desmontara la bomba inyectora de alta presión y que la llevara a California, donde podrían hacer una limpieza y revisión a fondo. Y haría falta localizar un tester de compresión marca Volvo. De eso se ocuparía él, dijo.

Llamé también a mi madre, con quien había hablado mucho sobre toda la situación. Ella me iba prestando dinero; a estas alturas le debía ya una fortuna.

—Quizá puedes organizar chárteres en el mar de Cortés —me dijo—. Tiene que haber alguna manera de conseguir los permisos.

Me gustaba la idea de salvar algo de todo esto, pero la verdad es que me sentía muy lejos del final. No tenía ni idea de cuándo podría salir de Puerto Madero. Y necesitaba un cambio. Decidí, pues, desmontar la bomba y volar con ella a California, tal como me recomendaba Herbert. Pasaría la Navidad en casa, investigaría otras alternativas, entre ellas conseguir un motor nuevo y organizar chárteres en el mar de Cortés, y luego volvería con otra actitud.

Después de hablar con mi madre, me arriesgué a comprarle un helado de cono a un vendedor ambulante, un poco de bálsamo para el alma. Solo después me vi con ánimos para telefonear a Tamako.

Cuando le di la noticia, se quedó un buen rato callada.

—¿Tamako? —dije, pensando que se había cortado la comunicación.

—Entonces no vas a estar en las Vírgenes —dijo ella.

—No. Lo siento de veras. La cosa se ha ido complicando cada vez más. Quizá tendré que cambiar el motor, y no sé cuándo voy a poder sacar el barco de aquí. Y no será porque no intentara repararlo lo antes posible.

—Creo que esto ya me lo veía venir.

—¿En serio?

—Sí. Eres como un vendedor, David. No lo digo solo porque siempre prometes las perlas de la Virgen, sino también porque tú, como persona, eres prometedor. Superprometedor. Eres el primero que le cae bien a mi padre. Pero luego decepcionas.

—Para Navidad iré a casa… —dije.

—Yo no estaré. Me voy a las Vírgenes. Me meteré en cualquier hotel.

—Tamako.

—Tamako —canturreó ella, parodiándome.

—¿Cuándo te volveré a ver?

—Ya estoy saliendo con otro —dijo ella, y me colgó.

Miré alrededor, preocupado por que alguien me hubiera oído. Tenía la incómoda sensación de ser transparente, como si quienquiera que me mirase pudiera saberlo todo. Pero me encontraba en Tapachula, tan visible e invisible como lo hubiera sido siempre, ambas cosas a un tiempo.

Aquella tarde desmonté la bomba de inyección. No fue difícil, mucho darle a la llave inglesa. Saqué todo el gasóleo, limpié la bomba a fondo y la envolví en bolsas de basura y trapos viejos. Antes había ido al aeropuerto para comprar boleto (me había salido muy caro) y tenía todo un día por delante sin nada que hacer.

Fui hasta la playa en el bote y pregunté a los pescadores dónde vivía Santiago. Se me quedaron mirando un rato y luego señalaron hacia un punto. Caminé por la arena dejando atrás varias palapas abandonadas, que en otros tiempos quizá habían servido de mercado de pescado, y encontré una especie de capilla. Estaba profusamente adornada con artículos de pescador, trozos de red, boyas, cosas por el estilo; supuse que sería del santo patrono de los pescadores y que los regalos eran una forma de solicitar su protección. Aunque no había ni un alma por los alrededores, las flores eran recientes. Me pregunté si el santo patrono se avendría a protegerlos en sus escapaditas a Guatemala en busca de droga. No dejaba de ser una travesía naval, así que los poderes tal vez eran transferibles.

Pasada la capilla vi que había varias chozas pequeñas con techumbre de ramas y toscas paredes de lámina ondulada sujeta de cualquier manera. El suelo era de tierra y arena. En una de ellas vi letreros pintados a mano anunciando refrescos, y pensé que seguramente sería la vivienda de Santiago. Me había dicho que su madre tenía un comercio.

–¡Santiago! –llamé.

–*Amigo* –me respondió él desde no sé dónde.

Miré detrás de la cabaña y vi un diminuto anexo, un escusado, a unos seis metros, con un trecho de agreste jardín entre medio y dos gallos de aspecto muy belicoso. Los gallos me miraron con malos ojos, listos para pelear si era preciso hacerlo.

Retrocedí unos pasos y esperé. Santiago abrió la puerta del anexo hacia fuera y vino hacia mí con una sonrisa en los labios y la mano tendida.

–Buenos días –dijo.

Me sentí mal por el hecho de pensar que no se había lavado las manos, pero reconozco que eso fue lo que pensé.

–¿Quieres beber algo? –me preguntó.

–Estupendo, *gracias* –dije.

Fuimos a la tienda de su madre y Santiago sacó dos naranjadas de una hielera.

La casa debía de medir dos metros por tres y medio. La cama ocupaba un extremo, lo cual dejaba un cuadrado de dos diez de lado, aproximadamente, para la tienda. Contaba esta con una mesita, una silla, dos refrigeradores y unos estantes no empotrados. El suelo era de tierra y en las paredes había numerosos resquicios, espacios entre una lámina y otra, pues eran de distintas medidas y pura chatarra. En ese momento me arrepentí de todas las veces en que me he quejado de algo.

–Qué bien que tu madre tenga una tienda propia –dije–. Así no tiene que ir a trabajar a otra parte.

–*Sí* –dijo Santiago–. Es verdad. Yo la ayudo, lo que saco de los yates.

–Eres un buen intérprete –dije–. Eso es muy útil. Aquí poca gente habla inglés.

–Es verdad –dijo.

Bebimos naranjada y sudamos a mares incluso a la sombra.

—Me voy una semana —le expliqué después—. Llevo una pieza del motor a California para que la reparen, y luego volveré. ¿Te encargarás de vigilarme el barco? Igual podrías pasar allí la noche, para que nadie se lleve nada…

—*Sí*. No problema. Nadie se lleva nada. Hablaré también con mis amigos. No te preocupes, seremos vigilantes.

Hizo el gesto de *dos ojos*, que a estas alturas tenía para mí, lo reconozco, connotaciones menos que positivas.

Llevé a Santiago al barco y le enseñé varias cosas, concretamente a soltar un poco de cadena si veía que el ancla lo requería.

—Los baños —dije—. Es muy importante que nadie utilice los baños. Son eléctricos, o sea que no hay modo de hacer correr el agua. Asegúrate de no utilizarlos.

—Comprendo —dijo él—. No utilizamos baños. ¿Y quieres mi madre y mi hermana limpien un poco?

Le dije que sí. Volvimos a tierra y fuimos a una palapa donde mi ex tripulación había pasado buenos ratos.

—La chica —dijo Santiago, señalando—. La pequeña, estaba con el Oso, aquel tipo muy grande.

—¿Llegaron a acostarse? —pregunté.

Santiago dejó su Corona sobre la mesa para expresar con ambas manos su incredulidad:

—¿Tú qué crees?

—¿Y Mike también? ¿Tenía alguna chica?

—Dos. Y él y su amigo Oso hacen promesas, dijeron llevamos chicas a Estados Unidos, pero luego se marchan y ya está.

—Qué mamada.

—No importa —dijo Santiago—. ¿Tú tienes novia?

—Hoy hemos roto.

—¿Hoy? Entonces te invito a una cerveza, hermano.

—Tranquilo —dije—. No era el amor de mi vida.

—Qué suerte, ser americano —dijo Santiago—. Puedes tener las que quieras.

—No creo que eso sea verdad.

—Es verdad —dijo Santiago—. Puedes coger con cualquiera aquí. Tú si gustas una, me avisas.

—Espero que no sea necesario. Me gustaría salir de aquí con vida.

—Te preocupas demasiado, hombre. Tú vives bien.

A la mañana siguiente lo tenía ya todo listo para partir. Llevé mis bolsas a cubierta y en ese momento vi acercarse una vieja lancha del práctico. El hombre me gritó algo en español. Como no entendí ni una palabra, le indiqué por gestos que no pensaba hacer nada. Entonces él salió de su timonera, gritó no sé qué más y señaló hacia mi barco y otra zona del puerto. Mientras tanto, su lancha seguía avanzando a gran velocidad y estaba a punto de incrustarse en mi proa, de modo que el hombre tuvo que volver corriendo al timón. Se me ocurrió que quizá me pedía que anclara en otro sitio, tal vez a causa de la draga.

—*No motore* —le grité—. *No tengo motore.*

Como había quitado la bomba de inyección, no podía utilizar el motor para mover el barco.

Esto aumentó considerablemente el nerviosismo del hombre. Ahora agitaba los brazos, sin parar de gritar.

—Está bien, está bien —grité yo—. ¡Santiago! —Y señalé hacia tierra.

El hombre dejó de chillar. Asintió con la cabeza, y yo lo interpreté como que podía ir por Santiago. En el pueblo todos sabían que era mi intérprete.

Remé hasta la playa, fui a despertar a Santiago y volví al barco con él. Una vez allí, habló con el hombre y luego me dijo lo que yo había deducido, que tenía que mover el barco porque la draga necesitaba pasar.

Le expliqué lo del motor.

Santiago lo intentó, pero el hombre se mantuvo en su propósito.

—Dice que alguien nos remolca. Esto lo arreglo.

Y, sin esperar, silbó a alguien que estaba en la playa, un potente silbido de esos con dedos en la boca, que yo jamás he sabido cómo hacer.

—Pero el cabrestante es eléctrico —le dije—. Tendremos que halar toda esa cadena y el ancla a pulso, y es demasiado difícil.

Santiago tradujo, pero tampoco esta vez conseguí convencer al práctico. Así pues me cambié de ropa —otra más sucia— y me dispuse a izar la cadena. Santiago me echó una mano, pero con esa falta de espontaneidad que es como si no te ayudaran, y tuve que arreglármelas yo solo. Subí un par de palmos de cadena cada vez, y los eslabones salieron enseguida cubiertos de lodo. El mal olor era abrumador. Aquel puerto era literalmente una letrina, y yo estaba dragando una parte nueva del mismo. Ya no veía siquiera los eslabones. Eran como mazacotes de fango negro, espeso y viscoso, con un elevado porcentaje de heces humanas.

Fui amontonando la cadena en la cubierta de proa. Intentaba no mancharme de lodo, pero tenía ya los codos y las rodillas empapados, así como salpicaduras en diversas partes del cuerpo, si me rascaba allí donde me escocía. La cara la tenía sucia también.

Por fin, el barco empezó a girar, libre del ancla. Desde una embarcación pequeña, el amigo de Santiago sujetó la bolina, pero el tipo se lo tomaba con parsimonia y el barco empezó a derivar hacia unas rocas, y yo no podía hacer nada porque seguía sujetando la cadena y tirando del ancla recién arrancada.

—¡Las rocas! —le grité a Santiago—. Dile que nos mantenga lejos de esas rocas.

Santiago miró en aquella dirección, vio las rocas por primera vez, lanzó un silbido y se las señaló a su amigo, el cual dejó de pensar en la inmortalidad del cangrejo y dio gas a su motor. Nos libramos por un pelo. Luego recorrimos unos cientos de metros hacia donde la bahía se estrechaba.

Necesitaba conocer la profundidad para ver si allí estábamos seguros, pero no podía soltar la cadena y el ancla. Atrapado como estaba, y cubierto de mierda, jalando para que el peso no volviera a caer, empecé a ver la metáfora de la situación. Mi vida de entonces era eso. El barco entero venía a ser mi propia ancla, y yo estaba atrapado en la mierda, sujetándola, mientras otra gente llevaba el timón. Y acabaría donde a ellos les pareciese oportuno. No fue reconfortante pensarlo. La única salida era soltar el ancla y que el barco hiciera lo que quisiese, pero era una pérdida de dinero que yo no podía permitirme. Seguí, pues, como estaba. Y la culpa era mía y de nadie más.

Santiago le dijo a su amigo que parara.

—Este sitio es bien —me dijo luego a mí—. Aquí puedes tirar el ancla.

Yo pensé: «Exacto, quien decide es Santiago. Si necesitas ubicar a tu enemigo, mira a quien está más cerca». Pero todo esto no era más que paranoia. Santiago me estaba ayudando. Lo que yo necesitaba era pasar una semana en casa y volver con otra actitud.

Solté el ancla y me aparté para dejar que corriera la cadena. Se detuvo enseguida. Estábamos en menos de seis metros de agua y en una zona remota y desprotegida de la bahía, cerca de ciénagas y cocodrilos. Ojalá todo saliera bien.

—Puedo arreglarlo —dijo Herbert—. Confía en mí. —Tenía la teoría de que el problema era la junta de culata.

—Pero ¿por qué tus ayudantes no pueden venir después de que hayas arreglado el motor? No quiero tener que pagar otros tres boletos de avión por nada.

—David —me dijo—, yo puedo arreglarlo. Tú compra la junta de culata nueva y los boletos, y nosotros llevamos tu barco hasta San Diego para que puedas venderlo allí. Se acabarán todos tus problemas. Y dejamos el barco en mejores condiciones que si lo hiciéramos a bordo. Herbert Mocker siempre trabaja así. No te imaginas lo bien que va a quedar. Herbert Mocker y su equipo hacen pequeñas cosas, cada día, siempre arreglando. —Con las manos ataba pequeños nudos de una cuerda imaginaria—. Después de este viaje, no tendrás que pisar Puerto Madero nunca más.

El verdadero motivo de que Herbert estuviera dispuesto a arriesgarse con boletos para su equipo era que debía entregar otro barco, de Florida a California, a finales de enero y su agenda era muy apretada, más aún teniendo en cuenta que yo quería que llevara mi barco a San Diego.

Es difícil explicar por qué confié de nuevo en Herbert Mocker. La razón principal parecía ser el tiempo: yo necesitaba organizar viajes en las islas Vírgenes cuanto antes, lo cual me dejaba poco tiempo para navegar yo mismo hasta San Diego si había demoras. Aparte de eso, no contaba con tripulación que bajara luego conmigo hasta Puerto Madero, y necesitaba un mecánico. Pero creo que lo que necesitaba también era que alguien, quien fuese, me resolviera los problemas.

Herbert, como de costumbre, no pensaba hacer su trabajo si no era a su modo, así que al final accedí a comprar boletos para sus tres ayudantes. La bomba estaba limpia y reconstruida, teníamos un tester de compresión y la junta de culata nueva, y casi sin darme cuenta me vi otra vez en el aeropuerto. Herbert no dejaba de presumir por lo de la junta de culata, pues al parecer no había otra de repuesto para mi motor en todo el país.

–Puedo encontrar cosas que nadie más puede encontrar –dijo.

Cuando fui a facturar a la ventanilla de United Airlines, me dijeron que no podía llevar la bomba de inyección con el equipaje de mano. Yo les expliqué que estaba recién limpiada y recompuesta, pero me contestaron que como había contenido gasóleo, no podía volar conmigo. Les expliqué que los gases de combustión no son explosivos como en el caso de la gasolina, y que además la bomba probablemente no contenía gases. El del mostrador llamó al especialista en artículos prohibidos y luego me dijo que imposible. Intenté hacerle ver al del mostrador que el presunto especialista estaba metiendo gasóleo y gasolina equivocadamente en el mismo saco. Mi argumento no pareció impresionarle.

Total, no pude facturar mi equipaje. Con los boletos y el equipaje fui a probar en otros mostradores de United. No mencioné que en una de las bolsas llevaba la bomba de inyección y la bolsa pasó el escáner como si nada. Luego fui a la puerta de embarque con Herbert y sus tres ayudantes y esperé.

Estaba nervioso por lo de la bomba, y medio deprimido por tener que pagar boletos de avión para cuatro personas. Estaba perdiendo dinero a un ritmo de diez mil dólares semanales. Contando boletos de avión, el dinero devuelto a los amigos de Julie, sueldos, reparaciones, el alquiler de un barco para los chárters en las islas Vírgenes, etcétera, iba a perder un total de cuarenta mil dólares, como mínimo, y todo porque el capitán –la capitana, Elizabeth– había sido irresponsable. Y quizá también porque yo era un desastre y no había sabido resolver el problema. En cualquier caso, resultaba duro de aceptar, más aún cuando mi sueldo de profesor era de apenas veintisiete mil dólares anuales.

Y entonces, un momento después de que anunciaran que ya podíamos embarcar, oí mi nombre por los altavoces. La bomba, pensé. Me habían descubierto, a saber cuáles serían las consecuencias de mi pequeña trampa, fruto de la simple desesperación. Había subido a aviones de United con la bomba goteando combustible y ahora no tenía otra opción que volver con ella. En México era imposible encontrar otra bomba de inyección marca Volvo.

Fui hasta el mostrador y me identifiqué. El empleado consultó su ordenador y me dijo:

—Le han pasado a primera clase.

Santiago había montado fiestas en el barco. Los inodoros estaban taponados, aquello era un crudo espectáculo de mierda y papel higiénico por todas partes. No sé qué diantres habrían comido; era difícil entender cómo podía nadie salpicar mierda hacia ángulos tan inverosímiles. Y algunos colores no acababa de comprenderlos.

—Una noche tengo un par de gente en el barco —me dijo Santiago—. Solo mi novia y su amiga. Pero los inodoros no funcionan.

—Yo te avisé, hombre —dije yo—. Son eléctricos, y no hay electricidad a bordo.

Santiago tenía cara de dormido, el pelo todo de punta.

—Perdona, hermano —dijo—. Aviso a mi madre y mi hermana que limpian aquí. Tú no pagas nada.

—*Gracias* —dije, aunque no me gustó nada la idea de que a su madre le tocara hacer el trabajo sucio—. Oye, creo que haré venir a alguien. ¿Sabes a quién podría contratar? Es que no quiero que tu madre vea esto.

—Okey —dijo Santiago—. Yo busco alguien.

Le di veinte dólares para los inodoros y otros veinte para limpiar la basura que había en cubierta, montones de colillas, botellas de cerveza… Las fiestas habían estado al máximo.

—Y no quiero más fiestecitas, ¿de acuerdo? —dije.

—De acuerdo. Nosotros vigilamos el barco. Nadie se lleva nada.

—Gracias. Te lo agradezco. Bueno, qué caray, pues monta una fiesta si quieres.

Santiago sonrió.

—*Amigo* —dijo—. Es un barco bonito. Traigo un par de chicas, no solo mi novia. Pero en tu cama no. La de en medio.

—Bueno, gracias —dije, y como no sabía qué añadir, le pregunté a Herbert si podíamos ponernos a trabajar en el motor.

—Hay que limpiar el barco —dijo Herbert—. Mi gente no vive en estas condiciones.

—Lo sé. Ya le di dinero a Santiago; él se ocupará de contratar hoy a alguien para que lo limpien.

—No deberías hacer tratos con Santiago.

—Ya, pero digamos que así es como funcionan mis cosas. Yo soy así, imagino.

Herbert se quedó sin saber qué decir. Levantó las tablas de la sala de máquinas y nos concentramos en eso.

Le ayudé a instalar otra vez la bomba, y él se ocupó de la parte delicada, que era ajustar el tiempo de encendido. Tardamos dos horas. Herbert no dejaba de resoplar, un tipo grande como él con ciertos problemas respiratorios, pero luego expurgamos los conductos y conseguimos arrancar. Al ponerlo en marcha y revolucionarlo un poco, el motor escupió al agua una película negra. Y seguía sonando mal. Herbert hizo una prueba de compresión y descubrió que uno de los cilindros estaba tocado.

—¿Tocado? ¿Qué quieres decir? —le pregunté—. ¿Se puede hacer algo?

—No —respondió—. Salvo rectificar el cilindro, pero aquí es imposible. Hay que cambiar el motor.

—¿Cómo que cambiar? ¿Y la famosa junta? ¿No me dijiste que esto lo arreglabas tú? ¿Y el dinero que acabo de desembolsar en boletos de avión para cinco personas?

—Oye, a mí no me hables en ese tono. Nadie le habla en ese tono a Herbert Mocker. Vas a tener que buscarte otro mecánico.

—No, nada de eso. Tú vas a asumir cierta responsabilidad. La primera vez ni siquiera subiste a bordo, no me dijiste nada del tester de compresión, y esta vez insististe en venir con tus tres ayudantes. Hiciste hincapié en que Herbert Mocker podía arreglarme el motor. Dijiste que Herbert Mocker me llevaría a San Diego como por arte de magia. Abracadabra. Que yo no tendría que poner el pie nunca más en esta pocilga. Herbert Mocker arreglaría esto y lo otro y mi barco quedaría perfecto. —Imité su gesto de atar nudos con cuerdas.

Herbert se quedó callado. No volvimos a hablarnos durante el resto del día. Él estaba enojado y yo también, y yo desde luego no me sentía orgulloso de mí mismo, no me creía ningún genio. Y, aparentemente, el motor no tenía arreglo.

Al día siguiente volvimos a hablarnos, si bien a regañadientes. Los ayudantes volvieron a casa. Herbert iba a quedarse un par de días más. Anteriormente, yo ya había sondeado en DINA y otros sitios la posibilidad de comprar otro diésel y hacerlo instalar, de modo que sabía lo caro que me iba a salir. Un motor nuevo que en California podía costar trece mil dólares, en México podía salirte por dieciocho mil. Y eso suponiendo que las cosas no se estropearan.

—Deberías comprar uno de segunda mano en California —me dijo por fin Herbert—. Yo puedo cruzar la frontera en mi camioneta, el motor lo guardo en el maletero, tapado con una lona. Pero arriesgarse con un motor nuevo, eso ya no. Demasiados problemas si te descubren.

Hablamos con gente de DINA y se mostraron dispuestos a ayudar. El único problema era la grúa. Tendríamos que alquilarla a la autoridad portuaria y podía ser que nos dijesen que no. Y tendríamos que buscar un muelle. En el mismo lugar que los pesqueros no podíamos estar porque era ilegal, pero había un trecho abandonado de concreto en la vieja estación de servicio Pemex. Eso podía servir.

Lo de la grúa nos supuso un montón de viajes en taxi y frustrantes conversaciones con funcionarios corruptos, y la respuesta nunca estaba clara.

—Olvídalo —dije al final—. Desmontaré el motor y lo sacaré con una driza. Luego desmontaré el motor nuevo y lo bajaré por el mismo sistema.

Herbert estuvo de acuerdo. Cambiamos los boletos para volar al día siguiente, dejando el barco al cuidado de Santiago. Él se moría de ganas de organizar otra fiesta.

De vuelta en California, encontramos un motor usado que podía encajar donde el antiguo sin necesidad de hacer modificaciones. Era un Ford de cuatro cilindros y veinte años de antigüedad, con el mismo bloque Peugeot poco fiable de mi Volvo, pero se encontraba en muy buen estado.

Herbert empezó otra vez con que podía pasar el motor en su camioneta, así que me puse a mirar agencias de transportes y averigüé que solo había una empresa que realizara envíos por carretera a Tapachula. Tapachula casi no está en el planeta. Y un envío por vía aérea podía tardar meses o años en la Ciudad de México sin que, al parecer, hubiera modo de localizarlo.

Una vez facturado el motor, me puse a trabajar con Julie para concretar viajes de invierno por las islas Vírgenes Británicas. Había pocos clientes y eso estaba significando mi muerte financiera, pero el verano prometía ser mejor. La gente parecía interesarse más por Turquía, sobre todo clientes antiguos, y alquilar allí un barco no era tan caro. Aparte de eso, yo estaba ampliando el abanico de mis talleres, que ahora incluían arqueología y «clásicos». El futuro inmediato, al menos sobre el papel, se presentaba bien; dentro de unos años podía tener armado una especie de «semestre en alta mar» para alumnos adultos, en vez de estudiantes jóvenes. Eso no había nadie que lo hiciera, descontando los viajes carísimos que organizaban asociaciones de antiguos alumnos, que no eran competencia para mí. Yo podía ofrecer al cliente el mismo profesorado y los mismos itinerarios por la mitad de precio.

Pero antes tenía que volver a Puerto Madero.

—*Amigo* —dijo Santiago.

Había hecho más fiestas en el barco. Latas de cerveza tiradas por allí, baños nauseabundos, etcétera, pero al menos mi cama seguía virgen.

—Tú no pagas nada —dijo—. Mi hermana viene a limpiar.

Yo estaba junto a la puerta de mi camarote y de repente empecé a producir agua. El sudor me cubrió todo el cuerpo en un instante. Aquel calor era insoportable, y otro tanto el tufo que venía de los baños. Dejé el equipaje en el suelo y subí a cubierta.

Eran casi las once de la mañana y el sol era ya cegador, un verdadero infierno. Pero había una ligerísima brisa, rayando casi lo imaginario, aunque suficiente para que uno notara una sensación de frescor. Tenía un impacto psicológico.

—Bien —dije—. El motor estará aquí en cuatro o cinco días, o sea que necesito llevar el barco al muelle de Pemex y luego retirar el motor viejo y hacer que suelden uno de los tanques.

—¿Los tanques? —dijo Santiago.

—Hay uno que tiene una pequeña fuga, una filtración, y el combustible está encharcando la sentina. O sea que mientras el motor esté fuera, habría que soldar eso.

—Okey —dijo Santiago, en un tono luctuoso que daba claramente a entender que eso no iba a pasar de ninguna manera.

—Carajo —dije—. No acabo de creer que esté otra vez aquí. Perdona.

—Tranquilo, hermano. No es mi país.

Me tocaría recoger de nuevo la cadena, levantarla a mano y llenarme otra vez de negras y viscosas heces, como un arqueólogo en busca de vestigios de nuestros antepasados. Esta vez igual encontraba algún hueso, o un mamut entero, por qué no. Entonces recordé que tenía un motor que funcionaba a medias. Podía cargar las baterías, utilizar el cabrestante e ir en el barco hasta el muelle.

–Bingo –exclamé.

–¿Qué? –dijo Santiago.

–Esta vez tengo un motor. No hace falta que nos remolquen.

–¿Por qué no te vas, amigo? Vete a California, llévame contigo.

–Ya lo intenté –dije–. ¿No te acuerdas?

–*Sí*.

Santiago asintió con la cabeza. Pero no creo que lo entendiera del todo. Para los que no son marinos, es fácil pensar que uno zarpa de un puerto cualquiera y que luego el barco aparece como si nada en el puerto de destino.

Tenía miedo de que el motor no arrancara, pero arrancó. Lo dejé en marcha unos veinte minutos para cargar las baterías y luego subí el ancla con el cabrestante eléctrico. Todo aquel lodo nauseabundo, aderezado de heces, iba a meterse en el pozo del ancla, pero con suerte encontraría una manguera y podría limpiarlo más adelante.

Navegué a paso de tortuga, menos de un nudo, hacia la otra zona del puerto, soltando por detrás una pequeña marea negra de más de medio metro de ancho. ¡Y yo que me las daba de ecologista! Lo había sido, en efecto, durante muchos años; y siempre había pensado que navegar era un deporte ecológico. De alguna manera no se me había ocurrido pensar en el motor diésel, la pintura a base de cobre, el barniz, los diferentes productos químicos.

–California –dijo Santiago–. Vamos, hombre. Yo marcho ahora. No necesito mis cosas. No necesito despedirme.

–Porque eres un trotamundos –le canté.

Era una de Donna Summer.

Me alegré de estar en movimiento aunque fuera por cinco minutos. Volvía a controlar la situación. Me sentía optimista.

Entré en la bahía pequeña y fui en baja velocidad en dirección al muelle abandonado. Las palapas eran como una zona marginal de Puerto Madero, a su vez una zona marginal de Tapachula. Pero la cala donde atracaban las barcas de pesca era una zona marginal de las palapas. Había una sola calle de tierra y una docena de pequeñas construcciones, los muelles de cemento para la veintena de barcas de pesca, el muelle abandonado de Pemex, y nada más.

Nuestro muelle consistía en un trecho de concreto de un metro ochenta de alto, gastado y agrietado. Neumáticos grandes atados con cadenas a la cara frontal. Bombas averiadas con conductos que iban hasta depósitos y edificios decrépitos, cerca de alambre de púas y alrededor la selva. A mano derecha un campo de hierba seca, luego la calle de tierra, y en primera línea de playa unos cuantos comercios donde se proveía la flota pesquera.

A esta parte de la bahía no llegaba brisa del océano. Ni siquiera una brisa imaginaria, o esperanza de que la hubiese. El aire estaba poblado de moscas, y por la hierba y el concreto correteaban alimañas. Las barcas de pesca tenían los generadores conectados, sin silenciador, el ruido era infernal, solo comparable a los chillidos de la horda de niños que apareció en la carrera tan pronto atracamos. Pedían un peso, o un dólar, o una Coca-Cola, cualquier cosa, a cambio de recogerme la basura o lo que hiciera falta. La mayoría llevaban pantalón corto, o largo, sin camisa, ni uno solo calzado, todos con greñas sucias, las manos mugrientas y la cara otro tanto. Les dije que no. Quería evitar tenerlos rondando por allí cada día. Varias personas llamaban a mi barco «el cajero automático», y no les faltaba razón. Mi aspecto hablaba de dinero, pese a que yo estuviera cada vez más endeudado y que el problema se agravara de día en día, hasta el punto de que, técnicamente hablando, mi capital neto era menor que el de cualquiera de aquellos niños.

—Necesitas alguien que vigila tu barco —dijo Santiago—. Aquí no dejas el barco, hermano.

Miré en derredor y me puse a pensar. Si necesitaba a alguien que me vigilara el barco, sobre todo por la noche, mientras yo estaba fuera, lo más seguro era contratar al mayor delincuente del pueblo, aquel a quien todo el mundo temiera.

—¿Hay por aquí algún capo del crimen? —pregunté—. ¿*Número uno bandido*?

Estaba yo mirando hacia la palapa que había unos cien o ciento cincuenta metros más allá, donde un grandulón estaba espatarrado a la sombra en una hamaca, y media docena de tipos flacos esperaban allí de pie.

Santiago me sonrió.

—Aprendes rápido —dijo—. Tú conoces el país.

—Gracias —dije—. Al final, acabaré pagándole a ese hombre, sea quien sea, de modo que mejor pagarle a él de entrada y así me ahorro pagar a otros.

—Conozco el hombre —dijo Santiago—. Se llama Gordo y vive aquí mismo. Yo te llevo.

—¿Es ese que está en la hamaca? —pregunté, señalando.

—*Sí*.

Me volví, no fuera caso que ellos nos estuvieran mirando, pero se me escapaba la risa. Tuve que irme abajo. Gordo. Ni más ni menos. El tipo era realmente obeso. Sí, ya sé que parece que me lo esté inventando, pero México puede ser un lugar muy literal. En México, el grandote barrigón es el delincuente en jefe y se hace llamar Gordo.

Cruzamos el campo hasta donde estaba la hamaca. Gordo estaba rodeado por un montón de hombres que estaban sin hacer nada, pero no holgazaneando. Allí el único que holgazaneaba era él.

Tuvo a bien bajarse de la hamaca. Yo era el famoso «Cajero Automático». Era alguien importante. Gordo no llevaba bigote, cosa rara. Y el pelo lo tenía más corto, y con entradas. Su rostro era grande y su expresión afable. Me saludó en español, me dio una palmada en el hombro y fuimos juntos hacia el barco, con Santiago y varios de sus hombres detrás.

Gordo inspeccionó el barco y dio su visto bueno. Santiago hizo de intérprete mientras Gordo me decía que era un buen barco para el mar, que podía aguantar cualquier tempestad. Con un barco así se podían explorar nuevos teritorios. Con un barco así podías ir hasta la isla de Pascua. Gordo quería ir a Pascua para ver aquellos enormes monumentos de piedra. Él mismo se ocuparía de vigilar el barco. Se sentaría por las noches al timón hasta que yo volviera de Tapachula.

Le dije, por mediación de Santiago, que no tenía por qué hacer eso. Yo no pretendía que vigilara personalmente el barco. Pero él se detuvo y me cogió el brazo. Llevaba un pantalón enorme de deporte y unas chancletas, sin camisa y sin sitio donde meter un arma. Pese a ello, se le veía muy relajado... y amenazador. Dijo algo, y Santiago tradujo: Gordo insistía en querer vigilar personalmente el barco. Quería meditar sobre las posibles travesías, y que yo le hablara de los lugares a los que el barco había ido ya.

—*Gracias* —dije, y sonreí.

La cosa estaba saliendo bien. Entonces le pregunté a Santiago por el precio. (No quería parecer grosero pero necesitaba saberlo.) Resultó que era muy asequible. Doscientos pesos a la semana, es decir, solo veinticinco dólares. Cuatro veces el salario medio de la zona, pero aun así una ganga. Y el tipo iba a estar a bordo todas las noches hasta mi regreso, por mucho que yo tardara en volver. De pronto me entraron dudas de que Gordo fuera en verdad el delincuente en jefe, pero no pude decir nada hasta que se marchó y me quedé otra vez a solas con Santiago.

—Esto no me convence —le dije—. Es demasiado barato.

—Le gusta tu barco —dijo Santiago—. Y el dinero está bien.

—Muy raro —insistí yo—. Pero en fin. Yo contento de no tener que pagar más. ¿Y crees que el barco estará seguro?

—No te preocupes nunca más. Nunca cierras el barco. Dejas todo. Nadie se lleva nada. Dale un *regalo* por la noche.

—¿Una propina?

—*Sí.*

—¿Cuánto?

—Diez pesos, pero no olvides. Dale una *cerveza*. Él no quiere, pero tú debes dar.

—En fin. ¿Por qué me habrá tocado este país de locos? —dije. Y luego me di cuenta de que quizá me había pasado—. Perdona.

—No problema, hermano. Yo te digo antes, no es mi país. Mi casa es en Guatemala.

Pero mi actitud empezaba ser preocupante. Estaba generalizando a partir de simples pruebas anecdóticas, y eso siempre es peligroso. De jovencito era muy izquierdista. En California había participado en protestas a favor de trabajadores emigrantes, incluidos los ilegales, y había dado clases particulares a chicos mexicanos desfavorecidos. No quería ser xenófobo ni racista, por descontado, y me daba cuenta de que necesitaba urgentemente un cambio de chip.

Estaba yo en mi cama esa noche, en el camarote de popa, desnudo y empapado en sudor, dándole vueltas a estas cosas, cuando oí algo en la escalera. Más pequeño que un ser humano pero más grande que una cucaracha. Me incorporé enseguida y agarré la linterna. Dirigí la luz hacia el salón grande y allí no vi nada, pero al ir hacia la puerta vi algo que me miraba a dos palmos de distancia, en la escalera de cámara. Una rata grande. Me detuve en seco. La rata bajó corriendo por la escalerilla y se coló en la zona de cocina.

—Lo que faltaba —dije.

La seguí con la linterna sin tener ni idea de cómo iba a sacarla del barco. Con la mano, desde luego, yo no la iba a agarrar. No era experto en enfermedades y quería pensar que no era un paranoico tampoco, pero sabía que si te mordía una rata en un lugar así, llevabas las de perder.

Volví al camarote y me vestí de pies a cabeza. Pantalón largo, calcetines, zapatos, sudadera, gorra, guantes. No podía más de calor, pero no quería dejar al descubierto ni un trozo de carne. Luego abrí los armarios de detrás del salón y miré las existencias. No había ningún espray antirratas, ni siquiera antibichos varios. Pero sí quedaban productos para el mantenimiento del barco, y decidí que la rata iba a probar lo que era bueno.

Opté por el T-9000, un lubricante aeronáutico que yo utilizaba para las jarcias. Lo fabricaba Boeing, tenía una boquilla ajustable y era un producto químico sumamente nocivo. Avancé armado de linterna y espray y descubrí a la rata subida a la encimera, justo donde yo solía dejar las rebanadas de pan para hacer sándwiches de mermelada y mantequilla de cacahuete. Fui hacia allá dando un rodeo, de forma que la rata tuviera que huir escaleras arriba. Previamente había cerrado la puerta del camarote de popa y las escotillas de la sala de máquinas, así como los armarios del salón. No quería dejarle más alternativa que salir.

Mientras la rata miraba fijamente la luz de la linterna, adelanté el espray y le rocié generosamente la cara. El roedor pegó un brinco, en vertical, y yo solté un grito y dio un salto hacia atrás. La perdí de vista, no estaba en el haz de luz, mala cosa, y yo moviendo la linterna de un lado a otro, hasta que la localicé en el suelo del salón; me miraba otra vez, ahora con cierta hostilidad. Me incliné hacia adelante y le lancé otro chorro a las narices. La rata dio un respingo pero se quedó donde estaba. Repetí la operación, y entonces se subió al sofá. Yo me envalentoné, le puse el extremo de la boquilla a un par de centímetros del hocico y le rocié directamente a los ojos. La rata salió disparada, corrió como loca por el salón y finalmente echó escaleras arriba hacia la cubierta, perseguida por mí, rociando sin parar hasta que la tuve acorralada en la proa. Apenas si le quedaba sitio, pero continué atacándola con el espray mientras la rata intentaba hacer una finta y esquivarme, pero ante mi insistencia finalmente saltó por la borda y cayó al agua.

Vi como chapoteaba, arañando luego con sus deditos de rata el casco de fibra de vidrio en un intento de trepar de nuevo a bordo. La rocié un poco más, por no quedarme corto, hasta que se alejó hacia tierra.

Contemplé el muelle de concreto. La marea en ese momento era descomunal, casi dos metros, lo cual me obligó a aflojar los cabos. Según el momento, el muelle podía estar un metro y medio más arriba o más abajo de mi cubierta, y si los cabos quedaban demasiado tirantes cuando el barco estaba alto, corrían el riesgo de romperse cuando bajara. Eso quería decir que el barco no paraba de bailar en la corriente, alejándose unas veces del muelle, acercándose otras, y los neumáticos amarrados al concreto dejaban su pegajosa mugre negra en el costado del barco cada tantos minutos, proximidad que aprovechaban las ratas para subir a bordo; no había manera de cortarles el paso.

Volví adentro, cerré la compuerta y todas las ventanas y escotillas. Me asaría vivo, pero de este modo no entraría ninguna rata y nadie me mordería mientras estuviese durmiendo. Herbert me había contado que a un hombre le royeron los huevos mientras dormía. Según me dijo, a las ratas les gustaba esa parte anatómica, y aunque yo sabía que las anécdotas que pudiera contarme Herbert Mocker no eran de fiar, prefería en este caso no correr riesgos.

Y allí estaba yo, desnudo, tumbado sobre una estúpida sábana de franela, sudando a mares, toda la noche, y el aire tan caliente y tan denso que era como tener una almohada sobre la cara. Mientras tanto, las oía corretear por la cubierta, como ardillas en un tejado.

Cornetas y tambores me despertaron muy temprano. Yo estaba seguro de que no podía ser, pero sí era, de modo que me levanté y abrí la escotilla de cámara. No es que hiciera fresco, en absoluto, pero lo preferí con mucho a la atmósfera dentro del barco. Los que tocaban parecían ser principiantes, cada cual iba por su lado. Aún era casi de noche. Fui por los binoculares, escruté la otra orilla y pude verlos en el crepúsculo matutino; llevaban uniformes de la marina y habían bajado a la playa para ensayar.

Necesitaba ir al baño, pero no había electricidad para utilizar los inodoros de a bordo, que, de todas formas, estaban taponados. Santiago no había hecho venir a nadie para limpiarlos. Durante la noche, sin ventilación alguna, el olor había sido cosa seria.

Como no estaba seguro de dónde podía ir al baño una vez en tierra y me parecía demasiado temprano para preguntar a nadie, fui abajo y esperé. Intentar dormir otra vez estaba descartado. Me pregunté si había sido buena idea dejar abierta la escotilla, pero no entraron más ratas, y luego el sol salió por fin y entonces oí una especie de sirena que me hizo pegar un salto, como le había pasado a la rata. Asomé la cabeza por la escotilla de cámara y vi la patrullera de la armada y a mi amigo el capitán del pelo muy corto.

Saludé con el brazo y una sonrisa y fui a cubierta para tomarles los cabos.

—Buenos días —dije.

El joven capitán saltó a bordo, su uniforme impecablemente planchado, el pelo engrasado, los ojos vivaces. No sé dónde dormía, pero seguro que en mejor sitio que yo.

—Me he enterado de lo suyo —dijo, al tiempo que dos tipos grandes con ametralladoras bajaban.

Esperé, poniendo cara de buena persona, pero aquel tipo me daba miedo.

—Me enteré de que ha hecho un trato con Gordo. —Sonrió a la espera de mi respuesta, pero yo me quedé callado—. Gordo, sabe usted, es un criminal. Trae mucha droga a mi democrático país. Y también dice quién puede trabajar en las barcas de pesca y quién puede trabajar en este pueblo. Aparte de otras muchas cosas.

—Yo solo le he contratado para que vigile el barco mientras estoy fuera —dije al fin.

—Ajá —dijo el capitán—. O sea que usted le paga, dice que para que le vigile el barco, pero ¿por qué le ayuda él? Este barco es grande, ¿no? Podría transportar mucha droga.

—Si quiere combatir el crimen, le recuerdo que me robaron un motor, y creo que podría indicarle dónde vive el ladrón. ¿Por qué no manda allí a un par de hombres?

El oficial se alisó el pelo y miró hacia el otro puerto y la capitanía.

—Eso será mejor que vaya a hablarlo con *el capitán*.

—Ya lo hice, pero quien me lo robó es pariente suyo, así que él no me va a ayudar.

Entonces me agarró de la pechera de la camiseta. Yo hice ademán de apartarme hacia atrás, pero no me soltó.

—Tenga cuidado, amigo mío —dijo—. Le estoy vigilando.

Con la otra mano hizo el gesto de *dos ojos*, metiendo después los dedos casi en los míos.

Después me soltó, sonrió y llamó a sus hombres. Yo solté sus amarras y la patrullera se alejó.

—Bueno, no estuvo tan mal —dije para mí.

El día había avanzado ya lo suficiente como para ir a ver a Gordo y preguntar dónde podía aliviarme.

Me lo encontré bostezando a placer, todavía en su hamaca. Señaló hacia una esquina, diciendo «*el baño*». Resultó que era una pasarela de cemento cubierta de orines y arena y fragmentos de mierda y papel higiénico, y al fondo una caseta de concreto con un inodoro. Uno de verdad, con su manija para tirar de la cadena, pero la caseta estaba elevada apenas un par de palmos; cualquiera que pasase por allí podía verte. La falta de paredes despistaba el olor, pero la falta de intimidad no se lo ponía fácil a un estadounidense.

Más tarde, ese mismo día, fui con Santiago a mirar y preguntar sobre otras opciones, pero por lo visto no había ningún otro baño cerca. En toda aquella primera línea de costa quizá había otros dos, pero los utilizaban docenas de personas y yo no era bienvenido. Tendría que arreglármelas con el de Gordo o hacerlo en pleno campo.

Le hablé a Gordo del capitán en mi estrafalario español.

—*El capitán,* armada, *este mañana* —dije, y luego imité el gesto de *dos ojos.*

Gordo se echó a reír. Luego dijo algo, le pedí que lo repitiera; lo hizo, pero como yo seguía sin entenderle, añadió, esta vez en inglés:

—Aquí todo el mundo sabe todo.

Sonreí mientras pensaba qué habría querido decir exactamente.

—¿*Gente hablan?* —le pregunté.

Temí no haberlo dicho bien, pero Gordo me entendió.

—Sí —dijo.

—*Espero no hablan de yo* —bromeé, y él comenzó a reír otra vez.

Era un tipo de lo más jovial. Habría sido el perfecto Santa Claus; lástima que fuera el capo del crimen local.

Cuando recobró el aliento tras tanto reír, me pegó en el hombro con su manaza y yo eché a andar hacia el barco.

Varios niños me siguieron hasta allí, mendigando unos pesos. Me habían visto utilizar el baño, y luego hablar con Gordo. Eran como mi sombra. La mano tendida para pedir, unas caras que partían el corazón. No tenían otra cosa que hacer. Podían pasarse el día mirando y mendigando, y me pareció que la cosa iba para largo. Pero no me arredré. Uno de los más pequeños intentaba meter la mano en mi bolsillo mientras caminábamos; se le daba bastante bien, aunque no tanto como a algunos muchachos que me había encontrado en Roma.

No subieron conmigo al barco. Parecía existir una frontera invisible, trazada por Gordo, y nadie se atrevió a cruzarla. Pero luego, cuando ya estaba abajo, rodeado de calor y pestilencia, empecé a sentir remordimientos. Y eso que ahora los niños me molestaban con sus gritos o peleándose entre ellos. Miré en los armarios de la cocina y encontré un tarro grande con caramelos y saqué unas cuantas barritas para ellos.

La entrega del caramelo fue como un ritual. Silenciosos por primera vez, los niños tendieron las dos manos y se comportaron. Nada de peleas. Se sentaron todos a comer los caramelos, mirando las barritas con ojos como platos, y ahí sí que se me partió el corazón. Saqué pan, mantequilla de cacahuate y mermelada de fresas, un cuchillo y unas servilletas de papel. De nuevo se hizo el silencio y volvieron a portarse como angelitos. Se turnaron para prepararse bocadillos, y yo me fui abajo porque no quería seguir mirando. ¿Qué clase de sitio era este, que los niños no tenían ni un trozo de comida que llevarse a la boca?

Santiago apareció a media mañana y fuimos juntos a la autoridad portuaria para ver la manera de alquilar una grúa. Dejamos el barco abierto, todas mis cosas abajo en el camarote.

La oficina estaba aislada, entre el muelle pesquero y las palapas, en una calle de tierra que recorría la pequeña bahía. Tuvimos que esperar en la sala de la planta baja hasta que por fin nos hicieron subir para hablar con un oficial. Como todos los otros que yo había conocido, era un hombre seguro de sí mismo, con bigote, uniforme impecable… y un buen aire acondicionado. Sonrió y me dijo, por mediación de Santiago y en educado español, que me fuera al diablo.

—No pasa nada —le dije después a Santiago—. Voy a desmontar el motor y luego lo levantaré con una cuerda atada al palo mayor. Tengo poleas para sujetarlo.

—Si necesitas ayuda, aquí estoy, amigo —dijo.

Yo le estaba pagando muy bien, para ser un guatemalteco que vivía en Puerto Madero, y cada vez se mostraba más servicial. Nunca podríamos ser muy amigos, claro está, incluso queriéndolo los dos. La economía se encargaría de arruinar eso. Pero Santiago me caía bien.

—Gracias —dije—. Estoy pensando que podríamos quedar más tarde. Vamos a Tapachula a cenar y ver una película. Invito yo.

Santiago regresó en un taxi a las palapas y yo tuve que abrirme paso entre el mar de limosneros infantiles para bajar al infierno de la sala de máquinas. Una vez estuve en la asquerosa sentina, dije: «Te voy a tirar. Fuiste un buen motor, pero Elizabeth es idiota». Drené el circuito de agua potable. El olor del anticongelante se mezcló con el del aceite y los escusados. Cerré la llave de fondo del circuito de agua salada y drené la que se había acumulado allí, un mal olor a huevos podridos. Para el aceite utilicé una bomba manual que goteaba, con lo que conseguí ponerme perdido, y luego cerré las válvulas y drené el combustible de todos los filtros y tubos del motor. Un motor diésel genera muchos fluidos; a estas alturas yo estaba bañado en materia viscosa.

Tenía que ponerme a quitar piezas. No estaba seguro de cuál era la mejor manera de hacerlo, y entre el calor y los gases me sentía un poco mareado. Lo más grande era el intercambiador de calor que iba montado en la parte frontal, de modo que para retirar la pieza entera tuve que pelearme con un montón de tuercas y tornillos. Una vez desmontada, decidí tomarme un respiro y comer algo. Era casi mediodía.

Por lo visto había un solo restaurante, estaba muy cerca de donde vivía Gordo, delante del primero de los malecones. El restaurante era el lugar más bonito del pueblo. Suelo de tierra, sí, pero recién barrido, y no hacía mucho que habían encalado las paredes de cemento. Pude ver que incluso tenían teléfono, cosa que me convenía.

Fui hasta el mostrador, donde había una hilera de cuencos que contenían líquidos diversos, y dije «*Buenos días*». Las dos jóvenes que había detrás se rieron tímidamente. No eran muy agraciadas, pero sí inocentes y encantadoras a su manera. Me recordaron a la gente de las aldeas purépechas, cerca de Morelia, que una vez visité. Mi mejor amigo, Galen, había estado viviendo un año en una aldea donde hacían metates y molcajetes tallados en piedra, y un día me invitaron a hacer yo un molcajete, que es un mortero para preparar salsa.

Temprano seguí a un hombre y su burro hacia las suntuosas y espectaculares montañas; verdes conos volcánicos surgiendo de la espesura, el aire diáfano y fresco. Caminamos un largo trecho, durante más de una hora, y yo no acababa de asimilar aquel paisaje. Mi intelecto no lograba encajarlo en nada que yo conociera. Solemos comprender el paisaje por vía de la comparación: Milford Sound, en Nueva Zelanda, es como el sudoeste de Alaska, que a su vez es como los fiordos noruegos, por lo tanto emplear la palabra «fiordo» no desentona. No he estado nunca en Kenia, pero las fotos me recuerdan al norte de California, con los árboles un poquito distintos, así que eso también vale. Pero el paisaje de allí no se parecía a nada que yo conociera. Intenté aportar mentalmente la roca negra y los empinados montes volcánicos de Hawai, lo que, de entrada, se le parecía más, pero son dos mundos aparte. Lo que más se le aproximaba era *La tierra perdida*,* con los dinosaurios como mascotas y las fresas del tamaño de pelotas de básquet. Tenía uno la sensación de estar en un planeta más pequeño, más redondo, y era posible imaginar que no había otras biosferas. Ni desierto, ni océanos, ni hierba seca; únicamente altos conos verdes, exuberante selva y seres humanos que se ponían en camino a diario en busca de piedras para darles forma.

Encontramos la piedra en unas rocas oscuras diseminadas entre árboles menudos, y para desprenderla utilizamos unos picos. Era una piedra liviana, esponjosa, volcánica, lo que nos

* Esta película se estrenó en España con el título *El mundo de los perdidos*. *(N. del T.)*

permitía levantar pedazos enormes. Teníamos una fuerza sobrehumana, a la altura del aire montaraz y la proximidad de dinosaurios. El mundo no era viejo, sino de reciente formación, y sus límites no estaban totalmente marcados. La felicidad y cuestiones similares carecían de sentido. Nosotros cortábamos bloques de piedra, y ya está. Aquel era nuestro lugar. Pero lo asombroso es que no estoy idealizando nada: lo cuento tal como era.

Cargamos el burro con aquellos grandes bloques y desandamos lentamente el camino atravesando las montañas. «Trabajar» no era una palabra que tuviese el menor sentido.

Llegados a la aldea, intercambiamos miradas y saludos, allí todo el mundo se conocía, y ya en casa del hombre nos pusimos a cortar la piedra con picos y mazas cada vez más pequeñas hasta que tuve un trozo más pequeño y entonces empecé a redondear la piedra por los cuatro costados, dejando la parte superior y la inferior planas. El viejo fue muy paciente conmigo; disfrutaba viendo cómo mis torpes manos aprendían sobre la marcha. Yo creo que veía las manos como seres vivos; manos con capacidad de decisión, con sus peculiaridades y una voluntad propia.

Yo estaba haciendo aquel molcajete para mi *novia*, que era la única palabra que tenían allí para decir amiga femenina. Quería decir la chica con quien me casaría en un futuro próximo, y no tener una amiga carecía de otro sentido aparte de ese. La palabra «novia» contenía la maravillosa promesa de un lugar en el mundo para nosotros dos. Y yo moldeé aquella piedra como si fuera mi corazón, un corazón que presentaría con mis manos nuevas, para siempre. Y cuando estuvo terminado, me marché llevándome conmigo el cuenco y el recuerdo de ese día, que aún conservo en la memoria. Era eso lo que adoraba yo de México. México era capaz de una suavidad, un encanto, una inocencia que yo no había experimentado en ninguna otra parte, y las dos hijas del dueño del restaurante eran así. Vivir en un nido de narcotraficantes no había conseguido estropearlas. El modo en que se miraban la una a la otra, a sus padres y a mí, me devolvió a aquella aldea perdida.

Les sonreí, y al pedir la carta me puse nervioso porque pareció que le gustaba a una de ellas, pero esa no había sido mi intención, y sonreí aún más porque es lo que suelo hacer cuando estoy nervioso y me entra la timidez.

Me senté a una mesa plegable, sonriendo como un bobo y sintiéndome fatal por ello; tuve que desviar la cabeza hacia la calle y las barcas. Supe que la cosa no iba a terminar así como así. Ahora, cada vez que fuera al restaurante, parecería que la estaba cortejando. Eso lo sabía por mi amigo Galen, y por aquella aldea. Galen había cortejado a una chica durante todo un año, sin un solo beso, y diría que probablemente fue la época más feliz de su vida, pero lo de hoy era simplemente un error, un fugaz ensueño tomado como lo que no era. Esto iba a acabar mal.

Traté de centrarme en el menú. Me decidí por unos huevos rancheros y un *licuado* a base de melón y agua helada. Luego tuve que levantarme para pedir.

Mi flamente *novia* tenía un ademán nervioso, como mi sonrisa boba. Se contoneaba un poquito, hacia adelante y hacia atrás, despacio, como si bailara o soñara con que bailaba. Mantenía los codos pegados al cuerpo y las manos unidas a la altura del pecho, una postura de devoción, pero sosteniendo la libreta y el lápiz de tomar la orden. Su hermana no paraba de sonreír, de hecho se aguantaba la risa, pero se mantenía un poco aparte. Me pregunté de qué manera habrían tomado la decisión; ¿cómo, en apenas unos segundos, habían decidido entre ellas cuál iba a ser mi *novia*? Y entonces comprendí que debía de ser por la edad. Mi *novia* tendría unos veinte años, su hermana un par menos, y la hija mayor era la que se casaba primero.

—*Quisiero huevos rancheros, por favor* —dije, utilizando la fórmula más cortés que conocía en español. Ella sonrió, anotó el pedido y esperó—. *Y un licuado, por favor* —añadí, señalando el agua embotellada.

Ella me entendió, rió un poquito, su hermana lo mismo, y yo mientras sonriendo como un bobo y pensando de qué manera dar marcha atrás antes de que eso se convirtiera en un verdadero problema, pero tuve la sensación de que aquello era imparable, como todo lo que sucedía en el pueblo.

Su hermana me preguntó algo que no logré entender y tuvo que repetirlo. Entonces me di cuenta de que me preguntaba cómo me llamaba.

—David —dije, pronunciándolo en español.

—Yo me llamo Clara —dijo ella—. Y mi hermana, Marta.

—Bien —dije, llevándome dos dedos al sombrero como habría hecho un desconocido en una película del Oeste, y fui a sentarme a una mesa, de cara a las barcas de pesca. Fue un alivio poder mirar a otra parte.

No había sombra que protegiera aquella mesa del fastuoso calor del mediodía. Me quedé allí sentado, un buen rato, pero la comida no llegaba.

Por fin apareció Marta. Se inclinó junto a mí para dejar el plato con cuidado, y luego la servilleta y los cubiertos. No pude evitar mirar. Llevaba el pelo recogido en una cola de caballo, la piel de su cuello era tersa. Era poco agraciada y al mismo tiempo encantadora en cierto modo, y aunque yo nunca me habría enamorado de ella, podía entender que otro lo hiciera. Entonces Marta volvió bruscamente la cabeza y me sorprendió mirándole el cuello. Más risitas. Lo cual suscitó mi sonrisa boba, que me costó borrar incluso después de que ella volviera adentro.

La comida estaba bien. La salsa era mejor que aquella baba roja de las palapas, y los huevos prometían. Pero Marta y su hermana Clara no dejaron de observarme mientras comía, las dos de pie junto al mostrador, los ojos fijos en mí, que, aun estando de espaldas, notaba como si me estuvieran arrancando la columna vertebral. Varios hombres me miraban también, recostados en la pared de cemento encalada. Y un poco más lejos, siempre a la espera, mis sombras, los limosneritos. Aquí todo el mundo observaba lo que yo hacía.

Intenté concentrarme visualmente en la flota, que sin duda era digna de verse. El óxido de los cascos formaba como gruesas escamas que se desprendían en algunos puntos.

De cuando en cuando pasaba un pescador, o varios. No sé qué habían hecho con la sacrosanta *siesta*. ¿No tendrían que haber estado muchos de ellos echando un sueñecito? La única mujer que transitó por allí era prostituta. Llevaba unos grandes aretes, dorados, y un vestido corto de una tela naranja chillón, las piernas al aire hasta sus zapatos de salón, dorados también. Tenía un aspecto espantoso o estaba muy borracha, a juzgar por cómo se tambaleaba.

Vino derecho hacia mí. Tenía la cara ancha y, por un momento, al inclinarse y sonreír, casi la encontré sexy. Larga melena, ojos castaño oscuro, labios carnosos.

—*No, gracias* —dije, y ella me sonrió, lo encontró divertido. Se enderezó, miró a las hermanas, a los hombres que estaban recostados en la pared, y luego siguió su camino.

Cuando terminé de comer, pagué la cuenta sin mirar a Marta ni a Clara. Dejé una buena propina, y quise pensar que la cosa quedaría ahí. Regresé al barco. Regresar a trabajar iba a ser todo un alivio, una tarea agradable, deliciosa.

Volví a quitar la bomba de alta presión, que a estas alturas conocía casi de memoria, y retiré primero los colectores grandes, saqué los inyectores y las bielas y otras muchas piezas cuyo nombre ignoraba. Seguí quitando todo aquello que me pareció desmontable. Guardé algunas bombas, inyectores y demás como repuesto, por si acaso, ya que el motor nuevo tenía el mismo bloque y las mismas piezas quizá servirían, pero lo más grande lo fui subiendo a cubierta y lo tiré al muelle; pesados hierros de color verde y gris, sucios de aceite, yaciendo sobre concreto resquebrajado que estaba de por sí mucho más sucio.

Para los niños fue motivo de diversión. Cada vez que caía una pieza nueva, se ponían a examinarla y a toquetearla.

Hacia el final de la tarde, yo ya estaba desenroscando todos los pernos que conectaban el motor a la transmisión. La transmisión pensábamos conservarla; lo que haríamos sería atornillarle el motor nuevo.

Santiago llegó por fin, y yo me alegré de dar por terminada la jornada. Le pregunté dónde podía darme un baño y me dijo que seguramente en casa de Gordo. Así pues, agarré una toalla, jabón y champú y ropa limpia, y fuimos a casa de Gordo cuando el sol estaba por ponerse.

Gordo, como de costumbre, estaba en plan simpático, después de un día de holgazanear. Siempre que miraba hacia su vivienda, me lo encontraba tumbado en su hamaca a la sombra. Mucha gente yendo y viniendo, pero él nunca se movía de allí. Señaló hacia dos bidones de doscientos litros que había en el campo, con una tabla entre ellos.

—Ahí tienes la regadera —me informó Santiago.

—¿Qué? —dije. Fuimos hasta allí. Flotando en uno de los bidones, había un pequeño recipiente de plástico, y sobre la tabla un pedazo de jabón de aspecto sospechoso.

—Con el bote te echas agua —dijo Santiago.

Me metí allí y miré a mi alrededor: gente pasando por la calle, la tropa de mendigos sentada en la otra acera, un automóvil destartalado. Se suponía que yo debía desnudarme en medio de aquel campo y bañarme a la vista de todo el mundo. Me consolé pensando que, una vez estuviera instalado el motor nuevo y pudiera zapar, no tendría que volver allí jamás. No volvería a ver a ninguna de aquellas personas, y ellas no conocerían a quienes yo conociera. Una vez que me marchara, estaría en un mundo completamente diferente, y las humillaciones que había sufrido en ese no podrían seguirme.

Me despojé de la camiseta, me quité el pantalón corto, me eché agua por encima y empecé a enjabonarme. Por lo menos, el aire era reconfortante y pronto sería de noche e iríamos al centro comercial.

El centro comercial era mi refugio. En Tapachula aprendí a amar y valorar el centro comercial de un modo que me habría parecido impensable en el mundo del que venía. Es un lugar donde uno puede creer, aunque sea durante unas horas, que la vida tiene sentido y que el destino le pertenece a cada cual. Si quiero comida china, elijo comida china. Si quiero pizza, elijo pizza. Y veo todas esas alternativas al alcance de la mano en un pequeño restaurante, alegre y animado. La música que suena desde una de las tiendas es música de cantina, y en un centro comercial de Estados Unidos a ninguna tienda le dejarían poner nada semejante a un volumen tan atronador, pero a fin de cuentas es música, no marinos mexicanos ensayando una fanfarria. El suelo no es de tierra. Hay incluso una tienda Disney a la vuelta de la esquina, y mujeres de todas las edades lucen colgantes y aretes con Mickey Mouse. Después de la cena, hay cuatro películas para elegir. Todas con subtítulos en español, no dobladas, lo cual es una suerte. Después de todo el día en el puerto, el centro comercial es una bonita representación de un posible y agradable paraíso.

Aquella noche elegimos comida china y vimos la última de James Bond, *El mundo nunca es suficiente*. El título me pareció muy apropiado. Me preguntaba qué diantres hacía yo en ese lugar de México. De haber podido permitírmelo, económicamente hablando, habría abandonado el barco y habría vuelto a casa.

Al salir del cine subimos a un taxi y regresamos al puerto.

—Ojalá pudiera dejar el barco aquí tirado —le dije a Santiago, o más bien grité, porque parecía que el vehículo llevara un turbopropulsor.

Cualquiera hubiese dicho que íbamos a más de cuatrocientos kilómetros por hora, atravesando turbulencias capaces de arrancarte los dientes de golpe.

Santiago asintió con la cabeza.

—Quizá es mejor —gritó él.

Helena iba sentada, apretujada, entre los dos.

—¡Pero no puedo! —grité—. El dinero no me alcanza y mi trabajo no da para mucho. Tengo que quedarme y arreglarlo, qué remedio.

Santiago se encogió de hombros y miró por la ventanilla; estaba claro que no me creía. Aquí nadie me creía. Llega en un yate a un país de estas características e intenta convencer a alguien de que no tienes dinero.

Santiago y Helena bajaron en las palapas y yo seguí camino hasta el muelle pesquero. Había unos dos kilómetros o algo más y la carretera serpenteaba entre los pantanos de la pequeña bahía, y en todo el trecho no había más edificio que la oficina de la autoridad portuaria. Ni una sola farola. Nada más que un camino de tierra entre la ciénaga y la selva. Si aquel taxista hubiera querido parar y robarme o matarme, nadie se lo habría impedido. Estábamos absolutamente solos en la oscuridad.

Sin embargo, llegamos finalmente a la esquina donde empezaba el muelle, y yo atravesé el campo y vi a Gordo sentado en la cabina de popa del barco.

—Buenas noches —dije.

Él me devolvió el saludo. Se le veía de buen humor, descansado y sereno. Dijo algo en español, señalando al cielo. Ojalá le hubiera entendido. ¿Qué puede decir el jefe del crimen local acerca del cielo tras pasar una tarde aparentemente serena en el barco de un gringo?

Gordo sabía que yo no podía entenderle. Sonrió y me dio una palmada en el hombro. Yo le pasé una propina, nos dijimos buenas noches otra vez y Gordo se alejó.

Aquella noche sudé en el barco cerrado; los gases del diésel me provocaban náuseas, y probablemente estaban exterminando millones de células cerebrales y desarrollando pequeñas células cancerígenas. No logré dormir. Tumbado en mi ataúd volví a oír ratas correteando por la cubierta, y de madrugada me desperté una vez más al son de cornetas y tambores. Se oía la draga, también, aunque quizá fueron imaginaciones mías en medio del escándalo que armaban los generadores de la flota pesquera.

Subí a cubierta, y justo cuando estaba pensando en ir al escusado de Gordo y tomar quizá un baño al amparo de la oscuridad que todavía reinaba, la patrullera de la armada apareció en la bahía y puso proa hacia mí. Estaba visto que iban a venir a verme a diario.

Les tomé los cabos, los até y dije:

—Buenos días.

—He estado trabajando —fue lo primero que me dijo el capitán—. Lo sé todo sobre ese motor.

—Qué bien —dije yo—. Gracias. ¿Sabe dónde está?

—Así es.

—Vaya, estupendo. ¿Podemos ir a buscarlo?

El capitán sonreía un poquito, pagado de sí mismo. Se sacudió la pechera del uniforme con dos rápidos gestos de muñeca —una imaginaria pelusa—, me miró y esperó.

—Disculpe —dije—. No comprendo.

—Ya —dijo él—. Usted no comprende.

Me miró como dando por supuesto que yo sabía de qué hablaba, sin dejar de sonreír y asintiendo con la cabeza.

—Muy bien —dije—. Yo no comprendo.

—Pero ¿sabe usted qué es lo que no comprende?

—Ahí sé que me he perdido.

—Ah —dijo—, *amigo*. Ese motor de usted no es un simple motor.

—¿No?

—No. Detrás de ese motor se esconde mucha gente. Se sorprendería usted.

—Estoy ya medio sorprendido. ¿Y quién hay detrás del motor?

El capitán meneó un dedo en el aire y negó con la cabeza, como si yo fuera un niño pequeño. Se estaba divirtiendo en grande.

—Muy bien —dije—. ¿Qué es lo que quiere?

—*Amigo* —dijo el capitán—, ¿a usted qué le gustaría darme? Mi tarea consiste en proteger este democrático país, y en protegerlo a usted. No he dormido nada desde que hablamos ayer por la mañana. He trabajado mucho.

—No tengo inconveniente en pagarle —dije.

Su sonrisa se desvaneció.

—No, *amigo* —dijo—. No entiende nada. Yo trabajo para mi país. Lo que quiero de usted es información sobre Gordo. Hábleme de él. Averigüe quiénes son sus amigos, incluso dentro de la armada, y luego hablaremos de su motor. Quizá podría decirme también dónde guarda él la droga. Porque usted necesita saber qué pasa con su fuera de borda.

Eso me hizo sonreír.

—Yo no tengo manera de averiguar eso —dije—. Seguramente me matarían. Es solo un motor. Me costó mil dólares. Si no puedo recuperarlo, bueno. No lo necesito.

—No se trata del motor —dijo él—. Tiene usted que saber quién hay detrás; eso es lo que necesita saber. O puede acabar perdiendo mucho más. Tal vez el barco, tal vez la vida.

—Caray. No pienso que sea para tanto.

—Usted no piensa… Es verdad. Porque es estadounidense y tiene el privilegio de no pensar. Pero ahora no está en Estados Unidos, amigo mío.

Se me quedó mirando largamente. Fue una mirada de repugnancia, o así es como lo viví yo. Se marchó sin decir más.

Fui al baño de Gordo, y debo reconocer que me sentía un tanto inquieto. El capitán de la armada era un especialista en meterle el miedo en el cuerpo a uno, aunque quizá se debiera a que no había averiguado nada y necesitaba desesperadamente información sobre Gordo. Pero era un tipo listo y parecía muy metido en su labor, así que me costaba creer que no lo supiera todo.

Mi siguiente momento de inquietud iba a ser en el restaurante. No habría desayunado, pero estaba que me moría de hambre y les había dado a los mendigos toda la mantequilla y la mermelada. Hoy no se habían presentado aún y en cierto modo los extrañaba, eran mi séquito.

El restaurante ya había abierto. Aquella familia era el pilar del pueblo. Sin ellos, la gente se moriría de hambre y no podría llamar por teléfono. Marta estaba en el mostrador con Clara, y junto a la pared encalada vi a aquellos dos tipos, exactamente en la postura en que los había dejado la tarde anterior. Me pregunté si habrían estado allí todo el tiempo. Los saludé con un gesto de cabeza. Ellos me miraron sin decir nada.

Intenté concentrarme en la carta y pedir, pero Marta estaba haciendo su bailoteo y Clara se aguantaba la risa, de modo que a mí se me puso aquel rictus de sonrisa y ya no pude reaccionar. Me quedé allí sentado, y tuve la sensación de que la atención con que era observado por aquellos tipos era más intensa que otras veces, iba más allá de su deseo de verme convertido en crisálida. Esta vez, además, miraban mucho a Marta y a Clara. Primero a mí, luego al suelo, luego a las hermanas, luego al suelo, después a mí. Daba cierto miedo, la verdad, pero fuera estaba clareando, al menos ya no era de noche, y eso me hizo sentir más seguro.

Estaba mirando cómo ellos me miraban a mí cuando noté que algo me rozaba el brazo, y era Marta que estaba dejando mi plato en la mesa. Fue apenas un roce, una cosa ligera, «accidental», un mensajito, justo lo que yo no deseaba, y por eso no levanté la vista ni me di por enterado. Me puse a comer. California me pareció increíblemente lejana. Terminé rápido, dejé un propina normal y salí.

Me puse a trabajar en el motor y los niños se congregaron fuera, pidiendo Coca-Colas, golpeándose los unos a los otros, sentados al sol como tontos, etcétera, mientras el día empezaba a parecerse a un horno de convección. Pero luego oí voces femeninas dirigiéndose a mí. «*Hola*», «*Buenos días*», qué sé yo. Unas voces frescas y livianas como el agua. Me sentí como parte de un desfile.

Dijeron «*Buenos días*» articulando esmeradamente las sílabas, en beneficio del pobre gringo, y yo devolví el saludo. Luego me preguntaron si el barco era mío y yo dije que sí, y ellas que qué bonito. Después me preguntaron si podían subir a bordo, y una, que era menuda y flaca, hizo ademán de pasar la pierna sobre el guardamancebos.

—No, no, no —me apresuré a decir—. *Lo siento.* No.

Y la hice bajar de nuevo al muelle. Ella se reía, y sus amigas también.

—¿*Tiene novia?* —preguntó la más alta del grupo.

Tenía unos pechos enormes que desbordaban de su escotado top, los enseñaba al tiempo que me hacía ojitos. Pero yo no iba morder el anzuelo.

—*Sí* —dije.

—¿*Aquí?* —preguntaron las otras.

—*No. En los Estados Unidos.* —No era del todo cierto. Tamako había roto conmigo. Cosa que ellas parecían saber, porque se rieron y menearon la cabeza—. *Nesesito trabajar* —dije, señalando el motor en la sala de máquinas.

La chica alta me estaba ofreciendo por señas a una de las más menudas, a quien hizo volverse e inclinarse para mostrar el trasero. Llevaba las bragas puestas, pero era una manera de enseñarme el aspecto que tendría por detrás. La bajita se volvió hacia mí con un meneo de cadenas de oro. Era guapa, y reconozco que estuve tentado de aceptar, pero la situación era absurda. Tenía que terminar el trabajo.

Les dije otra vez que estaba ocupado y me fui abajo. Ellas se quedaron allí un rato, diciéndome cosas, pero yo seguí con mis tuercas y mi llave inglesa y al final se marcharon. Como es natural, me puse a pensar en ellas, me las imaginaba desnudas y dobladas por la cintura encima de mi cama, y todo lo que me habría gustado hacer. Al final fui al camarote de popa y me la jalé mientras oía a los niños pelearse arriba, en el malecón. Las ideas se me aclararon un poco. Me sentí como Ulises tratando de resistirse a las sirenas. Lo último que me faltaba era tener una novia en Puerto Madero. Y aquellas tres podían ser muy bien prostitutas, aunque quién sabe. No iban vestidas como tales, más parecían mujeres del pueblo que habían aprovechado un rato libre para divertirse con el gringo, quizá con la esperanza de que alguna pudiera colarse en mi barco para ir al norte. Seguramente solo estaban burlándose de mí.

Volví al restaurante a la hora de comer y confieso que empecé a mirar en busca de las tres mujeres. Una vez, en bachillerato, tuve ocasión de estar con dos chicas. Por separado me caían las dos fatal, y eran amigas, y un domingo por la tarde me llamaron para decir si quería ir a casa de una de ellas; el motivo de la invitación no podía estar más claro. Ellas tenían quince o dieciséis años, yo era algo mayor, pero al final no fui porque me dio miedo. Desde aquel día no he dejado de abofetearme por ser tan imbécil.

Marta y Clara estaban otra vez sonriendo y riendo, sobre todo Clara, que miraba de reojo, y era como si yo estuviera cortejando a mi novia al estilo tradicional mexicano, cuando en realidad solo quería almorzar. Me vi obligado a mirar todo el tiempo hacia el muelle. Fue bastante incómodo. Pero lo más preocupante fue el tipo de la pared encalada y su amigo. Ya no cabía duda de que era un pretendiente de Marta. Cuando esta miraba hacia él, se mordía el labio y ensombrecía el gesto. Había algo entre ellos y yo estaba metiéndome en medio. Aquel hombre seguramente llevaba dos años cantándole canciones con una guitarra bajo su ventana, llevándole ramos de flores silvestres, haciéndole un molcajete... No era un individuo apuesto, lo cual lo convertía en muchísimo más peligroso. Era bajo y recio, vestía jeans y botas, sin sombrero. Andrajoso, quemado por el sol, y con cara de querer matarme. Su amigo se solidarizaba con él, pero en comparación le faltaba intensidad. Llevaba un sombrero vaquero y de vez en cuando se ponía en cuclillas, para descansar, pero entonces el pretendiente le miraba mal y el otro se levantaba.

Yo no sabía cómo salir de aquel lío. Y entonces llegó Marta con mi sándwich de pollo, esta vez sin rozarme el brazo, lo cual me metió más miedo aún en el cuerpo. Si ella había detectado peligro, es que probablemente lo había.

Me puse a comer sin prestar atención a la mayonesa, pues en comparación me parecía un riesgo mucho menor, y finalmente llegó el momento de pagar y salir. Pero me sentía incapaz de moverme de la silla, como si fuera zona segura, o «base», por emplear un término de patio de colegio, y en cuanto me levantara y fuera a la calle, saliendo de la zona de salvación, aquel tipo y su compinche me molerían a palos, en plena calle y a la vista de todo el mundo. Tenía la clara sensación de que eso podía pasar. Pensé en salir corriendo en busca de Gordo, que vivía unas puertas más allá. Él también era «base». Si le tocaba antes de que ellos me alcanzaran a mí, tendrían que parar otra vez.

No había vuelto a participar en una pelea desde la escuela primaria, cuando tenía nueve o diez años. Me había burlado sin piedad de un chico de un grado superior, ya no recuerdo por qué. Pero, después del almuerzo, cuando fui al baño que había junto al patio, me lo encontré esperándome detrás de la puerta. Se me echó encima por detrás y yo caí de bruces al suelo. Tenía las manos aprisionadas en los bolsillos de mi enorme chamarra, así que me caí de boca. Luego me llevó a rastras a un escusado y empezó a golpearme la cabeza contra el inodoro, hasta que yo dije «tío», y entonces paró. Teniendo en cuenta que el chico pretendía hacerme papilla la cabeza, era completamente absurdo que la palabra «tío»* le hiciese parar, y sin embargo así fue. Ahora necesitaba otra palabra mágica.

* El equivalente inglés al «me rindo» español es 'uncle', que significa «tío» (carnal, en este caso). (N. del T.)

Necesitaba, además, tener claro si cuando me pusiera de pie miraría al pretendiente. Eso, en primaria, era un factor de vital importancia. Si no mirabas, podías escabullirte como un cobarde y no había pelea; pero si mirabas, la pelea estaba asegurada. Así es como funciona entre perros, y supongo que los niños tomaron ejemplo. Los perros se intimidan unos a otros mediante miradas. Por otra parte, si decidía no mirarle y no hacía ningún saludo amistoso, podía quedar como un tipo arrogante, o que realmente iba por Marta, o cualquier otra cosa.

Al final me levanté, miré un momento al pretendiente haciendo a la vez un gesto de saludo con la cabeza, no volví la vista atrás hacia donde estaban Marta y Clara ni me despedí de ellas y salí a la calle, preparado para recibir un golpe. Pero no hubo tal. Seguí caminando sin mirar atrás y llegué al barco.

Los niños estaban serios. Lo sabían, lo habían visto todo. Y, al menos provisionalmente, no había duda de que estaban de mi parte. Ojalá hubiera tenido algo de comida para darles. Si vivía hasta la noche, en el centro comercial compraría más mantequilla y mermelada.

De pie sobre las fauces de mi sala de máquinas, el caldillo negro, intenté no respirar hondo a fin de evitar los gases del diésel y el olor a letrina. La reaclimatación siempre requería unos minutos. Pero tenía que darme prisa en sacar el motor viejo porque el nuevo no tardaría en llegar, de modo que bajé a aquella poza donde el agua me llegaba casi por las rodillas y agarré una llave inglesa.

No hacía mucho rato que estaba trabajando cuando oí un silbido fuerte. Era uno de aquellos prodigios a dos dedos, pero sonaba diferente del de Santiago. No podían ser mis tres sirenas, ni Gordo, ni el capitán de la armada. Pero sí el pretendiente. Y ¿qué mejor escenario para una pelea que el campo abandonado que había cerca del muelle?

Tomé la llave más grande que tenía a mano, una de 29 milímetros, abandoné la piscina tóxica, puse los pies sobre unas toallas de papel para limpiarme el calzado y salí al exterior.

El sol, como de costumbre, me dejó ciego. Pero unos instantes después pude ver al amigo del pretendiente allí plantado, en el muelle, a pocos metros de donde yo estaba. Miró la llave que tenía en la mano; yo me fijé en las suyas y respiré al ver que estaban vacías. Como no había señales del pretendiente, miré en la dirección de donde vivía Gordo y del pueblo. No vi a nadie. Estábamos él y yo solos, y los niños.

Dijo algo muy rápido, en español. No pesqué nada.

—Lo siento —dije—. No mucho español.

—¿*Restaurante?* —preguntó.

Deduje que quería saber si entendía esa palabra.

—*Sí* —dije.

Entonces me señaló, diciendo:

—*No.*

—¿Yo no restaurante?

—*Sí.*

—Necesito comer —protesté—. Hay no otro restaurante.

Se le había puesto cara de enfado.

—*No quiero Marta* —dije. Me parecía entender que «*quiero*» servía tanto para «necesito» como para «amo».

Él se quedó pensando. Estaba claro que le disgustaba esta misión, y al final decidió que por hoy ya era suficiente, o esa fue la impresión que me llevé. Se marchó sin decir nada más.

Volví abajo para seguir trabajando en el motor. Temía que el tipo pudiera regresar con el pretendiente y una pistola cualquiera. La espera se me hizo angustiosa, y fue una suerte tener algo con lo que distraerme.

A media tarde oí las voces de las sirenas. «*Hola, David*», gritaron, y luego «*Buenas tardes*», pero yo me hice el sordo y seguí con lo mío. Sabían que yo estaba en el barco, naturalmente, y cabía la posibilidad de que subieran a bordo, puesto que ya habían cruzado una vez la invisible línea de Gordo. De repente empezaron a llamarme de todo y a reírse de mí. La cosa comenzó en plan suave —«*Hola, guapo*»—, pero luego derivó a cosas como «*Ay, papi*» y «*Jefe*», y carcajadas. Se divertían en grande y su repertorio parecía no tener fin. De gran parte yo apenas si me enteraba, claro, porque eran frases complicadas y dichas a toda velocidad, pero igualmente se me escapaba la risa porque mis sirenas eran muy graciosas. «*Hombre*», decían, y «*cabrón*» y «*amor*». Después cambiaron a «*caballero*», que enseguida se convirtió en «*caballo*», y acto seguido les entró el ataque. Empezaron a zapatear, a darse palmetazos las unas a las otras, entre risotada y risotada. El grupito de pequeños mendigos se contagió del jolgorio; ya no me eran tan leales.

Las mujeres se marcharon por fin no sin antes desearme las buenas noches, adornándolo con varios de los epítetos que me habían dedicado, y yo terminé de desmontar el motor hasta dejar únicamente el bloque. Salí de aquel caldo oscuro, limpié las herramientas, y luego fui a cubierta en busca de aire fresco a la espera de que llegase Santiago.

Llegó en un taxi al que le faltaban dos de sus cuatro puertas y el toldo. Dejamos el barco en manos de Gordo y fuimos hacia Tapachula.

De camino, le conté a Santiago lo del pretendiente.

–Deberías irte –dijo–. Aquí no es seguro para ti. Alguien puede matarte, amigo.

–No es para tanto –dije yo.

Era difícil hablar, sin puertas a los lados. Yo miraba hacia abajo y veía el camino de tierra entre el polvo que levantaban las ruedas de delante. Al final tuve que taparme la boca, la nariz y los ojos con la camisa.

–No conoces esto –gritó Santiago–. Si quieren matarte, nadie hace nada para impedirlo. Y sabes que al *capitán* no gustas; al otro, el militar, tampoco gustas. No hacen protección de ti, hermano.

–Pues no puedo irme –respondí, gritando a través de la camisa–. Por culpa del barco tengo que estar aquí.

–No necesitas el barco –gritó a su vez Santiago–. Necesitas la vida.

No puedo decir que eso me levantara el ánimo. Y, por cierto, ¿dónde había estado metido Santiago todo el día? Yo lo llevaba a cenar y al cine, pero también necesitaba su ayuda.

Llegamos por fin a un trecho asfaltado. El polvo dejó de asfixiarnos y pude bajarme la camisa, pero el coche no llevaba cinturones de seguridad y el taxista iba por lo menos a cien y rebasando coches a lo loco, y el asfalto estaba allí mismo, pasando a toda velocidad. Lo que menos me gustaba era tener a alguien sentado a mi lado; si Santiago me daba un empujón, yo sería carne de dispensario.

—¿Mañana podrías ayudarme a sacar el bloque de motor? —le pregunté. Tuve que gritar.

—Cuenta conmigo, amigo —dijo, pero estaba claro que no le gustaba el trabajo manual ni consideraba que ese fuera su cometido. Santiago era demasiado listo para eso.

—Será poco rato —grité—. Y necesito que me suelden un tanque.

—¿Qué? —gritó él a su vez.

Desdeñé su pregunta con un gesto de la mano. El ruido era infernal. Ahora el silenciador, o alguna otra pieza, rozaba el pavimento y el taxista iba lanzando miradas nerviosas por el retrovisor, pero sin aflojar. De hecho, aceleró aún más. Llegaríamos a nuestro destino aunque del coche no quedase nada.

Cornetas y tambores y otro día más. Aunque estaba asfixiándome, no me levanté. Tiré de la calurosa sábana hasta cubrirme la cara, deseando estar en cualquier otra parte. Y me sentía tan cansado que conseguí dormirme otra vez, pero luego desperté presa del pánico al oír el bocinazo y salí a cubierta para recibir al capitán de la armada.

—Se ha metido en otro problema, amigo mío —me dijo—. Cada día encuentra usted uno nuevo.

—Sí, se me da bien —dije yo.

—Perfecto. Riamos. Ja, ja. Y luego acuda a mí cuando tema por su vida. Cuando nadie más pueda ayudarle. Bien, tráigame lo que necesito y veré si puedo hacer algo. Tal vez sí, tal vez no. Hasta entonces, no me verá usted más.

—¿Se acabaron las visitas matutinas? —pregunté.

Estaba el hombre tan furioso, que no podía ni hablar. Hizo un gesto con el brazo indicando a su timonel que arrancara y luego me dedicó, una vez más, el gesto de *dos ojos* (la costumbre, supongo yo) y se alejó hacia las tinieblas.

—¡Bien! —exclamé, aunque no había nadie que pudiera oírme—. No más visitas. Si me pongo tapones en los oídos, podré dormir.

Me duché a la tenue luz de la mañana; el agua fresca hizo que me sintiera en la gloria. El día pintaba bien. Había dejado el bloque de motor a punto, así que no tenía nada que hacer hasta que llegara Santiago, que había prometido pasarse por la mañana. Y tampoco tenía que ir al restaurante para desayunar, puesto que había comprado provisiones en el supermercado del centro comercial, incluidas grandes existencias de mantequilla y mermelada para mi séquito. Fui a sentarme a la cubierta de proa y contemplé la salida del sol. Casi como si estuviera de vacaciones.

En este barco había pasado buenos momentos. Mi primera travesía fue de San Diego a Hawai, diecisiete días seguidos navegando hacia la puesta de sol. Por la noche, cuando otro tripulante se encargaba del timón, mi amiga Michelle y yo nos tumbábamos en cubierta bajo una compacta y luminosa Vía Láctea que parecía una cuerda de plata tendida en el cielo. Las noches de luna eran todavía más espectaculares; el mar todo iluminado, y el mástil meciéndose frente a algodonosas nubes blancas. También hubo noches de cielo cubierto, oscuridad total, y si miraba desde la proa hacia el otro extremo del barco, me parecía estar mirando un dragón; dos ojos colorados —las ventanas de la cabina—, y como si estuviera embistiendo. De hecho sentías la aceleración cuando sus tres velas se hinchaban y la cubierta se escoraba hacia el mar, la proa hundida. Era un buen buque, un velero robusto y competente, y yo quería sacarlo del sitio donde estaba ahora.

Aquí la salida del sol era brusca. Ni una sola nube, nada que reflejar, todo cielo abierto; el sol haciendo su trabajo de calor y nada más, no de belleza. Era un horno y no tardé en refugiarme abajo, entre los gases, pero al poco rato llegaron los niños y saqué las cosas para preparar sándwiches.

Tomé el sombrero y los lentes de sol y me senté un rato en el muelle con los niños. Me hablaban todos en español y yo no entendía gran cosa, pero a ellos no parecía importarles. Seguían platicando como si nada. Lo curioso del caso es que yo adivinaba de qué se trataba lo que estaban diciendo incluso sin conocer las palabras, porque sus anécdotas eran las que cuentan los niños en cualquier parte del mundo, sobre cosas enormes y prodigiosas, sobre lo que ellos podían hacer, sobre lo que yo tenía que verles hacer porque sí. Luego vino la fase de pedir, no que les comprara cosas o que hiciera cosas, sino directamente dinero, pesos. Al cabo de un rato me harté y volví abajo, donde el calor era ya indescriptible. Una vez más bañado íntegra e instantáneamente en sudor. De no haber sido por las complicaciones, habría ido a tumbarme a la sombra cerca del restaurante; o en una hamaca al lado de Gordo. Me pregunté qué cara pondría él si me presentaba con una hamaca y la colgaba junto a la suya.

En vista de que Santiago no aparecía, decidí echar un vistazo al tanque de babor, el que tenía una pequeña fuga. Soldar un tanque de carburante implica riesgo de explosión, pero yo confiaba en que antes pudiéramos limpiarlo o desmontarlo.

Metí los pies en aquel lodo compuesto de gasóleo/refrigerante/aceite/agua de mar y pensé en achicar primero la sentina para eliminar los gases tóxicos. Era lo que estaban haciendo los pesqueros. Esa parte de la bahía era un sumidero de contaminantes. Pero no acabé de decidirme. Trataría de colocar un bidón de doscientos litros en el muelle mismo.

Con una linterna, probé el tanque y sus soportes y vi que era imposible desmontarlo sin arrancar la mitad del suelo del salón grande. Habría que soldarlo in situ.

Estuve hurgando un rato más y luego subí a cubierta para respirar un poco. Eran más de las doce, Santiago seguía sin aparecer y yo estaba muerto de hambre pero estaba harto de mantequilla y mermelada, así que decidí arriesgarme e ir al restaurante.

Caminando despacio por la calle de tierra, tuve la sensación de haberme extraviado. Aquello parecía Marte, el calor y la luz eran tan intensos que apenas si podía ver. Pero una vez llegué al patio del restaurante, me encontré al pretendiente, una vez más clavado en el sitio de siempre junto a la pared encalada; su compinche, que estaba en cuclillas, se enderezó al punto, con gesto culpable. Los saludé con la cabeza y ellos simplemente me miraron.

Pedí un *licuado* y un bocadillo, y esta vez no hubo sonrisas por parte de las hermanas. Ni siquiera se dignaron mirarme. Al parecer, había corrido la voz de que yo no estaba enamorado. Miré hacia donde estaba el padre de ellas, y el hombre desvió la vista. No me inmuté. Podía tomar mi comida sin tener que preocuparme por nada más, aunque es cierto que me sentí extrañamente solo y triste. Todas aquellas risitas, y que alguien me quisiera, habían tenido su gracia.

Me senté a la mesa y dirigí la vista hacia las barcas, evitando al pretendiente. Él continuaba mirándome, pero no supe por qué. ¿Acaso no estábamos en paz? ¿No se había percatado de la reacción de Marta? Además, era el único restaurante en todo el pueblo; yo no tenía elección.

Clara, la hermana de Marta, me trajo el sándwich y el licuado. Me puse a comer e intenté concentrarme en los pesqueros y en cómo reparar el depósito de gasóleo. Aparte de eso, empezaba a intrigarme la ausencia de Santiago. Fue entonces cuando apareció por allí la prostituta del vestido naranja chillón. Estaba borracha, como de costumbre, y probablemente drogada. Apoyó las manos en mi mesa y acercó su cara a la mía.

—*Hola* —dijo, con un sonsonete seductor e irónico.

Me llegó el tufo a alcohol.

El pretendiente dijo algo desde la pared, algo que sonó a advertencia, y la mujer se enderezó. Luego, llevándose una mano a la cadera, le mentó la familia. Pude distinguir la palabra «madre», y deduje que lo que le había dicho no era nada agradable.

El tipo se acercó a la mesa, reiterando su advertencia, y entonces ella me pasó un brazo por los hombros, se inclinó hacia mí y me lamió la oreja. Se echó a reír, y ahí el pretendiente no pudo más. Era más bien bajito, pero rugió y embistió como un toro hacia nosotros.

Intenté levantarme del banco donde estaba sentado y conseguí caer de espaldas al suelo. Vi cómo la mujer recibía un puñetazo en la cara y se derrumbaba en mitad de la calle. Luego, todo se ralentizó otra vez. Me levanté por detrás de la mesa; el pretendiente ni siquiera me miró. Estaba esperando a que ella se pusiera de pie. Ella permaneció tendida durante unos minutos, diciendo cosas que no logré entender. Tenía el vestido rasgado y sangraba de una rodilla. Estaba medio cubierta de tierra. Miró al sol, balanceándose sobre ambos codos, una sonrisa en los labios como si estuviera bronceándose en la playa, y luego se levantó. Fue lentamente hacia el hombre, semiagachada, como un púgil. Él estaba medio agachado también y retrocedía, curiosamente pulcro con sus jeans y su camisa a cuadros. Llevaba el botón superior abrochado, la tela pegada al cuello. Su amigo el del sombrero negro de vaquero, que estaba detrás de él, empezó a jalonearlo.

No entendí por qué el pretendiente no me había pegado. ¿Tenía que ir yo ahora a rescatar a la mujer? ¿Era una provocación sutil, o había en todo aquello alguna otra historia? Estábamos a plena luz del día, y se suponía que estas cosas pasaban por la noche, mientras yo estaba a salvo en mi barco.

La mujer se abalanzó sobre el pretendiente y le propinó un directo a la mandíbula, pero los tacones altos y el propio impulso la hicieron caer y torcerse un tobillo, y en cuanto estuvo en el suelo, el tipo y su amigo la agarraron del pelo y estamparon su cabeza contra la dura pared. Fue tan brutal que casi no lo podía creer. Después, ella se quedó allí tirada, boca arriba otra vez, la frente ensangrentada, gimiendo. Estaba toda cubierta de polvo y sangre. Los dos hombres habían vuelto a su lugar de siempre junto a la pared y ahora me observaban.

Yo no sabía qué hacer, y al final dejé dinero encima de la mesa y me fui andando hacia el barco. La dejé allí al sol, como un animal moribundo. Pero es que toda la historia era absurda. Yo ni siquiera la conocía. Tampoco conocía al pretendiente, ni a su amigo, ni a Marta y su familia. Si querían hacerse trizas unos a otros, por mí que no se detuvieran. Nadie me había mandado limpiar este pueblo.

Sin embargo, una vez a bordo me sentí como un cobarde, y preocupado por la herida en la frente de la mujer. Necesitaría atención médica, lo cual significaba probablemente ir a Tapachula. Abandoné el barco y fui a ver a Gordo.

Estaba en su hamaca y parecía relajado. Intenté contarle lo de la pelea.

—*Un hombre y una mujer* —dije, señalando hacia el restaurante, pero mi vocabulario era mínimo. ¿Cómo se decía «pelea» en español?

Gordo se llevó un dedo a los labios para hacerme callar. Luego se levantó de la hamaca como habría hecho un oso y me acompañó hasta el barco, protegiéndome con una manaza apoyada en mi cogote.

—Me preocupa esa prostituta a la que han dado una paliza —dije en inglés, por no saber cómo decirlo en español—. Quisiera pagar para que alguien la lleve a un hospital.

Gordo asintió, como si entendiera lo que yo le había dicho. Quizá sabía más inglés del que me imaginaba. Quise preguntarle qué estaba pasando, pero no me pareció apropiado. Cuando llegamos al barco bajé a por todo mi dinero, que al cambio venían a ser unos doscientos dólares. Gordo lo tomó, se despidió con un gesto de cabeza y echó a andar. Un cuarto de hora después vi que una camioneta Ford paraba delante del restaurante y que subían a la mujer a la cabina. Yo seguía siendo un cobarde, pero al menos la atenderían. Además, quién sabe cómo habría acabado todo si llego a intervenir en la pelea. Como dijo Brook Shields en una campaña antitabaco: «Si te mueres, te pierdes una parte muy importante de la vida».

Cuando apareció por fin aquella tarde, Santiago se mostró filosófico:

—Quizá es mejor. Ahora quizá no tienen que matarte.

—Vaya, gracias —dije—. Eso me hace sentir súper a salvo.

—Vete a California. No necesitas el barco.

—No tengo un centavo —dije—. Y debo mucho dinero del barco.

Era evidente que no me creía; al final se encogió de hombros y dijo:

—Si no te vas, Helena conoce a una chica, una amiga, te la presentará.

—No busco ninguna amiga ni novia —le dije.

—Se llama Eva —dijo él—. Las traigo a las dos, mañana, o el otro, y vamos a Tapachula.

—Yo no busco amiga —repetí—. Fíjate en lo que ha pasado.

—Te gustará.

Yo no tenía ganas de discutir.

–Oye, tenemos que sacar el bloque de motor –le dije–. Dentro de tres días llegará el motor nuevo. Y necesito encontrar quien suelde el tanque.

Santiago miró hacia el cielo.

–Es tarde –dijo.

–Vale, muy bien –dije–. Hoy lo dejamos correr, ¿puedes venir mañana por la mañana y me ayudas a sacarlo?

Santiago apoyó una mano en mi clavícula.

–Sí, amigo, no preocupes, lo haremos mañana.

Parecía que hablaba en serio, que no me estaba dando largas. Me incomodaba ir con exigencias o parecer un cretino, pero cada vez estaba más frustrado.

–Muy bien –dije–. Vayamos a Tapachula, hombre. Necesito olvidarme unas horas de este sitio.

Y nos pusimos en camino, temprano. Así nos daría tiempo de ver dos películas. Y lo cierto es que me sentí mejor cuando llegamos allí. El centro comercial era adictivo. Tenía aire acondicionado, había guardias de seguridad, podía olvidarme de mi otra vida… También Santiago se relajó un poco, se volvió más locuaz. Y, como en anteriores ocasiones, se puso a hablar de Guatemala.

–Montañas –dijo–. Bellas montañas. El aire es como aquí, en el centro comercial. Y tranquilo. No peleas.

–Lo de hoy no me lo podía creer –dije–. Si hubieras visto cómo le destrozaban la cabeza contra una pared…

–Son de Nicaragua –dijo Santiago–. No te metas con ellos, hermano. Les importa todo nada. Si los matas, les da igual también.

–Perfecto.

–Todo pasó, y es bueno que pagas a Gordo para ayudarla. Así saben que tú estás con Gordo.

–¿No crees que ya tenían que haberlo sabido?

–Ellos saben. Ellos saben.

–Entonces ¿no deberían haber tenido miedo de hacer algo así?

—Gordo no te salva la vida, hermano. Tú solo le pagas para vigilar el barco.

—¿Y no podría pagarle para que me salve la vida?

Santiago se echó a reír.

—No es como la carta de restaurante. Aquí todo el día puedes morir. En el centro comercial, en el restaurante, en tu barco, en las palapas, cuando vas a dormir…

—Sí, okey, ya lo capto.

—Lo siento, hermano. Tienes que marcharte.

—Ya —dije—. Pero no puedo, o sea que no hablemos más de eso.

Entramos a ver una que se llamaba *Bichos*, y que en Estados Unidos creo que se tituló *A Bug's Life*, lo cual prometía ser bastante autobiográfico.

A la mañana siguiente me desperté tarde, pasadas las once. La armada no había venido de visita, y los tapones para los oídos me habían evitado tener que soportar a los músicos, los generadores de la flota y los niños. Por primera vez sentí que había descansado. Ahora bien, todo yo estaba nadando en sudor, incluso habiendo dejado abiertos los ojos de buey más pequeños, y como abajo no se podía respirar, salí a cubierta. Me quedé momentáneamente ciego y volví a bajar en busca del sombrero y los lentes de sol.

Cuando volví a salir, los niños me estaban mirando con desconfianza. Debían de pensar que había pasado de ellos las últimas tres horas. Les mostré los tapones, hice como que me los metía en los oídos, pero o no me entendieron o no les impresionó mi número. Lo que querían era dinero.

—*Uno minuto* —les dije, en mi patético español. Había aprendido que era mucho mejor decir «*uno minuto*» todo el santo día, que decir «*no*» sin más—. ¿Santiago? —les pregunté después, y todos negaron con la cabeza—. ¿*No?* —insistí, y ellos a menear la cabeza.

Bajé a tierra, crucé el campo para usar el escusado de Gordo, y cuando ya estaba otra vez a bordo y me disponía a bajar, vi una camioneta blanca que cruzaba el campo a toda prisa. Venían hacia mí, tipos de uniforme con armas a la espalda, dos más en la cabina. Frenaron derrapando en el muelle y saltaron a tierra con toda la artillería: escopetas, rifles con mira telescópica, pistolas.

Cerré los ojos. En serio, eso hice. Cerré los ojos para no ver cómo me acribillaban. Fue una cosa instintiva. Pero luego comprendí que era pura paranoia. ¿A santo de qué iba a venir nadie con la intención de matarme?, ¿y quiénes eran aquellos tipos, a ver?

Abrí los ojos y me pregunté de qué rama de la policía o las fuerzas armadas podían ser. En la zona de la frontera había todo tipo de gente uniformada. Estos llevaban camisa blanca, y para ser militares tenían una pinta demasiado informal. Se me ocurrió que serían de la policía local, o algo así. Dijeron «*Buenas*», que era la abreviatura habitual en lugar de buenos días o buenas tardes, y sentí un gran alivio al ver que no iban a pegarme dos tiros, pero entonces pensé: «Oh, no, ahora me van a registrar todo el barco otra vez». Pero el caso es que se alejaron hacia el campo y la vegetación que lo bordeaba. Sin duda estaban buscando algo.

De repente sonó un fuerte estallido; un tipo con un rifle de alta potencia acababa de disparar hacia los matorrales. Sonaron más disparos, y también risas, y deduje que habían venido para divertirse haciendo puntería contra lo que pudiera haber por allí. Tras los disparos, el grupo de limosneritos corrió por las víctimas. En menos de una hora, el malecón era un espectáculo de animales muertos: ratas, un gato callejero, una serpiente. Todo dentro de la cosa deportiva, sí, pero no era como para tranquilizar a nadie, sobre todo viendo el tamaño de la serpiente. Yo pasaba por ese campo varias veces al día.

Me quedé mirando un buen rato, pero los hombres no parecían tener prisa por marcharse y yo estaba hambriento, de modo que decidí ir al restaurante. Al diablo con los dos tipos de la pared, por más que fueran nicaragüenses. Yo tenía hambre y pensaba almorzar. Además, había allí medio cuerpo de policía, con que no podía elegir un momento más seguro.

Caminando por la calle de tierra me puse a pensar que, con unos pocos cambios, este podía ser un simpático pueblecito. Una acera, por ejemplo, y una tienda de chucherías. Quizá también un coche de bomberos.

En el restaurante todo el mundo estaba donde solía estar siempre. Pedí, me sirvieron y me puse a comer, preguntándome todo el tiempo si el pretendiente vendría a pegarme una paliza. Yo había creído que la pelea despejaría un poco el ambiente, pero nada de eso. El tipo no estaba satisfecho; solo esperaba la ocasión propicia. Terminé rápido y me marché.

Los de la policía estuvieron por allí casi hasta que se puso el sol, bebiendo cerveza y disparando a imaginarios blancos acuáticos. Fuertes estallidos a cada momento. Los oídos me zumbaban. Varios de los hombres estaban disparando muy cerca de la proa de mi barco, sentados en el borde del muelle. Fui hasta la proa y los saludé.

—*Tengo un motore* —dije, tratando de preguntarles por el fuera de borda robado, pero ignoraba cómo se decía «robar» en español.

Al final avisaron con un silbido a uno que hablaba inglés.

—Gracias —le dije—. Quería pedirles ayuda. Me robaron el motor y alguien me dijo que está aquí, en el pueblo. Yo podría averiguar en qué casa se encuentra.

El hombre sonrió. Se le veía muy alegre y pensé que estaba dispuesto a ayudarme, pero entonces dijo:

—Deberías hablar con la capitanía del puerto.

Señaló hacia las oficinas del otro lado de la bahía.

—Ya lo intenté —dije.

—Sí, lo sé. Todo el mundo está al corriente. Nos enteramos hace días, amigo, a pesar de que no estamos aquí. Oímos hablar de ti en Tapachula. Allí lo comentan, y se ríen, lo tuyo tiene éxito. Por eso hemos venido hoy a ver el barco y practicar un poco.

—¿En serio? —pregunté.

—Sí, amigo. Eres como una estrella de cine.

—Salvo que todo el mundo se ríe.

—Sí.

Y entonces rió. Por lo visto le hacía mucha gracia. Llamó a uno de sus compañeros para que nos sacara una foto estrechándonos la mano. Yo posé sonriendo, qué iba a hacer. Luego subieron todos a la camioneta y se alejaron de allí, diciendo adiós con el brazo y dejando los cadáveres como recuerdo. Miré a los niños y se me ocurrió que quizá se llevarían los tesoros en una carretilla. Ahora había además un par de serpientes enormes, ratas a montones, cachorros perdidos y varias cosas que no supe identificar. Pero los niños no movieron un dedo. Por fin, cuando ya oscurecía, apareció Santiago.

—Bueno —dije—. Un poquito tarde para sacar el motor, ¿no?

—Lo siento, amigo —dijo él—. Hoy tengo cosas. Ayudar a mi madre. Pero lo hacemos mañana seguro.

—¿Por la mañana?

—Claro. *Mañana.*

—¿Y luego buscaremos un soldador?

—Claro.

—¿Qué hago con las ratas y las serpientes?

Santiago se encogió de hombros. Por lo visto todo aquel zoológico iba a quedarse allí, junto con las piezas de mi motor viejo. Claro que también podía tirar los bichos al agua. Supuse que daba lo mismo, aunque cuando empezaran a pudrirse, el olor sería importante.

—¿Podemos ir a hablar con Gordo? —le pregunté a Santiago.

—Claro —dijo él otra vez. Era el mantra del día.

Gordo estaba de pie, no en su hamaca, cuando llegamos. Estaba hablando con unos hombres y no parecía tan simpático como de costumbre.

—*Lo siento* —dije—. *Tengo una pregunta.*

Pero a partir de ahí no pude seguir en español y tuve que echar mano de Santiago. Preguntó a Gordo por el fuera de borda, y si podía ayudarnos a recuperarlo. Gordo negó con la cabeza y reanudó su conversación con aquellos hombres. Santiago y yo nos subimos en un taxi. Confiaba en que tarde o temprano Gordo iría a vigilar el barco, pero no pensaba que importara mucho. Para ahuyentar a la gente, Gordo no necesitaba estar físicamente allí.

De camino al centro comercial empecé a sentirme inquieto. ¿Cómo era que se hablaba de mí en una comisaría de Tapachula? Yo solo pretendía cambiar el motor de mi barco y largarme. Nada más. ¿Por qué tanto lío?

Cenamos en silencio. También Santiago parecía preocupado. Algo pasaba con su madre. No me la había presentado aún.

—¿Tu madre está bien? —le pregunté finalmente, y él desdeñó el problema con un gesto de la mano.

—Sí —dijo, pero estaba claro que no quería hablar del asunto.

—Hoy, uno de los tipos que disparaban a ratas y serpientes, me dijo que oyó hablar de mí aquí en Tapachula. Dice que todo el mundo conoce mi historia.

—Es verdad —dijo Santiago.

—Y que todo el mundo se ríe de mí.

Santiago puso cara de pensar, la cabeza ligeramente ladeada, la vista dirigida hacia otra parte. No quería responder.

—Todo bien —dijo por fin—. No importa.

Cuando regresé más tarde al barco, me encontré a Gordo esperándome allí. No parecía ni sereno ni relajado.

—Ven, amigo —dijo, con buena pronunciación inglesa, y señaló un sitio a su lado en el puente de mando. Me senté.

Gordo parecía enfadado. Era realmente enorme, y yo allí junto a él, a solas, de noche, y en un lugar sin ley.

—No digas por ahí que hablo inglés —me advirtió—. Es un secreto entre tú y yo. Pero tengo que decirte algunas cosas.

—De acuerdo —dije—. No se lo contaré a nadie. Pero lo hablas muy bien. ¿Dónde estudiaste?

—Eso no importa —dijo—. Lo que sí importa es que preguntas demasiado.

Hizo una pausa, pero no supe a qué se estaba refiriendo.

—Perdona —dije—. ¿Qué es lo que hago?

—Deja de hacer preguntas sobre ese motor. Olvídate de él.

Quise preguntar por qué, pero, por una vez, fui lo bastante sensato para cerrar la boca.

Gordo suspiró y luego me dio una palmada en la rodilla con su manaza.

—Bien, amigo mío —dijo—. Si eres listo, no vayas tampoco al restaurante, pero eso ya depende de ti.

Y se marchó, dejándome en ascuas. ¿Qué pasaba con el motor? ¿A qué tan alarmantes advertencias? Si solo era un motor pequeño que me habían robado y que deseaba recuperar… Le preguntaría dónde estaba a Santiago e iría yo mismo a buscarlo.

Era casi mediodía y Santiago no se había presentado. Yo estaba atando una driza al bloque del motor diésel, dejándolo todo a punto, cuando aparecieron otra vez las tres mujeres.

Me pidieron dulces, así que fui abajo a buscar un tarro de galletas de menta y chocolate que había dejado la tripulación anterior. Eso hizo que los niños se pusieran frenéticos, y tuve que darles también a ellos. Luego, la mujer alta, que era la más atrevida del terceto y la que hablaba más inglés, dijo «Me love me». Supongo que lo que intentaba decir era «I love you», pero lo que le salía era lo otro. Entonces se subió la camiseta y me enseñó sus grandes y preciosos pechos. Yo estaba de pie en cubierta, ligeramente por debajo del muelle, lo cual quiere decir que tenía sus pechos justo delante de la cara. Se bajó la camiseta otra vez y sus amigas rieron. Luego señaló hacia abajo, al interior del barco, e hizo ademán de pasar por encima del guardamancebos. Yo le puse una mano en el trasero, que tenía una agradable consistencia, y la hice volver al muelle. Todos nos reíamos, pero yo me sentía abrumado. Este sitio era un peligro.

—*Nesesito trabajar* —les dije, y ellas se echaron a reír, repitiendo «*Nesesito trabajar, nesesito trabajar*», como si fuera lo más gracioso del mundo.

Yo me limité a sonreír y volví abajo; ellas se quedaron un rato por el muelle y luego se marcharon.

Santiago llegó, pero a media tarde, con Helena y Eva. Yo estaba medio enojado porque mi intención había sido sacar el bloque de motor por la mañana, pero intenté tomármelo con calma. El motor nuevo llegaba al día siguiente y yo lo tenía casi todo listo para su instalación, solo me faltaba el tanque, que tampoco estaba claro que alguien pudiera soldar, y no podía esperar que aquí las cosas fueran al mismo ritmo que en Estados Unidos.

Nos sentamos los cuatro en el pequeño puente de mando, casi en la popa del barco. Les ofrecí Coca-Cola, los niños se dieron cuenta y me reclamaron. Eva y Helena miraban el barco y hacían comentarios, pero yo no entendía nada de lo que decían. Eva era muy guapa, y joven. Presentí que eso podía entrañar peligro. Era una tentación andante. Llevaba demasiado maquillaje para mi gusto, pero en sus ojos había como un toque dorado, su voz era suave, su sonrisa generosa. No hablaba inglés, lástima, pero de repente mi español empezó a alcanzar cotas insospechadas.

Intenté, por ejemplo, crear la ilusión de estar navegando.

—En el mar —dije, y señalé hacia el Pacífico—, es muy bonita. Todo está bien, no gente, y no problemas.

Eva tenía cierta fijación con California, y supuse que para ella el mar no era más que un modo de llegar hasta la tierra soñada.

Me había preguntado de dónde era yo, y al responderle que de California, hizo como que le sorprendía. Su alegría, no obstante, fue sincera. «*Qué lindo*», dijo. Eso lo entendí sin necesidad de traducción.

Quise decirle que en California había demasiada gente, demasiados coches, y que comprar allí una casa era muy caro, pero me pareció poco romántico.

—*Sí* —dije—. *Es muy bonita. Montanas, el mar, terra para vino.*

No sabía cómo decir lo de los viñedos, pero las dos amigas asintieron como si mi «*terra para vino*» lo explicara suficientemente. Quién sabe. Tratar de expresarse en un idioma no estudiado es como deambular a oscuras por una casa desconocida. Todo tiene su sitio y su sentido, excepto para uno mismo.

Eva tenía una boquita preciosa, con perfectos labios de cupido. Me entraron muchas ganas de besarla, no podía evitarlo.

Dejamos atrás el mísero muelle pesquero, dijimos adiós a Gordo al pasar y fuimos en un taxi hasta las palapas. Resulta que un poco más allá de la capitanía de puerto y de la escollera, había una hermosa playa. Yo ni me había enterado. Echamos a andar los cuatro por la arena y nos separamos por parejas. El día tocaba a su fin y la luz era preciosa. Eva y yo caminamos hasta una pequeña laguna cercada por olas grandes; Eva se metió en el agua y yo la imité. Ella llevaba un pantalón largo y una camisa, pero yo me quité la camisa para que solo se me mojara el pantalón corto. Eva cerró los puños e imitó a Schwarzenegger, burlándose de mí.

—*Muy fuerte* —dije yo, haciendo también la pose, y ella se rió.

A decir verdad, estaba más musculoso que nunca en mi vida, así que poco músculo más iba a tener. Eva se me acercó, puso la palma de su mano (una mano menuda y liviana) sobre mi pecho y dijo «Oh la la», exagerando considerablemente la realidad, por lo cual le estaré eternamente agradecido.

Justo cuando parecía que íbamos a besarnos, ella dio media vuelta y se adentró en el agua. Lo tenía todo medido segundo a segundo.

El agua estaba templada, y la espuma que coronaba las rompientes burbujeaba como un jacuzzi natural. Estando allí con ella, en el agua, contemplando el crepúsculo, no podía creer que me encontrara en Puerto Madero. Era más bien como estar en el Four Seasons. Incluso la conversación, en español, resultaba agradable. Ahora le entendía muchas más cosas que al principio. Eva era guatemalteca y me hablaba de las montañas, como había hecho Santiago. Estaba seguro de lo que significaba «pájaros», y también «verde». Dijo que cultivaban café, no sé si su familia o en el pueblo donde vivían. O quizá solo dijo que les gustaba tomar café en el monte una mañana despejada. Pero, bueno, una parte sí la entendí. Le pregunté cuántos años tenía.

—Veintiuno —dijo.

Me pareció entenderlo a la primera.

—*¿Uno más vente?* —pregunté, buscando confirmación.

—Y veintitrés menos dos. Y tres más dieciocho —se burló ella.

—*Gracias* —dije.

Yo tenía entonces treinta y uno. Unos cuantos años de diferencia, pero ¿qué más daban las matemáticas? Eva no me preguntó la edad.

Se produjo otro momento en que el beso parecía inminente, y ella retrocedió hacia la playa. Nos sentamos al borde de la laguna, con las piernas en el agua, y Eva se quitó la camisa porque la tenía mojada y tenía frío. Llevaba un brasier de encaje, blanco, y su piel era de un precioso tono dorado. Me sentí afortunado por primera vez desde mi llegada a Puerto Madero. Supe que siempre recordaría su aspecto en aquel momento, en la playa, y quedé convencido de que la belleza física y el sexo es lo único que verdaderamente importa en este mundo. El resto no es más que apariencia.

—*¿Tienes un novio?* —le pregunté.

Me sentía joven otra vez, haciéndole aquella pregunta.

—*No* —respondió.

Y luego dijo muchas cosas que me costó entender, pero por lo visto una vez había tenido un novio en Guatemala. Asentí fingiendo que entendía; lo único que importaba era que ella no estaba comprometida.

Luego me preguntó algo sobre «*trabajo*». Era una palabra que yo ya conocía.

—*Soy profesor* —le dije, aunque de hecho solo daba clases de vez en cuando.

Aquí nadie entendería cómo iba la cosa, y yo siempre había deseado ser profesor o catedrático.

—*Qué lindo* —dijo ella, una frase que parecía ser su leitmotiv para las cosas que le gustaban.

De repente, se puso de pie. Yo podría haberme quedado allí con ella durante horas, y sentí la misma desesperación que siendo apenas un adolescente por no haber tomado la iniciativa.

Nos reunimos con Santiago y Helena y volvimos a las palapas, donde todos excepto yo se pusieron ropa seca, y luego fuimos como sardinas en lata hasta Puerto Madero y yo pagué un taxi desde allí hasta Tapachula para no tener que ir apretujados en una combi con otros veinte. Iba sentado al lado de Eva, demasiado nervioso como para pasarle un brazo por los hombros, agitado y adrenalínico pero al mismo tiempo vaciado; todo yo era anhelo.

Elegimos comida china otra vez, porque era lo mejor en cuanto a ofertas culinarias en ese sitio. Eva no había probado nunca la comida china, cosas rara. Pero le encantó el chow mein.

—*Muy rico* —dijo, y fue capaz de hacer eso de sorber un largo fideo pero terminando con una sonrisa encantadora y una mirada hacia arriba que convirtió el momento en algo delicioso, y no vulgar. Era la gracia personificada, incluso con los fideos.

Vimos la película *El abogado del diablo*. Keanu Reeves es malísimo, por supuesto, pero nadie espera que actúe bien, así que no pasaba nada. Después, otra vez en un taxi. Yo quería que Eva viniese conmigo al barco, pero no se me ocurría cómo organizarlo sin parecer absolutamente grosero. Total, que se bajaron en las palapas, Eva me lanzó una última mirada, vi que se mordía ligeramente el labio inferior, y tras un leve gesto de despedida por su parte, me quedé a solas en el taxi para cubrir los tres kilómetros restantes.

Aquella noche, sin poder dormir, me hice las preguntas básicas: quién era yo, qué estaba haciendo y por qué, qué pasaría ahora, etcétera. No pude responder a ninguna de ellas. ¿Por qué estaba allí y a qué venía mi historia con los barcos? ¿Era porque mi empleo era una cosa temporal, o porque mi padre se había hecho a la mar? ¿Me preocupaba realmente la posibilidad de suicidarme como mi padre, si las cosas se ponían muy feas, y temía convertirme en él de alguna otra manera? Mi padre había roto dos matrimonios por culpa de la infidelidad y al final se acostaba con prostitutas. ¿Estaba bien acostarse con Eva, o era demasiado peligroso, por no decir que estaba fuera de lugar? Eva era muy joven y yo no sabía nada de ella, pero era hermosa y muy simpática, y yo ya sabía que vendería a mi propia madre por pasar una noche con ella, así que eso no era una pregunta siquiera; era tan solo lo que me mantenía despierto. Y luego estaban las de mayor relevancia, como, por ejemplo, ¿conseguiría por fin sustituir el motor y marcharme de Puerto Madero? ¿Sobreviviría económicamente?

Lo único que sabía con seguridad era que estaba terriblemente deprimido. Odiaba ese sitio. Pero con Eva me sentía mejor. Así pues, si me veía obligado a continuar aquí, que fuera en su compañía. De hecho, me daba miedo esa depresión, miedo a que se complicara como le pasó a mi padre, miedo a que algún día se convirtiera en algo insuperable.

Todo ese plan de los chárteres había sido un intento de escapar, de conseguir independencia económica y tiempo para escribir, pues me pagaban muy poco por dar clases y era un empleo para tres años nada más, pero esto me estaba llevando a la ruina y no disponía de tiempo ni de capacidad de concentración para poder escribir. Había llevado conmigo unos manuscritos. Se suponía que tenía que editar uno para Irv Yalom, un escritor con obra publicada que había sido alumno mío, pero no me veía capaz de concentrarme en ello estando donde estaba. ¿Cómo podía hacerlo mientras me asaba aquí abajo, con los niños peleándose fuera y las visitas de las tres mujeres, y los policías del condado o lo que pudieran ser si no? Además, se suponía que tenía que estar buscándome la vida para organizar los talleres de invierno y verano, pero cómo iba a conseguir clientes si cada llamada desde el restaurante me costaba cuatro dólares el minuto, y encima con el pretendiente y su amigo vigilándome en todo momento…

Pero lo intenté. Al día siguiente, mientras esperaba a Santiago, me puse a leer el manuscrito de Irv y traté de concentrarme. Pero los generadores de la flota pesquera estaban en marcha, los niños no dejaban de gritar, y luego aparecieron las tres sirenas y esta vez no permitieron que las ignorara. Sabían que yo estaba abajo. En el pueblo todo el mundo sabía exactamente dónde me encontraba.

—*Hola* —dije.

Ellas eran todo sonrisas y risitas, señalando abajo y señalándose las partes respectivas, y luego diciendo cosas de mi barco y de ir al norte. A California, dijeron, como si fuera una palaba mágica.

—*California es muy lejos* —conseguí decir.

Eso generó numerosos comentarios acerca del barco. Ellas querían que las llevase al norte, cosa que no podía extrañarme pues era lo que casi todo el mundo que había conocido en ese país quería que hiciese. Llevarlos al norte o darles dinero para llegar de alguna forma hasta la frontera y alquilar allí un coyote.

Les dije no, no, no, lo más amablemente que pude. Y cuando me volví apenas un momento, abrumado como estaba, aprovecharon las tres para salvar el guardamancebos y un segundo después las tenía en cubierta. La más bajita había empezado ya a bajar por la escalerilla.

Tuve que rendirme y darles la bienvenida a bordo.

—*Bienvenidos* —dije.

El clan limosnero me miraba con desconfianza.

Bajé con las tres. No se habían caído en la sala de máquinas, que estaba abierta. Menos mal. La más bajita había pasado por la cocina y estaba inspeccionando los dos camarotes delanteros, seguida de una de sus amigas. La alta (la que me había enseñado los pechos), sin embargo, estaba en el camarote de popa, sentada en mi cama, y se había quitado ya la blusa. Se desabrochó los jeans, se los quitó en un instante y estaba diciendo que me acercara. Estaba buena. En otro lugar y otras circunstancias, me habría considerado muy afortunado; pero aquí se trataba claramente de un intercambio, con miras a un pasaje a California, y por otra parte ella iba demasiado directa. No me pareció una situación erótica, sino apabullante.

Sus dos amigas me empujaron por detrás para que entrara, y se quitaron la parte de arriba y de pronto me encontré allí en medio de un ménage a cuatro lleno de risas y risitas, mientras ellas me despojaban de la camisa y los shorts. Pero cuando me tentaron la verga, no la encontraron dura. Aquello no me ponía caliente, saltaba a la vista. Hubo un momento incómodo, frío, después de que todas me la tocaran para ver si subía y comprobaran que no había forma, mientras yo me sujetaba el pantalón tratando de subírmelo otra vez, y entonces dije: «*Lo siento*». De las tres, la única en la que no me había fijado, me miró y tomó mi cara entre sus manos. Me dio un beso muy tierno, un beso que me supo tristísimo, después de lo cual se vistieron de nuevo y se marcharon.

Santiago se presentó a eso del mediodía.

—*¡Hombre!* —dije—. Qué extraño es el mundo.

—Ah, *¿sí?*

—Esas tres mujeres se han metido en mi barco y estaban desnudas y yo no hice nada. No quise.

Santiago se echó a reír.

—Te digo que tú vives buena vida —dijo, meneando la cabeza—. Pero otra vez que tienes este problema, me llamas. Yo puedo echar una mano.

—Gracias —dije—. Eres una persona muy generosa.

—Estoy aquí para ayudar.

—Ya, pero Eva sí me gusta.

—Eva es bella. Y no es como estas. Nace en una aldea de Guatemala, cerca de mi pueblo.

—¿Y qué hace aquí?

—¿Qué hacemos todos aquí, hermano?

—Vale —dije—, de acuerdo. Pero tú no parece que quieras ir al norte. ¿Cómo es que no intentas llegar a California?

—Quizá lo intento. O quizá una vez veo algo cuando quiero aprender cosas de California. Veo algo sobre la fiebre del oro. Nadie gana dinero, solo unos cuantos. Pero la gente que vende cosas sí gana mucho dinero. Cosas como jeans, herramientas, comida. La gente que vende cosas, o que les enseña dónde hay que ir. Yo no quiero ser coyote pero hablo inglés, por eso ayudo gente de los yates pero también gente de Guatemala y de Honduras.

—¿Estás ayudando a Eva a que me conozca, para que pueda ir al norte?

—Eso nunca, amigo.

—¿Te paga ella?

—No. Eva es amiga de Helena. Yo trato de ayudarte, hermano. Necesitas alguien. No eres feliz.

—No estoy seguro de que me guste esto.

—A Eva le gustas. Yo digo siempre, tienes suerte.

—Vale, estupendo —dije—. ¿Ahora puedes ayudarme a sacar el bloque de motor?

No quería ni pensar en todo lo demás.

Le expliqué a Santiago lo que íbamos a hacer y luego jalé la driza con el cabrestante mayor. Él empujó el bloque a medida que iba emergiendo de la sala de máquinas, para que no chocase contra la madera. Yo había atado otro cabo en popa a un segundo cabrestante a fin de apartar el motor de la escotilla de cámara.

El bloque apenas si podía salir por aquel hueco, tan enorme era, y se movía como un péndulo muy pesado. Si se rompía una soga, Santiago podía morir aplastado. El bloque pesaba más de doscientos kilos. Pero finalmente conseguimos sacarlo, y luego yo, con las dos sogas, lo moví hasta depositarlo en la base del palo mayor, para que dejara de balancearse como un péndulo.

Solté el cabo de popa, amarré el barco a los surtidores de la abandonada estación de servicio Pemex y desplacé el bloque —otra vez en movimiento pendulante— para acercarlo al muelle. Era increíblemente pesado y toda aquella maniobra parecía condenada al fracaso. Los niños se habían apartado un poco, previendo la catástrofe. Pero no ocurrió nada. Lo depositamos sobre el concreto y aflojamos los cabos. Ya no era más que otra vieja pieza Volvo pintada de verde con la que los niños podrían jugar.

—Gracias —le dije a Santiago—. Qué alivio.

—Yo arriesgo por ti la vida.

—Ya lo sé. Lo siento. Siempre es más complicado de lo que me parece al principio. Soy un desastre para estas cosas. Pero, venga, vamos a almorzar y de paso llamaré a DINA a ver qué noticias hay del motor nuevo.

De camino al restaurante saludamos a Gordo, que hizo un gesto de cabeza desde su hamaca. Al llegar, pedimos y fuimos a sentarnos bajo la fiel mirada del pretendiente y su insepara-ble amigo.

—Esos dos quieren matarte, hermano —me dijo Santiago por lo bajo.

—Gracias.

Fui al mostrador y pregunté si podía llamar por teléfono. Tuve que pasar justo por delante del pretendiente y sentarme a dos metros de él para hacer la llamada. Lo peor de todo fue darle la espalda. Tal como estaba la cabina, no podía hacer otra cosa. Así que si el tipo quería atacarme por la espalda con un cuchillo, lo tenía muy fácil. Incluso le daría tiempo a examinar-me las costillas para asegurarse de que el filo no pinchaba hueso.

Hablé con alguien de DINA y me dijeron que no habían visto todavía el motor.

—¿*Un día atrás, quisás?* —pregunté.

No sabía cómo decir «ayer», lo cual era un fastidio. Pero el hombre me entendió: no, el motor no había llegado hoy ni tampoco ayer. Dijo que estaría al tanto. Después llamé a la empresa de transportes en California y les pedí que me lo localizaran. Dijeron que lo habían cargado en el camión de reparto en la Ciudad de México y que ya debía de estar en Tapachula; la entrega en DINA era inminente.

Llamé a Julie para ponerla al día y ver si había novedades. Estaba enfadada porque yo casi no la había llamado.

—No puedo ocuparme de todo, David —dijo—. Tienes que llamarme todos los días. Hay pasajeros que esperan tu res-puesta y yo necesito enviarte un fax con el formulario para solicitar el permiso de promotor de viajes.

—Disculpa —le dije—. Es como si estuviera en el culo del mundo, Julie.

—¿Cómo estás?

—Vivo, de momento. Conservo las cuatro extremidades. Y este sitio no deja de tener encanto.

—Ya veo que no andas muy fino —dijo ella al final.

Me dio los teléfonos de varios pasajeros potenciales y me puse a hacer llamadas. Tuve que hablar más alto, y reír, y dar la impresión de que esto era un paraíso y que todo iba bien, cosa harto difícil estando en aquella cabina de concreto con el pretendiente detrás de mí. Cuando acabé de hacer llamadas, todo el mundo me estaba mirando y no supe si debía disculparme o recibir una ovación.

Santiago ya había terminado de comer.

—Siento haberte hecho esperar —le dije, pero él lo desdeñó con un gesto y se quedó mirando la flota pesquera mientras yo me comía la torta.

—¿Podría ver a Eva esta noche? —le pregunté.

—Está trabajando —dijo Santiago.

—Qué lata.

Supe que me esperaba otra noche en blanco.

Eso de que uno no deja de dar vueltas es la pura verdad. Me giré hacia un lado y hacia otro montones de veces, sudando entre aquellas sábanas gruesas, intenté ponerme boca abajo, de costado, con una pierna fuera, luego la otra, boca arriba, rodillas levantadas, pero pasado un rato me entró la frustración y mis movimientos se volvieron bruscos y desesperados. El colchón despedía aire con mis revolcones. Pensé en Eva e hice lo que se suele hacer, pero seguí igual de despierto y con ganas de morirme. ¿Por qué era tan difícil dormir? Se supone que dormimos, ¿no?

Por la mañana me sentía fatal. Eran ya las diez y hacía un calor insoportable. Saqué la mantequilla y la mermelada y luego eché un vistazo a las ratas, serpientes y demás. Se estaban poniendo negras y cómo apestaban, incluso en comparación con el interior del barco. Los niños me vieron mirar los animales muertos con la comida en la mano y reaccionaron al instante. Empezaron a tirar bichos al agua, como si fuera un juego, persiguiéndose unos a otros con media serpiente putrefacta en la mano. Siguió una pequeña pelea, uno de los más bajitos se encaró con uno de los más corpulentos hasta que este lo tiró al suelo y le frotó la cara en el polvo, pero aparte de eso, nada de especial. En instantes, el montón de cadáveres había desaparecido y solo quedaba una mancha grande con trocitos de pelo.

—Gracias —dije—. Muy bien.

Me preparé un sándwich y luego les pasé el resto del material para que se sirvieran: una barra de pan, un frasquito de mantequilla de cacahuate y otro de mermelada. Eso cada mañana, y la misma cantidad por la tarde, como respondiendo a un mecanismo de relojería. Empezaba a preguntarme, tanto por ellos como por mí, si era realmente saludable eso de comer lo mismo dos veces al día durante un largo período de tiempo, pero una vez más el riesgo, en comparación, se me antojó pequeño. Por ejemplo, todos ellos sostenían la comida teniendo restos de rata o serpiente muerta en las manos.

De Santiago, cómo no, ni el menor rastro, a pesar de que habíamos quedado para ir a buscar un soldador para el tanque. La palabra «*mañana*» tiene su qué: no solo significa la primera mitad del día, sino también el día siguiente, entero, incluida la noche. Bajé a la cenagosa sentina y me puse a limpiar. Gasóleo, aceite, líquido refrigerante, lodo. El refrigerante me estaba abrasando las pantorrillas.

Doblado por la cintura, pasé las manos con cuidado por aquella sopa infecta para recoger los objetos sólidos. Los metí en una bolsa de basura que tenía arriba, en el suelo de la cabina. Encontré cosas interesantes. Una rata muerta, por ejemplo, señal de que había habido nuevos abordajes. Herramientas pequeñas que habían ido cayendo debajo del motor con los años, así como tornillos, pernos, tuercas y arandelas. Encontré también pelotas de pelo, trocitos de madera, de alambre, de manguera, de tubería. Varios racores para válvulas, e incluso un reloj de pulsera. Algo que parecía una cachimba para fumar marihuana. Era de cerámica. Tuve que limpiarla a fondo para saber lo que era. No era la típica pipa de agua, así que igual no se llamaba cachimba sino pipa a secas. Probablemente la habrían escondido Mike o su amigo el Oso en la sala de máquinas y habría caído al suelo en un momento de mar gruesa. O quizá la dejaran a modo de regalo, sabiendo que el barco podía ser confiscado si los guardacostas de Estados Unidos o la marina mexicana la encontraban. En cualquier caso, me fastidió.

Por la noche, al amparo de la oscuridad, tenía pensado darle al interruptor de la bomba de achique y eliminar aquel caldillo y los gases tóxicos. Detestaba tirar todo eso al agua y llevaba un tiempo aguantándome de hacerlo, pero en el puerto no había estación de bombeo ni nada por el estilo, yo necesitaba ver lo que había en la sentina, y cada noche me tocaba respirar efluvios de diésel.

Me envolví en una toalla vieja y con mis zapatillas de chapotear diésel me interné en el campo para ir a la ducha de Gordo. Me lavé los brazos, las piernas y también el calzado con un poco de jabón, y después fui chorreando agua hasta el restaurante. Tenía que telefonear a DINA y ver si localizaban mi motor.

El restaurante era una naturaleza muerta. Uno podía entrar a cualquier hora del día y ver siempre la misma escena. Yo era el único elemento que se movía y que a veces no estaba en el cuadro, pero empezaba a tener también mis ubicaciones. Estaba junto a la barra, o en una esquina determinada de la mesa mirando las barcas, o al teléfono con la espalda peligrosamente cerca de mi enemigo. Incluso hacía siempre los mismos recorridos, básicamente dar un rodeo para evitar al pretendiente. ¿Y cuándo iba el tipo a reclamar sus derechos? ¿Por qué no le compraba un anillo a Marta y pedía su mano? Así podría instalarse detrás de la barra, en vez de estar recostado contra la pared. ¿Era el padre de ella quien se lo impedía? ¿Acaso le parecía mal que su hija se casara con un nicaragüense? Yo quería saberlo, porque el pretendiente estaba todavía empeñado en quitarme de en medio; solo necesitaba una ocasión propicia. Su ferocidad no había menguado en absoluto.

En DINA me dijeron que, de motor, nada. La agencia de transportes haría un esfuerzo por localizarlo; que volviera a llamarlos más tarde.

Me quedaba por delante el almuerzo y esperar, como siempre, a Santiago. Decidí que ambas cosas serían más agradables en la palapa número 8, donde trabajaban Helena y Eva. Tendría que tomar un taxi, pero al menos allí nadie quería matarme, que yo supiese.

Me lavé con ahínco en la regadera, frotando bien, sin que el olor a gasóleo desapareciera del todo. Estaba desnudo en medio del campo, junto a aquellos barriles de agua, observado por los niños y otros mirones, pero ya había perdido todo el pudor. Lo único que me preocupaba era quemarme al sol. Aunque no parecía que calentara mucho, porque yo estaba mojado, ese sol tan directo como un microondas. Algunos días notabas hasta picotazos en la piel.

Cuando llegué a las palapas vi que la pasarela peatonal estaba todavía en construcción, los obreros no paraban y la música a todo volumen como siempre. Pero se estaba bien, era más agradable y más seguro que el muelle pesquero. Mudarme allí había sido sin duda bajar un peldaño.

Eva y Helena estaban trabajando. Eva me dedicó una sonrisa pero luego tuvo que llevarse el plato de un cliente. Había muchos hombres bebiendo y muy pocos que comieran. El sitio estaba mucho más animado que anteriormente, y el motivo parecía ser Eva. Todos los tipos la estaban mirando, sobre todo cuando se ponía de espaldas. También me miraban a mí.

—Fantástico —murmuré para mí—. Va a ser lo del pretendiente pero multiplicado por diez.

Miré hacia las otras palapas y vi que no había clientes en ninguna de ellas. Todo el mundo se había congregado en esta.

Yo quería que fuese Eva quien viniera a tomarme la orden, porque deseaba verla y hablar con ella, pero estaba demasiado ocupada y tuvo que venir Helena.

—Hola —dijo—, ¿cómo estás?

Comprendí por qué le gustaba a Santiago. Era como un querubín. Mejillas brillantes y una gran sonrisa. Intenté preguntarle si Eva estaría libre después —«*¿Esta noche es Eva libre?*»— y Helena dijo que no, pero no estuve seguro de haberlo dicho bien. Podía ser que hubiera pronunciado «*coche*» en vez de «*noche*», y «*libre*» en vez de «*libro*». Quise preguntar también por Santiago, puesto que habíamos quedado en vernos, pero seguramente él ya conocía mi paradero; parecía tener centinelas en todas partes.

Eva llevaba un pantalón corto y cada vez que se inclinaba hacia una mesa, yo, lo mismo que el resto de los varones presentes, no perdía detalle. Luego, pasado ese momento, los parroquianos me miraban otra vez a mí y yo desviaba la vista hacia las obras en la calle. Era como una coreografía de miradas, y a mí me tocaría soportarlo por veinticinco dólares al mes, que era lo que ella ganaba.

Así pues, cuando llegó Santiago, alertado por sus centinelas invisibles, le dije que estaría dispuesto a pagar esa cantidad.

—¿Y cuando te marches? —me preguntó—. Ella necesita un empleo entonces.

—Volverán a contratarla —dije—. Fíjate en todos, no la pierden de vista. Además, quién sabe, igual acabo viviendo aquí los próximos diez años. Por trescientos dólares al año, Eva es una ganga. No puedo creer que aquí la gente cobre tan poco.

—Esto es no California, hermano.

—Pues puede que me jubile aquí, porque de momento no hay rastro del motor.

—¿Tú llamas?

—Claro, y volveré a llamar. ¿Puedes acompañarme después al muelle y me ayudas a encontrar un soldador?

—Vine para ti.

—Gracias —dije—, ¿y puedes averiguar si Eva trabaja esta noche? Me encantaría estar con ella. Podríamos ir todos a Tapachula.

—Yo miro —dijo Santiago, y se levantó para ir a la cocina.

Me disgustó la manera de dirigirme a Santiago. Yo quería que fuese un amigo, no mi lacayo, pero en ese momento estaba bastante enojado. Un sueldo de algo más de un dólar era lo que me impedía ver a Eva más tarde, ¿y quiénes eran todos aquellos hombres? ¿No tenían nada mejor que hacer? Me estaban mirando, del primero al último… hasta que ella volvió a salir de la cocina con un plato en la palma de la mano. Con la otra mano se ajustó brevemente la cola de caballo, y pudimos admirar todos la curva de su pecho y la parte inferior del brazo. Estaba espléndida. Contuvimos el aliento como un solo, y ridículo, hombre. Deseo mimético llevado demasiado lejos.

Cuando salió Santiago de la cocina, la reacción no fue tan unánime. Me dio malas noticias. Eva trabajaba también esa noche.

—Maldición —dije, porque ¿qué otra cosa podía decir?

—Quizá mañana —dijo Santiago.

Me comí los pequeños huevos rancheros, dije adiós a Eva con el brazo (ella no lo vio) y salí detrás de Santiago.

En el muelle de los pescadores, fuimos andando hasta el taller donde supuestamente había un especialista en soldadura. Suelo de tierra, como de costumbre, techo de uralita y bancos de madera por todas partes. Había una docena de tipos desmontando vetustas monstruosidades. Nada nuevo ni reluciente por ninguna parte; solo tierra y aceite, y máquinas en los últimos estertores de sus dieciocho vidas.

Encontramos, por fin, al tipo de la máquina de soldar y yo le expliqué, por mediación de Santiago, qué era lo que necesitaba. Él asintió y se puso muy serio. Era un asunto serio, soldar un tanque de gasóleo. O sea, él no lo iba a hacer, pero yo podía alquilarle la máquina por solo setenta y cinco dólares la hora. Al principio pensé que me estaba tomando el pelo. La máquina tenía treinta años por lo menos, algunos cables estaban pelados y se veían marcas de quemaduras. Yo no tenía ni idea de soldar pero, incluso de haberla tenido, aquella máquina podía significar una muerte instantánea. Santiago dijo educadamente que no, y nos marchamos.

Probamos suerte en los pesqueros. A Santiago le sonaba que en uno de los barcos había alguien que sabía soldar, toda la flota le encargaba trabajos, entre ellos soldar tanques de gasóleo.

Preguntamos en bastantes barcos, lo que me dio ocasión de verlos de cerca. Cubiertas, cabinas y macarrones estaban sin barnizar; era todo metal visto y herrumbroso, la pintura había desaparecido años atrás. Se veían las grandes escamas de metal medio desprendidas. En el exterior de los cascos quedaba todavía un poco de pintura vieja, pero nada más. Era incomprensible que consiguieran sobrevivir en alta mar. La chapa de acero no podía tener más de seis milímetros de espesor; si se iba desprendiendo, no quedaría barco ni nada. Pero las tripulaciones trabajaban con diligencia, como si no pasara nada, preparándose para zarpar. Todos los barcos iguales, de un rojo y negro que era la suma de orín y mugre acumulada.

De uno de aquellos derrelictos salió nuestro hombre. Era un individuo corpulento con aspecto de persona razonable y despierta, aunque, claro está, difícilmente podía serlo si trabajaba habitualmente en un barco semejante. Gesticuló al hablar, ilustrando con su manos lo que sucede cuando se suelda un tanque de gasóleo: gran explosión, ¡pum! Otro soldador del muelle había volado por los aires hacía cosa de un año; el hombre nos hizo ver claramente, con sus manos, cómo el cuerpo daba vueltas de campana. Pero dijo que estaba dispuesto a soldar el mío si yo antes lo lavaba tres veces a fondo con agua.

—*Tres veces* —insistió, levantando ese número de dedos.

—*Sí. Gracias* —dije, y le pedí a Santiago que le preguntara si podía acompañarnos.

Quería que el soldador viera el trabajo que había que hacer antes de vaciar yo el tanque y lavarlo. El hombre dijo que ya iría cuando yo lo tuviera listo.

—*Por favor* —insistí, pero al parecer estaba muy ocupado intentando que aquel cascarón no se le cayera a pedazos.

Estaban a punto de hacerse a la mar y tenía que soldar un montón de cosas.

Santiago y yo volvimos a mi barco para ver cómo podíamos extraer todo el gasóleo del tanque defectuoso.

—Yo tengo una bomba en línea —dije—. Si hubiera bidones grandes en el muelle, creo que me queda batería suficiente para bombear todo el combustible.

—¿Cuántos bidones? —preguntó Santiago.

—Un par. De doscientos litros.

—Ok, miro. Pero no creo que él te hace el soldamiento.

—He de intentarlo —dije.

De modo que volvimos otra vez al muelle pesquero y visitamos los mismos sitios que antes, el taller de soldadura, los barcos de pesca, etcétera. Pero todo el mundo nos dijo lo mismo: que fuéramos a las palapas y que hablásemos con los sobrinos del capitán de puerto. Al parecer, ellos controlaban los bidones de gasóleo.

—Me caen bien esos sobrinos —le comenté a Santiago—. Son unos ladronzuelos pero tienen estilo.

—No les preocupa nada, hermano —dijo él.

Mientras esperábamos un taxi frente a la casa de Gordo, me puse a pensar en la parafernalia que había encontrado en el barco. Eso podía haber supuesto la confiscación por parte de los guardacostas de mi país en base a la muy injusta política de «tolerancia cero» con las drogas. A ellos les daba igual que el material no fuese mío, o que yo no supiera nada al respecto. Me habría quedado sin barco. Y en México, la pequeña pipa de maría podría haber significado el calabozo para mí. Era preciso limpiar la sentina y mirar en todos los rincones.

El taxi tenía el toldo arrancado y las puertas no abrían, de modo que tuvimos que saltar por los costados. Un convertible estilo Puerto Madero.

Intenté calmarme y disfrutar de lo bueno que tenía el entorno. Mi padre se había criado en un pueblo a orillas de un lago, y sin duda había ido de paseo en el convertible de alguien un caluroso día de verano. Estoy seguro de que, buscando bien, en México se puede encontrar lo que uno quiera del pasado de Estados Unidos. Es la tierra de la nostalgia. Yo había revisitado ya la escuela primaria y el bachillerato, y estaba embarcándome en mi primer amor.

—¿Por qué México no avanza? —le pregunté a Santiago. Tuve que gritar, debido al viento—. ¿Por qué no se desarrolla?

Santiago levantó un dedo y señaló hacia las palapas, queriendo decir que él no pensaba hablar a gritos.

Pero cuando nos bajamos del taxi en la calle de tierra, me dijo, en voz baja:

—Es mejor que nadie te oye. No hables de esto en la palapa. Pero en México, la gente que trabaja para el gobierno no gane dinero. El *capitán*, por ejemplo, no puede comprarse una casa. Por eso todo el mundo acepta *regalos*, y las leyes solo son para los pobres. Si eres rico, haces lo que quieres. Si eres pobre, rezas. Por eso México nunca cambiará. Pero tú no dices nada, hermano, porque alguien pensará que eres un revolucionario y te matarán. Y a mí también.

—Sé que hubo una matanza en ese pueblecito, pero creo que era un grupo muy pequeño, ¿no?

—No pequeño, y están aquí en el sur. El gobierno los busca. Si el gobierno piensa que tú eres revolucionario, te pescan y te matan.

—¿Cómo has aprendido tanto? —pregunté—. ¿Hiciste el bachillerato?

—¿Yo? No, hermano. Observo a la gente, nada más.

—Eres increíble. En serio —dije.

Santiago desdeñó mi cumplido con un gesto de la mano y echó a andar hacia la palapa número 8. Yo, sin embargo, me fui a buscar a los sobrinos para no tener que aguantar a la clientela masculina de la palapa. Tomé la pasarela nueva/vieja que bordeaba la playa en dirección a las pangas. El personal que se dedicaba a frotar el pavimento con ladrillos sueltos me miró al pasar, y comprendí que aquello podía convertirse realmente en un paraíso para guatemaltecos. No estaba mal, siempre y cuando uno no estuviera muy al tanto de lo que hacía la draga. En cierto modo, la laguna podía resultar incluso atractiva. Y de las palapas, la única verdaderamente grande y que Elizabeth y la tripulación habían frecuentado, parecía un estupendo bar playero. La arena era abundante.

Tenía que relajarme de una vez. No era tan mal sitio. Lo único que tenía que hacer era sustituir un motor, quizá soldar un tanque y luego largarme. Pero era como si cada día encontrara un nuevo motivo para ser asesinado. Ahora podían matarme por mis ideas revolucionarias. Cualquier día aparecería uno de aquellos monstruos blindados y de un bombazo nos convertiría al barco y a mí en piezas manejables. Los niños mirarían y después se pondrían a jugar con las piezas. Se perseguirían blandiendo cachitos de carne de mi cuerpo hasta que uno de ellos se pasara de la raya y entonces se liarían a golpes y al final harían las paces y echarían de menos mi mantequilla y mermelada.

Yo a ellos los iba a extrañar. Era la primera vez en mi vida que tenía un público adicto, un grupito de gente dedicada a observar mi vida cotidiana. Mis paparazzi.

No encontré a los sobrinos y fui a preguntar al local más grande. La mujer que atendía envió a alguien para que les avisara y luego preguntó por Oso.

—*Lo siento* —dije—. *No sé.* —Yo había ido en barco con ese amigo de Mike desde Anacortes hasta San Francisco, pero nada más. No le conocía ni tenía la menor información de contacto. Ignoraba si estaba en Costa Rica con Mike, o bien en California o Washington—. *Quizás Costa Rica o California* —dije—. *No sé.*

La mujer se puso triste. No conseguí entender todo lo que dijo, pero básicamente le echaba de menos. Lo cual suponía un esfuerzo considerable, pues Oso era como cuatro veces más grande que ella. Me extrañó que hubieran llegado a entenderse siquiera, y me pregunté si ella habría podido respirar teniéndolo a él encima.

Me dio una cerveza por cuenta de la casa, y yo acepté. Luego anotó su nombre en un papel y me lo dio. Para que el amigo Oso pudiera ponerse en contacto con ella. No había, por supuesto, ningún número de teléfono, y tampoco una dirección, solamente un nombre que sonaba como cualquier otro de por aquí. Este sitio apenas si estaba en el planeta. Lo lamenté por ella, y entonces me pregunté si yo le haría lo mismo a Eva. De momento era al revés (yo quería verla y no podía), pero este podía ser muy bien el inevitable final. Claro que Eva me gustaba mucho, podía pasar cualquier cosa. Quizá al final haríamos la ansiada travesía hacia el norte.

Le dije adiós y volví a la palapa número 8. Al sentarme vi que Eva me dedicaba un leve gesto con la mano, que el resto de los hombres se apresuró a censurar mentalmente. Años atrás yo había estudiado tai chi, ese arte marcial pausado y meditativo que no sirve para pelear. Se me hizo evidente que no fue una buena elección.

Sudé, esperé, sufrí, paseé la mirada como era de rigor, y sudé y esperé un poco más por espacio de una hora. Escuché la música de cantina, dolorosa para mis oídos a tantos decibelios, y miré las moscas y miré las obras en el patio, hasta que por fin aparecieron los sobrinos montando sus bicis BMX. Después hubo que esperar a Santiago. Llegó con cara de sueño, como de costumbre, pero se puso a hablar a gritos con los sobrinos (la música no permitía otra cosa). Se podía hacer, «*mañana*», y luego regateamos con el precio hasta fijarlo en veinticinco dólares por cada bidón de 200 litros. Por lo visto, aquí todo costaba esa cantidad, por lo demás inmutable. De veinticinco no había manera de bajar.

Era tarde y me marché al centro comercial. Santiago dijo que lo dejaba para otro día. Y en el cine encontré lo que necesitaba: me senté en primera fila delante de la gran pantalla y durante dos horas me olvidé casi de todo.

De regreso, el taxista de turno me preguntó si yo era el del barco que estaba en el muelle pesquero. Se lo hice repetir varias veces hasta que logré entenderlo, porque también me estaba llamando «*cajero automático*», el apodo que me habían asignado.

—*Sí* —dije, cuando por fin entendí lo que me preguntaba—. *Tengo muchas problemas.*

—*Ya* —dijo él, sonriendo para sí.

Luego me preguntó si sabía dónde estaba mi motor.

«¿Cuál de ellos?», quise preguntarle a mi vez, pero no sabía cómo hacerlo y acabé preguntando «¿Qué motor?», que no era lo mismo, pues de un plumazo puso fin a la conversación. Yo estaba demasiado cansado para intentar explicarme, aparte de que tanto el taxista como el resto de seres humanos en cien kilómetros a la redonda conocía mi historia al detalle, mejor que yo.

Gordo esperaba en el barco. Había estado ausente un par de noches, cosa que a mí no me importaba, pero me alegró verle de nuevo.

—*Amigo* —dije.

—¿Cómo estás, amigo mío? —dijo él en inglés.

—Pues todo va mal, la verdad —respondí—. Pero hay una chica, Eva, y así ya no lo veo tan negro.

—Eva. Es muy hermosa. Es nueva aquí.

—Sí. Es guatemalteca.

—No es guatemalteca.

—¿Ah, no?

—No, es de Honduras.

—¿De Honduras? ¿Y por qué tanto ella como Santiago me dicen que es guatemalteca, si resulta que es de Honduras?

—Será porque quieren que pienses que ella no es lo que es en realidad…

—¿Y qué es?

—No lo sé, amigo. La chica es nueva aquí.

—Ah —dije. No sabía a santo de qué Gordo me estaba dando información, pero me gustó el detalle—. ¿Por qué no quieres que la gente sepa que hablas inglés? —le pregunté.

—Hay más —respondió—. Dejo que la gente piense que soy un poco tonto. Les dejo pensar lo que ellos quieran, y les dejo hablar.

—No está mal pensado —dije—. Así te subestiman.

—Sí. Tu amigo Santiago me subestima. Si le cuentas que hablo inglés, tendré que matarte. —Gordo se levantó y se echó a reír del chiste, era una frase sacada de una película, pero aun así parecía que había hablado en serio. Imposible decirlo—. Buenas noches, amigo —dijo.

Le di la propina de rigor, le ofrecí una cerveza que él rechazó, y dije buenas noches.

Lancé a la sentina mis dos últimos rodillos de absorción de aceites y los fui moviendo con el extremo de un palo. Sorprendentemente, absorbieron una buena cantidad de aceite y gasóleo, mucho más de lo que yo esperaba; había pensado que mi caldillo contenía bastante más petróleo. Así pues, cuando pulsé el interruptor para accionar la bomba de achique y subí a cubierta con la linterna, al mirar hacia abajo vi como si un manantial de agua pura vertiera sus aguas en la aceitosa bahía. Estaba creando un pequeño delta de agua transparente.

Me pasé la mañana esperando a los sobrinos y sus bidones. Debería haber desconfiado, pero una parte de mí seguía confiando en que vendrían. Intenté una vez más leer el manuscrito de Irv Yalom; el barco había mejorado notablemente con la sentina vacía y limpia, los rodillos absorbentes tirados al muelle y las tablas tapando otra vez la sala de máquinas. Continuaba siendo un horno, pero no olía tan mal. Sin embargo, no conseguí concentrarme. Los niños empezaron a golpear los montantes con palos, una forma de llamar mi atención, y luego pasaron dos hombres, borrachísimos, y se mofaron de mí. Sabían que yo estaba en el barco y podía oírlos.

Al final tuve que subir a cubierta.

—*¿Qué pasa?* —dije. Otra frase que había aprendido.

Eran de la flota pesquera. Se sostenían el uno al otro para no caerse.

—*Amigo* —dijo, o canturreó, uno de ellos.

—*Una cerveza, por favor* —dijo el otro, haciendo como que empinaba el codo.

—No —dije—. No hay cerveza. Largo de aquí.

Ni me molesté en pensar cómo se decía en español. Estaba hasta la madre de ser la principal diversión del pueblo.

—*Cuidado, amigo* —dijo uno de ellos. Y levantó un dedo y lo blandió hacia mí.

—¿Qué vais a hacer? —dije—. ¿Matarme con un taladrado? Váyanse a la mierda.

La última frase la entendieron. No hubo más sonrisas, y se disponían a lanzar algún tipo de advertencia o amenaza, pero yo no esperé a oírla. Me fui abajo e intenté seguir leyendo.

Había sido una imprudencia por mi parte, pero mi frustración iba en aumento. Y, encima, no había forma de concentrarse en leer. Los niños estaban otra vez dando garrotazos. Continué leyendo.

Al cabo de un rato, sin embargo, entre el hambre y el insoportable calor, y que tenía que telefonear a DINA, subí a cubierta. Los niños dejaron de golpear el barco y pusieron cara de corderitos. Era la hora de su comida y parecían presentir que su conducta no estaba a la altura.

—*Nada para comer* —les dije. Salté al muelle, cogí uno de los palos con que habían estado jugando, golpeé con él los montantes y repetí—: *Nada*.

Eché a andar por el campo, camino del restaurante. Los dos tipos que acababan de venir a verme estaban en la otra acera, medio derrumbados contra la cerca metálica que limitaba el muelle pesquero. Me estaban observando. Ahora, además del pretendiente y su amigo, debía cuidarme de este par. Las cosas iban cada vez mejor.

Le pedí de comer a Marta, que estaba de mala cara, y luego fui hacia el teléfono, pero el pretendiente dio un par de pasos apartándose de la pared. Se detuvo, me detuve yo, y él me lanzó una mirada asesina. Era bajito, y quizá parte del problema era eso, pero ¿qué tenía yo que ver? ¿Y cómo era que llevaba siempre la ropa tan limpia y tan nueva? Invariablemente, jeans y camisa a cuadros nueva. Debía de tener media docena al menos, pero ¿dónde? Porque el tipo parecía vivir pegado a aquella pared. Nunca le había visto en ninguna otra parte. Tampoco le había visto tomarse un respiro, yo qué sé, ir al baño o pedir algo en la barra. Las necesidades humanas no iban con él. Di un rodeo para evitarle y me senté al teléfono, de nuevo dándole la espalda.

En DINA me dijeron que no había motor, y estaba claro que empezaban a hartarse de mis llamadas. Los de la agencia de San Diego me aseguraron que el motor había sido debidamente entregado.

—¿Cómo que entregado? —dije—. La empresa de camiones, DINA, me dice que no lo ha recibido.

—Lo siento —me respondieron—. Nosotros no nos hacemos responsables más allá de llevar el artículo a su destino.

—¡Pero si no lo han entregado! —protesté—. ¿Alguien les firmó un recibo ahí en DINA?

—Oiga, amigo. Usted no entiende México. Intenté explicárselo, intenté disuadirlo de que pidiera un envío. Nosotros hicimos llegar el motor a Tapachula. Probablemente un camionero de allí lo llevaría a DINA, pero eso ya no lo sé. Le dije que en México roban cosas. Nosotros no recibimos ningún comprobante de sitios como Tapachula. Enviamos lo que sea y luego, con suerte, las cosas aparecen.

—Es preciso que encuentren mi motor —dije—. Tienen que saber adónde lo llevó su camión.

—El camión no es nuestro.

—¿No le parece que en todo esto hay una falta de profesionalismo?

—No tengo por qué aguantar esos comentarios.

—Alguien me recomendó su empresa —dije—. Pero yo puedo hacer un informe negativo. Y puedo llevarlos a juicio, además. Ustedes no están en México.

—Vaya a otro con ese cuento —dijo el tipo, y colgó.

Dejé caer la cabeza en mis manos, que es lo que había hecho al principio de todo, al recibir la noticia de que mi barco estaba aquí. Las cosas no habían mejorado mucho desde entonces. Me había visto obligado a desembolsar un montón de dinero, más aún si incluía el alquiler de un yate para los inminentes chárteres en las Vírgenes, pero seguía sin motor y no podía abandonar este agujero.

Cuando me levanté y di media vuelta, casi topé con el pretendiente. Tuve que apartarme hacia la izquierda, otro paso que añadir a mi coreografía diaria.

Regresé al barco y me crucé con los niños, que ahora estaban callados y modosos, supuse que esperando todavía un bocado. Al cuerno, pensé. Fui a buscarles mantequilla y mermelada y todo volvió a la normalidad. Después volví abajo y me senté en el «diván del salón principal», un término pomposo para lo que no era sino un pequeño y mugriento sofá, y me puse a pensar.

Aún estaba a tiempo de abandonar el barco, aunque mis deudas ascendían ya a más de 140.000 dólares. Ganando 27.000 brutos al año, no iba a poder cancelar esa deuda en poco tiempo, con el problema añadido de que el empleo de profesor era para solo dos años más. Después de eso, y como no tenía libro, los únicos trabajos que encontraría iban a ser de medio tiempo. Si me partía el culo de verdad y encima tenía suerte, dando talleres por toda la zona de la bahía de San Francisco en diferentes universidades, igual podía sacar 15.000 dólares anuales.

Resumiendo: tenía que encontrar el motor. Fuera como fuese. No me quedaba otra opción.

Tomé un taxi hasta las palapas y me senté a esperar a Santiago en la número 8. El restaurante no estaba tan lleno como otros días y Eva pudo venir a mi mesa.

—*Hola* —dije, y ella me sonrió—. *¿Eres libre esta noche?*

No sabía cómo diferenciar la tarde-noche de la noche propiamente dicha, y confié en que no sonara como una grosería.

Eva puso cara triste, hizo un puchero, y dijo:

—No. Lo siento. Pero mañana está bien.

—*Mañana* —dije yo—. *Perfecto.*

Quería preguntarle algo más, cualquier cosa para retenerla. Eva tenía unos ojos preciosos. Pero algún borrachín pidió otra cerveza y ella hizo un gesto de disculpa y se alejó. Qué pena. De repente me di cuenta de lo solo que estaba. Sentí mucha pena de mí mismo, una pena monumental e indulgente; iba a tener que superarlo, si quería encontrar el maldito motor y no dar el día por perdido. De ahora en adelante, en lugar el Cajero Automático, sería el Rey de Bastos. Y no pensaba mirar a otra parte cuando todos los tíos dirigieran la vista hacia mí. Pensaba aguantarles la mirada, a todos y cada uno de ellos.

Eva se metió en la cocina, todas las miradas convergieron en mi persona, y yo elegí un par de ojos y los miré con puro odio, con todo el odio que fui capaz de reunir, hasta que el tipo bajó la vista y elegí otra víctima. Al diablo, *caballeros.*

Cuando Santiago llegó por fin, mi entusiasmo beligerante había menguado ya un poco y me alegré de tener una excusa para salir de allí. Además, me sentía culpable. En otras zonas de México había tenido siempre la grata sorpresa de encontrar a gente de lo más amable. Iba caminado por la calle y sentía un temor incipiente al ver acercarse a dos o tres jóvenes, porque me crié en California en una época de bandas de chicanos muy activas, y había aprendido a temer a cierto tipo de jóvenes. Pero luego les decía hola y ellos me respondían amablemente, risueños, y tan dulces e inofensivos como la leche. Eso me hizo darme cuenta de que la dureza y el miedo en California eran, también para ellos, una conducta aprendida, consecuencia de haber sido tratados muchas veces a patadas. De modo que también los tipos del restaurante debían de haber sido buena gente en su momento, en sus países de origen, se tratara de Guatemala, Honduras, Nicaragua o cualquier otro país de la zona, pero Puerto Madero era un pueblo fronterizo, además de centro de narcotráfico, y todo el mundo estaba lejos de casa y asustado. Mis retadoras miradas estaban de más. Probablemente les extrañaba la presencia de un gringo como yo, y el hecho de que aún estuviera vivo, dos preguntas más que pertinentes.

—Me estoy volviendo tarado —le dije a Santiago mientras caminábamos hacia los faros—. Puede que sea una tendencia innata, pero este sitio lo pone más de manifiesto.

—Yo creo que estás bien —dijo Santiago.

—Ya me lo dijiste una vez. No recuerdo cuándo. Pero gracias.

—De nada. Ahora buscamos tu motor.

Subimos a un taxi privado para ir hasta Tapachula, a DINA. Allí tenían un estupenda sala de exposición, con aire acondicionado. Al entrar, me quedé quieto un momento, gozando del aire seco y frío. Que esto fuera algo que muchas personas disfrutaban a diario me pareció increíble. Un nivel diferente de experiencia humana. Había un hermoso tráiler aparcado frente a mí, blanco e impoluto. Debía de ser la gloria viajar en aquella cabina en un día caluroso, con el aire acondicionado, la música a tope y el mullido asiento bajo el trasero. Quizá montaría una agencia de repartos fiables en camión entre San Diego y Tapachula. ¡Cuántos lugares podría visitar!

—*Amigo* —dijo Santiago, señalando con la cabeza hacia Reparaciones.

Le seguí, cruzamos el recinto bajo aquel sol húmedo e inclemente y penetramos en la oficina que había al fondo, toda llena de humo. Juan, el mecánico, estaba allí y nos saludó. Era el mejor elemento que había conocido por este lugar.

El gerente hablaba un inglés más que aceptable y nos dijo que seguía sin haber noticias de mi motor.

—¿Podría recomendarnos dónde buscarlo? —pregunté yo—. Iremos ahora mismo, pero ¿existe algún almacén o algo en Tapachula adonde lleguen los envíos?

—Lo siento, amigo —dijo el gerente—. No hay tal sitio. El motor debería llegar aquí. Pero vayan a mirar. Yo solo probaría en talleres y garajes, preguntaría a los mecánicos, a cualquiera que les parezca que puede utilizar o vender un motor diésel.

—O sea casi toda la ciudad, ¿no?

—Claro. ¿A quién no le gusta un motor diésel?

Dentro del taxi, Santiago y yo nos quedamos un rato sentados sin saber por dónde empezar; la tarea era ingente. El taxista no dijo nada. Al cabo de un rato, carraspeeé y le pedí a Santiago:

—¿Puedes preguntarle dónde buscar motores robados? Queremos todos los nidos de criminales, los sitios más peligrosos de la ciudad, ahí donde roban coches y los destrozan y eso. A menos que se te ocurra algo mejor…

Santiago lo pensó un momento.

—No —dijo después—, no se me ocurre nada.

Se puso a hablar en español con el taxista; en algún momento sonó la palabra «*criminales*», y el precio de la carrera subió considerablemente. Pero aquí estaba yo, el *Cajero Automático*, para correr con los gastos, y en realidad el taxista solo pensaba en su vida: la ruta no iba a ser lo que se dice muy segura.

No hubo que ir muy lejos para la primera parada. Estábamos ya en un barrio industrial. Cemento, alambradas, rejas en todas las ventanas, aunque imagino que rejas debía de haberlas incluso en las ventanas de los barrios bonitos de la ciudad (si es que los había). Lo que de verdad me asustó fue ver que la puerta no estaba en la calle. Santiago y yo tuvimos que bajar del taxi y meternos por un callejón estrecho hasta una entrada lateral.

—¿Y cómo meten y sacan motores robados o lo que sea? —le pregunté a Santiago—. Delante he visto unas puertas correderas grandes. ¿Por qué no están abiertas?

—Hemos de entrar por aquí.

—Esto no me gusta. Apesta a meados, y lo más probable es que nos den una paliza monumental.

Santiago bajó una mano con la palma mirando al suelo, el gesto para decir «*Tranquilo*».

—Este callejón tiene justo la anchura suficiente para arrastrar dos cadáveres uno al lado del otro —dije.

—*Amigo* —susurró él, justo antes de llegar a la puerta y golpear con los nudillos.

La puerta se abrió al instante y aparecieron dos tipos rollizos. Santiago y yo retrocedimos unos pasos, quedando de espaldas a la pared del otro edificio.

Santiago habló muy rápido, buena señal. Uno de los tipos volvió adentro y el otro se quedó con nosotros. Tenía unos brazos enormes, tatuados, y mala dentadura, justo lo que cabía esperar. En cierto modo, México era bastante predecible. ¿Tenía alguna lógica, me pregunté, pensar que encontraría el motor, lo haría instalar y zarparía de aquí sin que me dieran una paliza o algo peor? Lo cierto es que yo no esperaba que nada saliera bien. Preveía más problemas, y todos gordos. De haber tenido que apostar, lo habría puesto todo a que el motor no aparecía, yo no conseguía sacar el barco de Puerto Madero y al final me asesinaban o acababa más o menos mutilado. Eso era lo que razonablemente se podía esperar, y sin embargo allí estaba yo.

En el callejón no corría ni un soplo de brisa. Mientras esperábamos, capté el mal olor que despedía aquel tipo, a tabaco y sudor, y el calor me tenía medio mareado, aunque estábamos a la sombra. Necesitaba un trago de agua.

Por fin volvió el otro. Negó con la cabeza.

Santiago le preguntó algo y yo capté la palabra «*dónde*». Supuse que le preguntaba en qué otro sitio podíamos mirar.

El tipo volvió a negar con la cabeza y regresamos al taxi, ilesos.

Estábamos en marcha otra vez cuando Santiago me dijo:

—Les explico que el motor nos está esperando en alguna parte.

—¿Quieres decir en algún almacén, hasta que pasemos a buscarlo?

—*Sí*, pero la empresa de transporte se olvida dónde. Perdieron los papeles. Tenemos que encontrarlo y pagar dinero para verlo y llevar el motor al barco. También pagamos por llevar el motor al barco.

—Fantástico —dije—. ¿A cuánto crees que subirá, entre una cosa y otra?

Santiago se encogió de hombros.

—Bueno, pues tendré que sacar dinero. Un cajero automático, por favor —le dije al taxista, con voz de locutor de radio mexicano.

El taxista asintió con una sonrisa, tal vez captando el chiste.

En México la seguridad en los bancos es diferente; mucho más despliegue de fuerza, escopetas y rifles de asalto. Cuando paramos junto a un cajero, vimos un furgón blindado esperando mientras cuatro guardias armados sacaban dinero en sacos, mirándome como si yo fuera un atracador. Con la suerte que yo tenía, aparecerían los rebeldes, habría un tiroteo y tendría que pasar interrogatorios en una cárcel mexicana durante los próximos diecisiete años.

En mi primer viaje al país, había pasado una noche en casa de la familia de mi amiga Adriana, en Ciudad de México. Allí la policía lleva chaleco antibalas encima del uniforme, pero no el típico chaleco, no, sino una prenda super gruesa, como la que usan las tropas de Naciones Unidas; los ciudadanos se escondían en sus casas protegidas por verjas de hierro, temerosos de ir a cualquier parte, andando o en coche. Al parecer, era bastante común en esa época que jóvenes gángsteres pararan el tráfico a punta de pistola y fueran de coche en coche —taxis incluidos— robando todo tipo de objetos de valor. Otra víctima habitual era la típica abuela que camina por la acera con su bolso en la mano. A la abuela de Adriana se lo habían robado dos veces. Cuando llegaba la policía, los gángsteres les pagaban algo así como un diez o un quince por ciento del valor de lo robado; *un regalo*, mucho mejor que recibir un balazo.

De vuelta en el Volkswagen, recorrimos los barrios de almacenes en busca de los lugares más desaconsejables de Tapachula. Encontramos un almacén sin el menor rótulo ni indicador. El taxista paró el coche y señaló el edificio.

«Bueno, motor», pensé. «Pórtate bien. A ver si estás ahí.»

Había una valla metálica coronada por alambre de espino, y una garita con cámara.

—¿Cómo va a estar en un sitio donde les sobra dinero para instalar una cámara? —dije—. ¿Para qué iban a querer un motor?

La verja hizo clic y Santiago la empujó. Mis preguntas le habían entrado por un oído y salido por el otro.

Nos metimos otra vez por un estrecho callejón.

Apareció un individuo de baja estatura.

—Amigos —dijo, con una sonrisa, y eso me dio más miedo todavía que los dos cachas de brazos tatuados—. Entren.

Entramos. Dentro había aire acondicionado, como en DINA. Vimos coches buenos en exposición, también motos. Había incluso varios motores diésel alineados contra las paredes, también electrodomésticos. Era como unos grandes almacenes, pero en otro estilo.

Santiago, como había hecho antes, les explicó lo que buscábamos, entrando un poco más en detalle. Le oí decir «Ford-Lehman», y también «*rojo*» y «*barco*».

No tenían mi motor. Nos invitaron a mirar otros modelos de motores diésel, uno de los cuales era para barco, pero era demasiado grande para el mío. Dimos las gracias y nos marchamos.

—Esto no parece peligroso —le dije a Santiago—. Solo vamos de compras. Si damos con él, pagamos y listo.

—Sí es peligroso —dijo él—. Yo solo busco contigo dos o tres días, pero nada más.

—Pero si solo intentan vender…

—Algunos de estos sitios son para droga —me informó Santiago—. Y nosotros no sabemos qué sitios. Y quizá no les gusta que gente vaya a mirar.

—Pero tenemos al taxista ahí fuera, que nos sirve de testigo.

—Lo matan también. No les importa.

—¿Tú crees? A mí me parece bastante seguro.

Continuamos la ronda un poco más y comprobé que los almacenes con sala de exposición eran minoría. Casi todo eran garajes pequeños y talleres de reparaciones, como el de Ramón, el tipo que se había quedado mi bomba de inyección a modo de rehén. Suelo de tierra, en algún caso de cemento, y nada tan nuevo ni bonito como el Ford Lehman, mi pequeño pero valiente motor rojo de veinte años. Entramos en una docena, de los varios centenares que había en la ciudad, y yo ya no tenía fe en recuperar el motor.

Era ya tarde y apenas si presté oídos a la conversación, en el último taller que visitamos. Me encontraba junto a una pila de pistones grandes, todos ellos oxidados. ¿Qué podía hacer nadie con algo así? No había ningún bloque de motor que los necesitara, una pila de pistones de diferentes tamaños (debía de haber unos cincuenta), todos ellos suspirando por un nuevo y reluciente hogar. Si uno prestaba suficiente atención, casi se los podía oír maullar como gatitos.

Estaba cansado cuando llegué al barco, pero Gordo tenía ganas de charlar.

—¿Qué se siente navegando por el mar? —preguntó.

Era como una montaña de carne, ocupaba casi toda la bañera, y yo sin acabar de creerme que fuese el capo del crimen local. Gordo era un tipo sereno, casi meditabundo. Tenía las manos apoyadas en el regazo, como el Buda.

—No es lo que yo imaginaba —le dije—. Siempre había pensado que sería una experiencia tranquila y apacible, dejarse llevar por el viento. Pero luego está el ruido del agua al chocar con el casco, el aparejo también hace ruido, el barco se balancea mucho cuando hay olas grandes y se oyen topetazos a cada momento. Si alguien deja una puerta abierta, ruido sin cesar. Y tienes casi que trepar para ir de un lado al otro. No es fácil llegar a tu camarote. Y, además, al cabo de dos o tres semanas resulta aburrido. Es agotador y aburrido, las dos cosas a la vez.

—Ya, pero ¿cuáles son las cosas bonitas? —preguntó—. ¿Por qué sigues navegando?

Su interés era sincero, de modo que intenté esforzarme en pensar qué era lo que me gustaba.

—Supongo que es como estar en tu casa —dije—. Es mi mundo. Me encanta estar en mar abierto, a pesar del miedo y del mal momento y de tener que arreglar el motor o las velas. El mar es diferente cada día, y el cielo también, ves cosas nuevas y hermosas. Por ejemplo, un enorme pez luna, o un tiburón de los grandes, o una ballena azul surcando la superficie del agua. Y por la noche la luminiscencia es algo espectacular. Las estrellas brillan más que nada que hayas podido ver, y la Vía Láctea es realmente densa, pero mejor todavía es la bioluminiscencia en la estela del barco.

—¿Qué es la biolu…

—Cosas pequeñas que dan luz, en el agua, como si fueran luciérnagas. Y cuando estás cabalgando olas de cuatro o cinco metros en un barco de este tamaño, la estela que dejas es enorme y hay millones de lucecitas. Parece casi de terciopelo, como si pudieras tocar la luz.

—Eso es lo que quiero ver —dijo Gordo—. Quiero ver eso y estar en el mar días y días, sin tierra a la vista, y quiero ver la isla de Pascua. Quiero mirar a lo lejos y verla, y quiero ver esas rocas que hay.

—¿Los monumentos? —dije.

—Sí. Las piedras que alguien puso ahí hace siglos.

—¿Qué es lo que te gusta de esos monumentos? —pregunté.

—Son las caras de dios. Hechas a mano, antes de que hubiera máquinas.

Tuve una pesadilla. Me perseguían soldados, hacían ruido con sus botas y sus armas, y entonces me desperté y vi que no era un sueño. Había hombres a bordo, corriendo por la cubierta.

Me incorporé en la cama cuando ellos habían abierto ya la escotilla de cámara. Un segundo después alguien me metía una linterna en la cara y un tipo me decía algo a gritos.

—¿Qué ocurre? —dije, pero el tipo me empujó hacia la cama y luego apareció otro más. Me agarraron de los brazos y, a la fuerza, me los colocaron a la espalda y me esposaron—. ¡Déjenme, cabrones! —grité, y uno me golpeó en la espalda con la culata de un arma.

Grité otra vez, y me pegaron de nuevo y entonces sí me callé.

Tirado en la cama, respirando con dificultad, la mejilla pegada a la sábana de franela, oí pasos en la escalera de cámara, y luego otra linterna me dejó ciego y pude oír la voz del joven capitán de la armada.

—Comete un error, amigo mío —dijo—. Yo le vigilo. Le digo que le vigilo y usted no me cree. Pensará que no hablo en serio.

—Lo siento —dije—. No sé qué he hecho mal.

Uno de sus hombres me golpeó de nuevo en la espalda con la culata.

La sentía magullada, como si me hubiesen roto una costilla, o poco menos. Apenas si podía respirar. Los músculos se habían puesto tensos.

—Por favor —dije—. Duele mucho. Haré lo que sea. Dígame qué es lo que quiere.

—Ya se lo dije, amigo. Estoy aquí para proteger a mi democrático país. Lo protejo de gente como usted. Intento ser su amigo, pero usted no quiere saber nada. Por eso lo vigilo, y uno de mis hombres inspecciona la basura cuando usted tiene basura. Inspecciona todo lo que deja en el muelle, trabaja muchas horas y no encuentra nada, pero luego sí encuentra algo. Encuentra una cosa para fumar marihuana.

La linterna se apartó de mis ojos. Levanté la vista y me topé con su cara. Yo esperaba ver la pipa, pero el capitán no me la estaba enseñando.

—Este barco es para droga —dijo.

—Perdón —dije yo—, no me peguen más en la espalda, por favor. Mire, soy ciudadano estadounidense, y no sé de qué me habla.

El tipo me pegó de nuevo en la espalda. Sentí ganas de vomitar.

—Ahora registramos el barco —dijo el capitán, blandiendo un dedo de advertencia.

Intenté respirar y solo conseguí pequeñas burbujas de aire.

Llevaron reflectores al salón grande y empezaron a abrirlo todo. Yo pensé que iban a destruirlo a hachazos, pero no, lo hicieron con pulcritud. En mi camarote, registraron cuidadosamente los armarios y luego cerraron bien las puertas. Fue un registro silencioso, además. No hubo caos ni nada parecido, y creo que fue cosa del capitán. Quería cazarme pero sin quebrantar la más mínima regla.

Salió el sol, y el barco se convirtió en un horno. Después de varias horas de registro, tenían todos el uniforme oscuro, empapado de sudor. Yo estaba muerto de sed y de hambre y notaba la espalda tiesa como un trozo de madera. Quería cerrar los ojos y dormir un poco, pero necesitaba ver lo que pasaba, si encontraban algo. Lo que estaba en juego podía ser mucho más que mi barco y mi negocio; podía acabar en una cárcel mexicana el resto de mi vida. ¿Qué consecuencias podía tener la pipa? ¿Bastaba eso para mandarme a la cárcel? Una pipa no era droga propiamente dicha, solo un instrumento para consumirla. Podía servir para fumar tabaco, claro que seguramente había en ella rastros de yerba.

Pensé mucho en Mike, sin poder evitarlo. Era un gran chef y yo lo había pasado muy bien con él en las islas San Juan. Cierto que se acostaba con varias de las huéspedes, lo cual era un problema, y que trasnochaba en puertos donde tenía novias y a la mañana siguiente me costaba horrores conseguir que preparara los desayunos, pero en general todo el mundo le quería. Cocinaba de maravilla y era un tipo divertido. Cada tarde se lanzaba al agua helada desde el palo de mesana, un salto del ángel, y se pintaba la cara con chocolate o hacía lo que fuera necesario para entretener al grupo que hubiera a bordo. En una de las islas cambió cigarrillos por cangrejos y los llevó a bordo para organizar un banquete. Y una mañana de absoluta calma, cuando me incrusté a toda máquina en un arrecife que no constaba en la carta de navegación, que yo en ese momento le estaba enseñando a un huésped, Mike se puso inmediatamente el traje de neopreno y se lanzó al agua para comprobar los daños en el casco. El servicio de asistencia marítima llegó enseguida para sacarnos del atolladero, y menos de una hora después Mike estaba sirviendo desayunos. Yo pensaba que nuestra colaboración duraría años, que montaríamos un buen negocio. Pero algo sucedió en el viaje con Elizabeth. Después, Mike se pasó una semana en la playa sin llamarme, a continuación robó el dinero para emergencias para largarse a Costa Rica a vivir «la pura vida», y ahora esto de la pipa. Porque tenía que ser de Mike, o quizá su amigo el Oso. Y por su culpa yo iría a parar a un calabozo.

El registro se prolongó hasta bien entrada la tarde. Los hombres pasaron horas en la sala de máquinas y la sentina. Me pregunté qué estarían pensando los niños, que observaban la operación desde el muelle. Bueno, imagino que todos los habitantes del puerto estaban mirando. Lo de hoy se comentaría también en Tapachula, cómo no; los taxistas se ocuparían de divulgarlo. Santiago tenía que saber, por fuerza, lo que estaba pasando, pero no intervenía, tratando de que no lo relacionaran conmigo. Por ridículo que parezca, me preocupaba lo que pudiera pensar toda aquella gente de mí. Sentía vergüenza.

Los hombres se turnaron para vigilarme. Eso les permitió sentarse en el borde de la cama y descansar un rato. También el capitán se tomó un respiro, pero no se dignó hablar conmigo y yo, naturalmente, no iba a iniciar la conversación. El hombre estaba muerto de cansancio, la verdad. Chorreando sudor, sucio a más no poder, el pelo todo revuelto. Estaba claro que él no iba a dejar allí droga que me inculpara. Era un oficial íntegro, independientemente de que los otros funcionarios no lo fuesen. El capitán necesitaba encontrar algo, y su aspecto era penoso; se le veía muy contrariado, y eso me hizo pensar que, después de todo, la pipa quizá no causaría tanto problema. Algo pasaba y yo no estaba seguro de qué.

Necesitaba mear urgentemente, pero al mismo tiempo estaba desesperado por beber un poco de agua. Y, para colmo, estaba muerto de hambre y esposado. Cuando por fin me quitaron las esposas, me sentí en la gloria.

El capitán parecía a punto de decirme algo. Se le veía destrozado. Hizo el gesto de *dos ojos*, sin entuasiasmo, y se marchó.

Esperé hasta que oí alejarse la patrullera. Cuando intenté incorporarme, me sentí tan mareado que tuve que echarme otra vez. La espalda me dolía mucho. Debía de tener, como mínimo, varios moretones, pero me pareció que algo roto debía de haber también. Sin embargo, cuando por fin conseguí sentarme, logré ponerme de pie sin más dificultad y subir por la escalerilla.

Acababa de ponerse el sol y todavía quedaba luz. Los niños estaban allí de pie, apiñados y preocupados. Volví abajo por la mantequilla y la mermelada, les pasé las cosas y bajé con cuidado al muelle. Ellos me ayudaron, sujetándome del brazo, varios por cada lado. Uno me acompañó todo el trecho hasta el escusado de Gordo. Cuando me dejó allí de pie, deslizó algo en uno de mis bolsillos y se alejó a la carrera. Metí la mano en el bolsillo: era la pipa de cerámica.

Me bañé en el campo a pesar de que apenas si podía mover los brazos o doblarme por la cintura. Necesitaba estar limpio. Había quedado con Eva después. Lo más difícil fue lavarme el pelo, porque levantar tanto el brazo era una tortura.

Santiago se presentó cuando yo estaba vistiéndome.

—Me dicen que hoy has recibido visita —dijo.

—Así es. Todo muy agradable. Han limpiado un poco el barco, que ya le hacía falta. Yo me he quedado tumbado tranquilamente en la cama.

Santiago no reaccionó. Era un fastidio no poder hacer chistes en México. En vista de que lo único que les hacía reír un poco era mi imitación del locutor de radio, dije:

—¡Una fiesta espectacular!

En la penumbra me pareció distinguir los dientes de Santiago.

—Okey, vamos a ver a Eva y Helena —dije después.

Mientras esperábamos un taxi frente a la vivienda de Gordo, este le dijo algo a Santiago en español.

—Pregunta qué quería la armada.

—Buscaban droga —respondí—. Han dicho algo de una pipa de marihuana.

Santiago tradujo mi respuesta. Gordo asintió apesadumbrado y luego me dio un manotazo en la espalda. El dolor me llegó hasta la ingle. Durante un rato me quedé sin respirar, ahogándome a la intemperie, fue como si el tiempo se hubiera suspendido. El mundo se detuvo y pensé que iba a desmayarme. Aunque estaba rodeado de aire, no lograba inhalar absolutamente nada. Sentí mareo. Por fin, a través de un estrecho pasadizo, penetró una pizca de aire que me permitió seguir con vida.

Gordo se deshizo en disculpas y yo intenté decirle que no pasaba nada. Me senté en la silla que él me ofrecía, cerré los ojos y esperé a que disminuyera el dolor.

Gordo me trajo un refresco e insistió en echar un vistazo a mi espalda. Me subió la camisa mientras yo me inclinaba al frente, acodado en su mesa, y lo que vio pareció preocuparle. De hecho, su actitud fue maternal. Me sentí reconfortado. Tal vez esa faceta humana iba incluida en la protección que Gordo ofrecía a ciertas personas; el caso es que no te sentías solo.

Me hizo tragar cuatro Advils con la naranjada y luego me dio varias instrucciones por mediación de Santiago. Por ejemplo, que volviera al barco y descansara; que no fuera al pueblo.

—Eva —dije, y creo que entendió la situación.

Me ayudó a subir al taxi e incluso se quedó mirando cómo nos alejábamos.

—Gordo me cae bien —le dije a Santiago—. Es un buen tipo.

—*Sí* —dijo él—, pero no añadió elogios de su cosecha. Por lo visto tenía otra opinión de Gordo.

Eva y Helena estaban esperándonos. No tuve que bajar del taxi. Eva se sentó a mi lado, olía muy bien: a vainilla. Noté su muslo contra el mío, firme y delicioso como un salmón joven.

—¿Qué pasa, hombre? —dijo, riendo.

—*Ah, muchas cosas, muchas cosas* —respondí, haciéndome el misterioso.

—*No, nada* —dijo ella.

—*Es verdad* —respondí.

Apoyé una mano en su pierna y ella no se apartó. Aquel muslo era tan firme como un salmón, en serio. Tuve ganas de pegarle un mordisco.

El largo trayecto en taxi no hizo sino empeorar las cosas. Eva iba charlando y riendo con Helena, que estaba al otro lado, más allá de mí y de Santiago, los cuatro apretujados en el estrecho asiento trasero, y yo notaba el contacto del pecho de Eva en mi hombro, o en el tórax cuando se inclinaba hacia el lado de Helena. Para inclinarse un poco más, apoyó una mano en mi pierna y, consciente de ello, la movió un poco muslo arriba, apretando un poco, y yo ya estaba por hacer como los perros jóvenes cuando se agarran a una pierna cualquiera. Quería también su nuca. Al final me decidí a pasarle un brazo por los hombros, y al hacerlo noté su talle estrecho y la atraje aún más. Tenía tantas ganas de hacerlo que pensé que me echaría a gritar delante de todos.

No obstante, me acordé de pedirle que bajara la ventanilla en un trecho desértico de carretera y arrojé la pipa a la oscuridad. Noté un latigazo en la espalda.

Eva me preguntó qué acababa de hacer.

—*Nada* —respondí, casi incapaz de respirar.

Entonces le dijo algo a Santiago y él le explicó lo que me había ocurrido.

—*Ay, niño* —creo que dijo Eva, y no estuve seguro de si me llamaba pobre criatura o si era solo un lamento.

Cuando llegamos al centro comercial y bajamos del taxi, yo estaba demasiado nervioso para asirle la mano o pasarle el brazo por los hombros. El aire que nos separaba al andar era espacio amargo.

Se había puesto un vestido de algodón, muy fino, y no llevaba chamarra. Confié en que le entrara frío cuando estuviéramos dentro del cine, y durante la cena me alegró ver que ya tenía carne de gallina por culpa del aire acondicionado. Se frotaba los brazos.

Helena y ella no pararon de charlar mientras comíamos el chow mein. Yo no dije palabra, y Santiago tampoco. Pero Eva apoyó una mano en mi rodilla por debajo de la mesa, lo cual colmó todas mis necesidades. Decía mucho en su favor el haberse percatado de que lo que hacía falta era algún tipo de distracción. Si ella estaba hablando con Helena, yo podía dedicarme a observarla, concentrarme en su mano y empaparme cual bolsa de té gigante en mi propio deseo. Así de ridículo me sentía, pero al mismo tiempo lo disfruté.

Miré el reloj. Faltaba media hora para la película y estábamos terminando de cenar, pero propuse que fuéramos yendo hacia el cine.

Lógicamente, no había nadie en la sala, pero allí estaba oscuro y fresco. Mientras íbamos hacia las butacas, temí que Eva y Helena se sentaran juntas, con Santiago y yo a cada extremo, lo cual me privaría del placer de sentirla inclinarse sobre mi regazo, pero Eva sabía lo que se hacía. Dejó entrar primero a Santiago, luego a Helena y después a mí. De este modo ella quedaba a mi izquierda. Para hablar con Helena se veía obligada a inclinarse hacia mí, y yo no tendría otro hombre al lado. Una jugada maestra. Empecé a preguntarme si sería cierto que Eva solo había tenido un novio, pero era un pensamiento poco agradable y lo deseché al tiempo que la rodeaba a ella con el brazo.

Eva me pasó el suyo por los hombros al inclinarse hacia los otros, y me gustó tanto que cerré los ojos. Mientras charlaba con Helena, su mano se desplazó hasta mi nuca y noté cómo introducía los dedos entre mis cabellos. A punto estuve de gemir, allí delante de Helena. Y cuando volví a abrir los ojos, la mejilla de Eva estaba pegada a la mía. Su mano libre jugueteaba con el pequeño colgante en forma de corazón que adornaba su collar, presionándose con él de vez en cuando el labio inferior.

Dejaron de hablar y Helena se volvió para decirle algo a Santiago. Eva me miró con una sonrisa. Como dándome entrada. Me puse muy nervioso, pero pensé que si no aprovechaba la pausa para besarla, todo lo que ella había construido se vendría abajo. Y la besé, sí, muy suavemente; ella apoyó su frente en la mía, rodeándome el cuello con ambos brazos, y me devolvió el beso, que esta vez fue más largo. Desde el bachillerato no había vuelto a fajar con nadie en un cine, y esta vez me pareció mejor por la larga espera, y no lo digo solamente por los días previos, deseando que ella librara del trabajo, sino por todos los años transcurridos desde la adolescencia. Sin yo saberlo, todo ese tiempo había estado deseando algo así.

Pero la cosa terminó antes de lo esperado. Alguien entró en la sala y Eva se apartó de inmediato, volvió a sentarse bien y juntó las manos sobre el regazo. Tan apasionada un segundo antes, sin que pareciera importarle que Helena o Santiago la vieran, y ahora todo había cambiado.

Puse una mano sobre su rodilla confiando en que no fuera grave. Ella sonrió, me dio un besito en la mejilla y me tomó la mano entre las suyas.

Tuvimos que esperar mientras iban entrando espectadores. Fue una pena. Yo pensaba que quizá cuando se apagaran las luces de la sala y empezara la película, la cosa cambiaría, aunque en el fondo sospechaba que no, y mis sospechas se confirmaron. Empecé a inclinarme hacia ella y Eva me apretó la mano, de modo que volví a sentarme como Dios manda y tuve que tragarme una película que ya había visto dos veces. Debería haberme dado por satisfecho con tomarle la mano y sentirla a mi lado, pero el deseo es muy malicioso. Una vez que has probado lo bueno, ya no hay vuelta atrás; solo te satisface eso, y cualquier cosa menos que buena resulta descorazonadora.

De regreso, en el taxi, ella se sentó en medio con Helena y a mí me tocó ir aplastado contra una de las ventanillas. Tenía un brazo sobre su espalda, pero Eva iba charlando con su amiga, casi de espaldas a mí, y yo notaba que la pierna y el trasero se me iban durmiendo. Acabé convencido de que ella lo había hecho a propósito. Fue muy frustrante.

El trayecto era largo, y me puse a pensar en lo que me había dicho Gordo; que Eva no era guatemalteca. ¿Por qué iban a mentirme los tres, ella, Santiago y Helena? ¿Qué pasaba aquí? La próxima vez forzaría un poco las cosas y la haría hablar.

Cuando llegamos a la pista de tierra y divisamos los faros gemelos, yo ni siquiera pregunté si quería venir conmigo al barco. Sabía la respuesta. Ella me había dado a probar la miel, pero esa noche no iba a pasar de ahí; era solo un aperitivo para ayudarme a soportar varios días de espera en la palapa número 8, con los otros tipos. Seguramente todo formaba parte de un plan.

Los sobrinos llegaron por la mañana en una camioneta vieja con dos bidones vacíos. Me hicieron pagar al conductor, para que eso no afectara a sus beneficios, y uno de ellos se puso a imitar al capitán de la armada. Era como la mitad de bajo que el oficial, pero imitaba perfectamente la forma en que este mantenía siempre la cabeza con la barbilla alta, su misma expresión, su misma cara de engreído. Se agarró del costado de la camioneta, inclinó el cuerpo como hacía el capitán desde su lancha, listo para abordar, y saltó al muelle y se puso a hablar de su pelo y de cómo debía yo arreglarme el mío.

Yo me desternillaba de risa, lo mismo que los niños, que estaban también en el muelle, y eso pareció dar alas al otro sobrino, que empezó a imitar a uno de los hombres del capitán. Saltó a mi barco y se puso a mirar los pañoles y los ojos de buey. Luego fue hasta el palo mayor, saltó hacia un lado como para ver qué había detrás, y volvió a hacer lo mismo hacia el lado contrario, varias veces seguidas, saltando en círculos como si persiguiera a alguien. Una pequeña pero brillante pantomima.

Yo aplaudí, dije «¡*Bravo!*», y los niños se pusieron a aplaudir también. Los sobrinos saludaron agradeciendo la ovación, y luego subieron de un salto a la parte trasera de la camioneta, silbaron al conductor y se alejaron, no sin antes dedicarme el *dos ojos* al unísono.

Los niños me hablaban todos a la vez, creo que comentando sobre detalles de la actuación de los sobrinos, y yo dije «*Muy divertado*» mientras acercaba los bidones al borde mismo del muelle. La espalda me dolió horrores otra vez. Los chicos se habían puesto a hacer sus propios numeritos, y uno de ellos se atrevió a subir a mi barco, pero yo corté por lo sano. «*Aquí*», ordené, señalando al muelle y con cara de que no le estaba vacilando. Pero al cabo de un rato saqué la mantequilla y la mermelada y hasta unos caramelos mentolados, para que vieran que no estaba enfadado. Cuando volví abajo, se habían puesto a hacer pequeños números, convertidos todos ellos en actores.

Aparejé la bomba en línea para enviar el contenido del tanque malo a los bidones mediante una larga manguera. La bomba era pequeña y la manguera insignificante, seis milímetros de diámetro. Calculé que vaciar el tanque podía llevarme unas treinta horas. Ojalá que las baterías durasen tanto. No pude evitar preguntarme si todo este lío valía la pena. No necesitaba tener el tanque arreglado para irme de aquí; lo que necesitaba era el motor diésel.

Hice una pausa para ir a almorzar, y camino del restaurante saludé a Gordo, que estaba en su hamaca. Se le veía sereno, como de costumbre, con cara de no haber roto jamás un plato.

En el restaurante me esperaban novedades. El pretendiente seguía con la espalda pegada a la pared, pero junto a él vi a uno de los gorditos que el primer día habían roto el guardamancebos de mi barco, ayudantes del capitán de puerto. El otro amigo, el del sombrero negro, no estaba. Lo habían sustituido.

Saludé con un gesto. El hombre del capitán respondió con un cabeceo, y el pretendiente me dedicó su acostumbrada mirada de odio. Pedí la comida a la hermana de Marta. Hoy quería probar algo nuevo y me decidí por el «*pollo frito*» con la esperanza de que sería lo que yo imaginaba que era. El panorama en el muelle pesquero había cambiado. Buena parte de la flota había zarpado, por increíble que parezca, y debían de estar trabajando o hundiéndose, o ambas cosas. Solamente uno de mis dos amigos borrachines estaba repantigado en la cerca, deseando mi muerte.

El calor era indescriptible. Parecía que hasta la tierra del suelo iba a derretirse. Dirigí la vista hacia el final de la calle, preguntándome adónde iría a parar. Nunca había estado allí. En ese momento vi acercarse una prostituta por el centro de la calle, y cuando estuvo más cerca la reconocí. Era una de las tres que solían venir a mi barco cada día, la alta que se subió el top para enseñarme los pechos.

Bajé la vista y pensé que me echaba a llorar. No sé por qué me afectó tanto, después de todo lo que había visto en aquel sitio, pero su imagen me causó una profunda tristeza.

Confié en que pasara de largo y no me dirigiese la palabra, pero qué va, vino derecha hacia mí.

—*Hola, guapo* —dijo, pero no en el tono divertido del día en que empezaron a inventarse apodos y hasta me llamaron «*caballo*».

Tenía una apariencia espantosa, estaba un poco ebria y no llevaba apenas nada encima. Parecía que hubiera renunciado a todo. Se subió el top superceñido, igual que hiciera antes con la camiseta, me enseñó los pechos y dijo: «Me love me». Pero no se burlaba de mí como en otras ocasiones. No hubo ironía en el tono, ni asomo de seducción, tampoco se estaba luciendo para sus amigas, solo me brindaba la mercancía.

En ese momento llegó Marta con mi pollo frito. Yo empujé el plato hacia mi amiga.

—*¿Comida?* —dije.

Me di cuenta de que yo no sabía cómo se llamaba. De hecho no conocía el nombre de casi nadie.

Ella miró en derredor, al pretendiente y el hombre del capitán de puerto, al padre de Marta, al pescador que estaba al otro lado de la calle, y finalmente se sentó a la mesa y se puso a comer deprisa. No nos dijimos nada. Me entraron ganas de llevármela con sus dos amigas y todos los niños a California, donde pudieran llevar una vida mejor. Todos ellos se merecían algo mejor que aquel agujero. Pero luego pensé que lo mismo ocurría en gran parte del mundo. Eran varios miles de millones de personas, los que necesitaban ayuda.

Apenas unos minutos después, la mujer había terminado con el pollo. Se limpió las manos en una servilleta, se puso de pie, me dijo «*Gracias*» en voz queda, sin mirarme, y se alejó por la calle en la misma dirección por la que había venido. Me la quedé mirando. El calor creaba espejismos a su alrededor convirtiéndola en una suerte de espíritu, en una aparición.

Decidí no pedir más comida. Era demasiado deprimente, y no podía seguir esperando a pleno sol por miedo a desmayarme. Fui al teléfono y llamé a DINA —seguían sin noticias del motor—, me lavé a toda prisa en el campo y tomé un taxi a la palapa número 8.

Estaba abarrotada. Eva me dedicó una sonrisa fugaz y fue Helena quien vino a tomar la orden. Luego me tocó esperar una eternidad. No me sentía con energías para retar a los tipos con la mirada, ni siquiera tenía ganas de observar a Eva cuando saliera de la cocina, de modo que me senté en una mesa alejada y me puse a contemplar las obras. No parecían haber avanzado desde mi última visita a la palapa, pese a que el grupo era numeroso y trabajaba sin pausa. Más de la mitad estaba destrozando lo recién construido a base de picos y mazos, sin contar el martillo neumático que estaba destrozando también lo último que habían hecho.

Santiago vino a sentarse a mi mesa.

—Los sobrinos han traído los bidones —le dije.

—*Sí.*

Ya lo sabía. Me temo que Santiago lo sabía todo.

—Sería divertido ir esta tarde a Tapachula en busca de un motor —dije.

Él se limitó a asentir.

—Es una buena manera de ir conociendo la ciudad —continué—. Y a un montón de buenas personas.

El ruido que hacían las obras era tan fuerte, que no supe si Santiago me había oído siquiera, pero entonces dijo:

—Hoy solo, amigo. Mañana yo no busco.

—¡Muy bien! —tuve que gritar a mi vez—. Hoy es el último día. Encontraremos el motor.

Llegó por fin la comida, y justo cuando me disponía a atacar, apareció un autobús y se detuvo a la altura de los faros. Una cantidad increíble de gente bajó del vehículo. Era un autobús solo, muy viejo y no especialmente grande, pero yo creo que llevaba más de cien pasajeros. Echaron a andar por la pasarela con su equipaje de bolsas de plástico y de papel.

—Gente de mi país, de Guatemala —dijo Santiago.

—¿De vacaciones? —pregunté.

—*Sí*. Vienen a la playa.

Era el sueño hecho por fin realidad. Habían acudido al reclamo de los faros. Varias personas se detuvieron en las palapas, pero la mayoría siguió caminando con sus pertenencias por la reventada pasarela, esquivando a los obreros, camino de la playa. A los pocos minutos estaban chapoteando en las pútridas aguas de la laguna, tan felices y contentos.

—Espero que nadie trague agua —dije.

—Este sitio es bonito —dijo Santiago—. Les gustará.

Dos hombres que sin duda eran hermanos se acercaron a nosotros ofreciéndonos unos chalecos. Eran gente amable, y los chalecos estaban bien hechos, de colores vivos sobre fondo negro. Compré uno para mi madre y los invité a tomar una naranjada. Se pusieron a charlar con Santiago, y me habría gustado entender algo más. Me pareció que la cosa iba de nostalgia. Conocían el pueblo de Santiago pues habían vendido su mercancía por toda aquella región, y decían que era como el paraíso, de bonito. Todas las montañas verdes y soleadas, ningún sonido salvo el de un arroyo de agua clara o una voz invitándote a entrar y descansar un poco. Yo estaba dispuesto a creer que tal sitio existía, después de haber visto la aldea de Purépecha cerca de Morelia. Aún era posible encontrar un rinconcito de mundo donde esconderse.

—¿Cuánto tiempo van a estar aquí? —pregunté, y Santiago tradujo.

Los hermanos explicaron sus planes con cierto detenimiento, y como yo no entendía gran cosa, Santiago me hizo un resumen.

—Viajarán por todo México —dijo—. Hasta que ven California. Si les queda dinero, pagarán a un coyote e irán a California.

—Deprimente —dije—. ¿Y cuánto dinero cuesta contratar a un coyote?

—Unos quinientos dólares —dijo Santiago, encogiéndose de hombros—. Depende.

—Diles que no vale la pena. Diles que deberían volver a su casa. Aquí solo les pasarán cosas horribles, y la única posibilidad de vivir bien es volver a su país.

—No puedo decirles eso, hermano.

Decidí intentarlo yo en español.

—*Aquí muy peligroso* —les dije—. *Y feo. Y California es la mismo.* —No sabía cómo decir en español que se fueran a otra parte. Solo sabía decir «vamos», de modo que señalé hacia Guatemala—. *Guatemala* —dije—. *Ahorita. Es mejor.*

Se rieron, pensando que lo decía en broma. Probé otra vez y volvieron a reírse. Supongo que no les cabía en la cabeza que California pudiera ser otra cosa que una maravilla. Mencionaron también la protección de Dios. Quién sabe, a lo mejor uno de los dos llegaba a alcalde de Pasadena. O igual se apuntaban al circo.

Los hermanos terminaron las naranjadas, se pusieron de pie, me estrecharon la mano diciendo cosas agradables y siguieron su camino, cada cual con un hatillo de chalecos a la espalda. Qué medieval parecía todo, cargar con su mercancía, ir de pueblo en pueblo, depender de la protección divina. Yo, desde luego, no compartía su fe. Mi previsión era que acabarían mal y separados.

—Mañana ya no serán tan simpáticos —le dije a Santiago—. Y pasado mañana menos aún.

—Te preocupas demasiado, amigo —dijo él.

—Deberías volver. Tú eres de un pueblo muy bonito.

—En Guatemala no hay trabajo, hermano. Y esto me gusta.

—¿De veras?

—Sí. Aquí hay oportunidades. Quizá algún día tengo mi propio yate.

—Okey —me reí—. Está bien. Siento haberme quejado.

Pero en el taxi, camino de Tapachula, seguía pensando en los hermanos, y en la mujer que se había hecho prostituta. Qué cosa tan frágil es la vida. Un mal paso y ya no sabe uno cómo volver. Como me ocurría a mí, con este negocio; mis amigos me habían advertido que estaba dando un mal paso y yo les dije que se preocupaban todos demasiado.

—¿Tú crees que la experiencia sirve de algo? —le pregunté a Santiago, a gritos, entre el escándalo que armaba el Volkswagen.

—¿Qué?

Tuve que repetirlo. El taxi era como una mezcladora de cemento en pequeño, pero sin agua. Polvo y piedras secas chocando con metal.

Santiago me preguntó qué había querido decir.

—Si tienes una época jodida, ¿sirve de algo haber pasado por esa experiencia?

Santiago meditó la respuesta.

—Si sacas algún dinero —gritó después—, entonces *sí*. Pero también si ya tienes dinero y no necesitas hacer nada para conseguirlo. La experiencia sola no sirve de nada, hermano. Lo que cuenta es el dinero.

—De acuerdo —grité a mi vez—. No en lo de que solo cuenta el dinero, pero sí en que la experiencia no vale nada.

—Es porque tú tienes dinero —bramó él—. Todos los que tienen dinero dicen lo mismo.

—Yo no tengo dinero.

—Tú tienes dinero. Tienes un yate.

—Pero estoy hasta el cuello de deudas, o sea que no tengo dinero.

—Tienes dinero.

—Bueno, dejémoslo.

No me molesté en gritar, y tampoco me importó que él no me oyera. Estaba harto de discutir de lo mismo. Aquí nadie lo iba a entender. Uno de los milagros de Estados Unidos es que podamos tener un patrimonio negativo, lo cual no resulta fácil de explicar. Y, en cierto modo, Santiago tenía razón. La libertad de tener un patrimonio negativo es, según se mire, un tipo de riqueza. O una oportunidad. Pero yo lo que quería era hablar del valor de la experiencia, saber si el tiempo que estaba pasando aquí servía de algo, porque quería consolarme pensando que no era un estúpido integral. Solo tenemos una vida, y yo echándola por la borda en este agujero.

Entramos en otro de los barrios industriales. Qué cantidad de naves y talleres es capaz de mantener una ciudad. ¿Cuántas casas normales hacen falta por cada almacén? Y, ya puestos, ¿dónde estaban las casas normales?, ¿o es que la gente vivía en su lugar de trabajo?

Pasamos frente a un comercio de radiadores. Había media docena de tipos en la entrada. Era un poco extraño, y el sitio en cuestión era un local lo suficientemente grande como para que hubiese algunos motores. Pedí dar media vuelta, pero Santiago me dijo que el taxista se negaba.

—Pues tenemos que ir ahí —insistí yo—. Es el sitio que estamos buscando.

Santiago habló otra vez con el taxista, pero el hombre siguió adelante, negando con la cabeza. Eso me puso furioso.

—Dile que pare el coche inmediatamente.

Santiago transmitió mis palabras y nos detuvimos.

—Ahora dile que dé media vuelta o que vaya en reversa y nos acerque hasta donde le parezca. El resto lo haremos a pie.

La negociación fue larga.

—¿Qué coño pasa? —exploté—. Pero ¿tan complicado es? Que ponga la reversa, y cuando se haya acercado hasta donde él quiera, que pare.

Santiago se lo tradujo y el taxista me lanzó una mirada de odio (yo ya estaba acostumbrado y no hice caso) y puso la reversa. Recorrió un corto trecho antes de detenerse otra vez para que bajásemos.

—Dice que tenemos que pagar ahora —tradujo Santiago—. Y que busquemos otro taxi después.

—Bueno —dije, y le pasé el dinero.

Pero cuando me fijé mejor en el sitio en que estábamos, no vi que hubiera ningún otro taxi. Quizá me había pasado de la raya.

El coche arrancó y Santiago y yo echamos a andar hacia la tienda.

—Debes tener cuidado —dijo él.

—Lo siento. Lo tendré.

Recorrimos varias manzanas. Los edificios eran como fortalezas; alambre de púas, rejas de hierro, cristales mezclados con cemento coronando los muros. No había sitio ni para que se posara un pájaro. Éramos los únicos transeúntes. Era como si estuviésemos viendo los restos de una de esas bombas que matan a todos los humanos pero dejan los edificios en pie.

—No deberíamos estar aquí —dijo Santiago.

—Mira, solo necesito echar un vistazo en esa tienda, y luego buscamos un taxi.

Estaba al final de la manzana, y los tipos continuaban haraganeando por allí. No había nadie más. Nos observaron sin moverse de sitio. Realmente parecían de una banda, todos vestidos más o menos igual. Ir a verlos era una locura. Mi manera de andar se había vuelto muy poco natural, como si hubiera olvidado dónde poner los pies.

—*Buenos días* —dije, cuando llegamos. Tenían la puerta abierta, de modo que entré.

Uno de ellos se me acercó. Llevaba un palillo de dientes entre los labios. Tal vez había almorzado tarde. Quizá era por eso que estaban todos allí fuera.

—*Amigo* —dijo, y luego hizo un comentario sobre mi sombrero.

Tenía la cara redonda y morena, y más oscuros aún eran los semicírculos sobre los que descansaban sus ojos. Debía de hacer meses que no dormía.

—Quiere probarse tu sombrero —me dijo Santiago.

—Vale. —Se lo pasé al tipo. Era un sombrero West Marine de ala ancha, para el sol—. ¿Le preguntas por el motor?

Santiago dijo algo, pero fue breve. El del palillo no le escuchaba; estaba examinando mi sombrero. Luego me señaló a mí y dijo algo que tampoco logré entender.

—Se queda tu sombrero —dijo Santiago—. Y ahora quiere los lentes de sol.

—¿Qué?

—Dale los lentes —dijo Santiago en voz baja. Estaba asustado.

Me quedé un momento sin saber qué hacer. Vi que el grupo de hombres se ponía tenso.

Le pasé al tipo los lentes de sol.

Él llevaba unos puestos, pero no se probó los míos. Se los lanzó al que estaba más cerca de él y luego señaló mis pies.

—Dice que quiere tus zapatos —tradujo Santiago.

Me quité las Tevas. Vi que varios de ellos sonreían. Uno dijo algo, y Santiago me informó que quería mi camisa.

Miré a Santiago y todos se carcajearon. Giré en redondo y salí de allí.

Santiago y yo echamos a andar sin volver la vista atrás. Estaba feliz por haber escapado de allí habiendo perdido únicamente el sombrero, los lentes y las Tevas. Di gracias por ello. Yo era un chiste andante, un entretenimiento, pero es cierto: estaba agradecido. Los pies me dolían porque el pavimento de la calle estaba ardiendo y había muchas piedrecitas, pero sabía que había tenido suerte. Santiago no abrió la boca en todo el rato, se limitó a caminar.

—Eres un buen amigo —le dije—. Gracias por intentar ayudarme.

Él estaba concentrado en sus propios pasos, en alejarse de allí, pero al final dijo:

—No pasa nada, hermano.

Tuvimos que caminar más de diez manzanas hasta encontrar un taxi, y para entonces yo ya tenía los pies en carne viva. Cuando me senté y me miré las plantas, las tenía de un rojo subido, quemadas. Pero no se me habían ampollado aún, menos mal. Saltaría la piel, como si me hubiera quemado al sol, pero bueno.

En el centro comercial, compré gel de sábila, un antibiótico, un par de calcetines y tennis. No pude encontrar Tevas ni sandalias buenas. Bajo la atenta mirada de un guardia de seguridad del supermercado, me curé los pies y me calcé.

—Se acabó el tiempo —le dije a Santiago—. Tendré que contratar otra vez a Herbert, una pena, porque debo organizar unos chárteres en el Caribe. De todos modos, te agradezco que hayas hecho lo posible por ayudarme.

—Es muy complicado encontrar el motor —dijo Santiago—. Herbert no puede encontrarlo, yo creo.

—Pues tiene que encontrarlo, porque no me queda dinero para comprar otro.

—¿Cómo lo encontrará?

—Ni idea —dije—. Pero te daré una propina, un poco de dinero extra, cuando me marche.

—Gracias —dijo Santiago—. Yo creo que Herbert no debe venir. Yo vigilo tu barco.

Me recosté en la pared y medité su propuesta. Podía regresar en unos meses, en verano, y seguir adelante con ayuda de Santiago. Me saldría más barato que contratar a Herbert Mocker. Pero si quería a Herbert, tendría que llamarlo por la mañana, así que la decisión había que tomarla cuanto antes.

Mientras cenábamos, los pies me dolían tanto que tuve que volver al supermercado para comprar Advil. Después pude disfrutar la película, ese bendito período de amnesia.

Cuando volví al barco, me encontré a Gordo en plan Buda.

—Buenas noches —dije.

—¿Qué te ha pasado en los pies? —me preguntó, viendo que yo andaba con mucho tiento.

—Alguien se quedó mis zapatos cuando estábamos buscando el motor por ahí. También se quedaron el sombrero y mis lentes de sol. Pero al menos no me han matado.

—¿Santiago iba contigo?

—Sí. Y se ha portado muy bien. Ha hecho todo lo posible por encontrar ese motor.

Gordo meneó la cabeza.

—¿Qué pasa? —pregunté.

—Me das pena, así que esta noche te voy a decir la verdad.

—Bueno.

—Santiago toma el motor.

—¿El diésel? ¿El motor que hemos estado buscando?

—Y el otro también.

—¿Santiago tiene el fuera de borda y el motor diésel?

—Sí.

Esperé a que continuara, pero Gordo no parecía dispuesto a dar explicaciones.

—Perdona —dije al final—, pero esto es… —Estuve a punto de decir «extravagante», pero tenía que medir mis palabras—. Resulta difícil de creer, la verdad. ¿Cómo quieres que me lo crea? Santiago es mi amigo.

—No hace falta creer —dijo Gordo—. Santiago agarra el motor pequeño, y ahora agarra el motor grande.

—Pero ¿por qué?

—Quiere quedarse tu barco.

—¿Cómo?

—Tú le dices que lo vigile y luego no encuentras el motor, te marchas, pero el barco se queda donde está, o sea que el barco es suyo. Santiago cree que será un gran hombre. Pero luego me contratas a mí para que vigile el barco, o sea que el barco será mío. Santiago cree que yo no lo sé, pero sí lo sé. O puede que Capitanía se queda el barco. Ya has visto a uno de los hombres de Capitanía esta mañana. Él te vigila.

—¿Has dicho tu barco?

Gordo me puso una manaza en el hombro.

—Yo no quiero ningún daño para ti —dijo—. Pero cuando te marchas y Santiago intenta quedarse el barco, el barco lo agarro yo. Es un buen barco y tú no lo necesitas.

—Claro que lo necesito —protesté—. Debo mucho dinero por él, ya son unos ciento cincuenta mil dólares.

Gordo se encogió de hombros. Ni siquiera el capo del crimen creía en mis deudas.

—Esto es de locos —dije.

—La verdad es de locos —dijo Gordo—. Si algo te parece de locos, seguro que estás oyendo la verdad.

—No pienso renunciar a este barco —le dije—. Aunque tenga que volver y tirarme aquí sesenta años, yo no renuncio a este barco.

Gordo se encogió otra vez de hombros.

—Es cosa tuya, amigo, pero ten cuidado. Te juegas la vida. Deberías marcharte enseguida. Y dejar el barco.

Yo ya no sabía qué creer, ni qué era lo que se traía Gordo entre manos. Ahora me daba miedo, pero decidí sondearle un poco más.

—No creeré nada si no hay pruebas —dije—. ¿Dónde guarda Santiago los motores?

Gordo se echó a reír.

—Qué gracioso eres, amigo.

—Hablo en serio —dije—. ¿Sabes dónde están los motores?

Gordo miró en derredor y negó con la cabeza.

—Sé dónde está el motor pequeño. Cerca de las palapas. No sé dónde guarda el motor grande, porque eso es en Tapachula. Yo no controlo Tapachula. Sé que se lo llevó y sé que lo tiene allí, pero no sé dónde.

—Bueno, pues dime dónde está el fuera de borda, y luego creeré lo que dices del motor diésel.

—Tú no lo entiendes, amigo —dijo Gordo—. Aquí nadie te ayudará. ¿Por qué tendría que hacerlo yo?

—Me has ayudado contándome lo de Santiago.

—Quizá no. Quizá te digo esto y entonces tú buscas el motor pequeño y te matan, y así yo me quedo tu barco. —Se puso en pie, se palmeó la barriga y bostezó—. Buenas noches, amigo. Ahora todo el mundo te vigila.

Saltó al muelle, una enorme masa marrón con un short deportivo y chanclas, y caminó tranquilamente hacia la oscuridad del campo. Yo me quedé allí de pie, mirándolo, hasta que solo fue una sombra, y luego se iluminó de nuevo, su piel reflejando la luz, al salir por el otro lado de la palapa. Estuvo unos minutos con sus hombres, imagino que hablando, pues varios de ellos miraron hacia donde yo estaba. O eso me pareció, estaban demasiado lejos. Por fin, Gordo se tumbó en su hamaca.

Aquella noche no dormí, y tampoco fui capaz de pensar. Si lo que Gordo decía era cierto, entonces había que reconsiderar todos los momentos pasados con Santiago. Cada una de sus palabras significaba otra cosa. Todos sus actos respondían a motivos distintos. Y él me llevaba mucha ventaja. Yo no podía saber en qué fase de su plan estaba ahora, solo que no estaba a su altura. Incluso podía ser que Santiago estuviese confabulado con Mike, mi cocinero. Mike le había preguntado a Herbert por la legislación mexicana sobre salvamento marítimo. Entonces no le di importancia, pero ahora era como para asustarse de verdad. Además, Mike tenía una pistola, una Glock de 9 milímetros. Podía incluso estar ahora mismo en las palapas, colaborando con Santiago. Era una locura, pero podía ser así. Mike había desaparecido del mapa con mi dinero; y Santiago era la única persona que me había dicho que Mike se había marchado realmente a Costa Rica.

Luego estaba la posibilidad, muy factible, de que todo cuanto Gordo me había dicho fuese mentira. Eso me enemistaría con Santiago y pondría nuevas trabas a mis esfuerzos, facilitando que Gordo se quedara con el barco. O tal vez tenía alguna otra razón para ponerme en contra de Santiago. Yo quizá era un simple peón en un plan de gran envergadura que nada tenía que ver conmigo y sí, en cambio, con el puerto mismo y probablemente con drogas. Quizá me habían tendido una trampa, bien a beneficio de Gordo y sus negocios, bien para que pagara el plato en su lugar. Quizá había dejado él la pipa en el barco, y quizá acababa de dejar unos cuantos kilos bien empaquetados en la sentina de mi barco como ofrenda al capitán de la armada o al capitán de puerto. Sí, cabía también esa posibilidad, aunque no sé qué relación podía tener eso con Santiago.

Lo que de verdad interrumpió mis cavilaciones fue la idea de que mis desventuras respondieran a un plan ajeno. Eso no se me había ocurrido, que alguien pudiera realmente estar tramando algo contra mí. Tal vez era un ingenuo, pero había dado por supuesto que los pequeños hurtos y demás no tenían relación entre sí y respondían a eso de que la ocasión la pintan calva. Como los piratas: aquella gente no eran verdaderos piratas, vieron una oportunidad y decidieron que había que aprovecharla. También habia supuesto que quienquiera que me había robado el motor lo había hecho, probablemente, por necesidad. Y que el ladrón de mi motor diésel iba a obtener dinero simplemente porque se encontró con el motor en sus manos. Pero la idea de que todo estuviera relacionado y que respondiera a un plan era de lo más aterrador, porque ¿cuál era el resto del plan y quién más estaba implicado? ¿El pretendiente tenía algo que ver? El tipo quería matarme, de eso no había la menor duda, pero ¿acaso alguien le estaba diciendo que esperara un poquito más?

El corazón no me latía deprisa, pero los latidos eran más fuertes de lo normal, como si el corazón no cupiera del todo en mi pecho y estuviese tensando las venas al bombear. Los dedos los tenía gruesos como pontones. Y luego empecé a respirar con dificultad. Era una especie de ataque de pánico, de modo que me levanté y me puse a andar por el barco. Bebí una botella entera de agua y subí a cubierta. El aire era relativamente fresco aunque yo seguía sudando, y entonces me dije: Tengo que hacer algo enseguida. Tengo que devolver el golpe. Abrí la tapa de la sala de máquinas y la sentina y me puse a buscar. Lo hice con una linterna pequeña para que nadie se enterara.

Los generadores de la flota pesquera hacían tanto ruido como cualquier otra noche, pero yo apenas si lo oía. Mi respiración y mi sangre y el haz de la linterna buscando en todos los recovecos del buque. En la parte donde el casco se curvaba, la pared áspera pintada de gris parecía una cueva, y las sombras que producían los cables eran como telarañas. Estuve boca abajo durante buena parte de la búsqueda, el torso colgando hacia la sentina, y entonces oía algo y me izaba rápidamente para iluminar el salón con la linterna y luego subir lentamente la escalerilla para mirar por arriba. Hecho esto, volvía a bajar a la sentina y continuaba la búsqueda. Me sentía desprotegido, mi cuerpo un saco de vísceras sostenidas apenas por una piel fina como papel de fumar.

No encontré nada. Me acosté otra vez y permanecí despierto, asustado, intentando recordar todo lo que Santiago había dicho o hecho. Aquella misma tarde me había comentado que algún día tendría un yate. Y que no mandara a Herbert. A mí ya me había extrañado eso. Cuando estaba sujetando la cadena del ancla, cubierto de aquel lodo maloliente, y su amigo nos remolcaba hacia el nuevo punto de anclaje, me había entrado la paranoia de que Santiago quizá lo controlaba todo. De eso hacía tiempo, pero ya entonces abrigaba sospechas.

Pero cuantas más vueltas le daba al asunto, más me parecía fruto de la paranoia. Santiago estaba ayudándome; no había más que hablar. Y si las cosas habían salido mal, no era por su culpa. En fin, no podía creer que Santiago me la hubiera estado jugando todo el tiempo. Necesitaba averiguar quién tenía escondido mi motor fuera de borda. Esa era la clave de todo. Y si lo del motor no estaba relacionado con Santiago, entonces Gordo mentía.

Estaba completamente agotado y mis pensamientos fueron perdiendo claridad según se iluminaba el cielo. Estaba cayendo en mantras.

Una vez hubo salido el sol, abandoné el barco y crucé el campo hacia el escusado de Gordo. Ahora me daba miedo pasar cerca de sus hombres, pero no ocurrió nada. Me saludaron todos en silencio, a la manera habitual, como si nada hubiese cambiado.

Volví al barco y eché un vistazo al tanque de gasóleo. Ahora estaba vacío, y se suponía que debía llenarlo tres veces de agua, pero mi intención era convencer al soldador para que lo examinara antes.

Calzado, sombrero, lentes de sol: todo nuevo y todo barato. El mundo parecía de color rosa. Al comprar los lentes, no se me había ocurrido ese estereotipo, pero la falta de sueño hizo que mi cerebro se quedara anclado en el chiste. Pasé por delante del pescador que quería matarme, y hasta él se veía sonrosado.

Fui al barco donde había encontrado al soldador la primera vez. Ahora les faltaba un cacho de pasamanos. Se había desprendido, probablemente en alta mar y probablemente con una mano asida al mismo.

—¡Hola! —llamé—. ¿Es el soldadero aquí?

No estaba seguro de que fuese la palabra correcta, pero me sonaba algo así.

Esperé a pleno sol, que a esta hora calentaba ya de forma espectacular, hasta que un hombre salió de una de las bodegas. Me habló muy rápido, le pedí que repitiera y creí entender que el soldador estaba en otro barco. Helio, me recordó que se llamaba: el sol. Un nombre perfecto para un soldador.

Le mostré al pescador un billete de mil pesos, el equivalente a unos ciento veinticinco dólares.

—Mi motore es aquí en el puerto. Un motore muy pequeño, seis caballos. ¿Sabes, dónde está?

Si el tipo conocía el paradero de mi fuera de borda, quizá cinco meses de ingresos medios le animarían a decírmelo.

Echó apenas un vistazo fugaz al dinero, dijo que no lo sabía y volvió a la bodega.

En el siguiente barco pregunté de nuevo por el soldador y por el fuera de borda, ofreciendo el dinero. Fui a todos los barcos y repetí la pregunta a todo el que veía. Había decidido preguntar a todo individuo, no solo en el muelle pesquero sino también en las palapas. Alguien aceptaría el dinero.

Finalmente localicé a Helio. Recién salido de una sentina donde sin duda habría estado soldando algo para que el barco no se partiera en dos. El sol le hizo pestañear. Me dijo que «*mañana*», para variar, pero yo insistí y le puse cincuenta pesos en la mano para que viniera a ver el tanque, y accedió encogiéndose de hombros.

Caminar por aquella calle polvorienta empezaba a ser un acto icónico. No eran más que unos centenares de metros, pero parecía haber adquirido la relevancia de una calle mayor antes del típico tiroteo. Casi esperé ver a cuatro o cinco hombres en fila, con espuelas, al otro extremo. Y uno escupiría jugo de tabaco cuando yo llegara.

Pero en el barco solo estaban los niños, disgustados por el escamoteo de su desayuno. Esa mañana yo me había marchado muy temprano.

Hice bajar a Helio para que mirara el tanque y luego subí a cubierta con la mantequilla y la mermelada. Aquellos niños eran probablemente mis únicos aliados; era preciso tenerlos contentos. Cuando volví abajo, apenas un par de minutos después, Helio ya había decidido que no era posible soldar el tanque.

—*¿Por qué?* —le pregunté yo.

Respondió con evasivas. Mucho gesticular, un cabeceo lateral expresando tanto la inviabilidad del proyecto como su propio pesar, y un montón de frases que no entendí. Pero aunque yo sabía poco español, me quedó claro que Helio estaba improvisando.

Insistí.

—¿Por qué?

Más de lo mismo, pero nada concreto que yo pudiera entender. Y cuando le pregunté el motivo una vez más, él preguntó por Santiago.

—No Santiago —dije.

Helio se encogió de hombros y se marchó. Así pues, me tocaría meter otra vez el gasóleo en el tanque. En este puerto, si uno intentaba que le arreglaran algo, acababa compadeciéndose de Sísifo.

Estaba hambriento y me fui al restaurante. Ahora, de pie al lado del pretendiente, no solo estaba el gordito de Capitanía, sino también el pescador borracho —que había abandonado su puesto junto a la cerca— y uno de los hombres de Gordo. A saber lo que podía significar eso, pero no auguraba nada bueno. Para llegar al teléfono hube de pasar por delante de los cuatro. No los saludé y ellos tampoco a mí; simplemente me miraron.

Sentado de espaldas a ellos, telefoneé a Herbert. Estaba jovial como de costumbre, hasta que le conté las noticias.

—¿Que has perdido el motor? —dijo.

—No se sabe dónde está —respondí—. En Tapachula, pero nada más.

—Tienes que encontrarlo como sea.

—Ya. Estoy en ello. Oye, ¿no podrías venir otra vez, instalar el motor y llevar el barco a San Diego? Tengo que sacarlo de aquí cuanto antes y se me acaba el tiempo.

—Pero si no tienes el motor…

—Ya lo sé —dije—. Y puede que no lo encuentre antes de irme de aquí, pero tu ayuda me vendría muy bien. Creo que tú sí podrías encontrarlo.

—Pues yo creo que tienes que buscarte otro mecánico.

No era fácil centrarse, teniendo a aquellos cuatro detrás.

—Herbert, por favor. Ahora ya estoy suplicando. Te he pagado el avión un par de veces, y lo cierto es que no tengo a nadie más. Pagaré los boletos de tus ayudantes, si es necesario.

Herbert se lo pensó. Si yo dejaba el barco en manos de Gordo o de Santiago durante un par de meses, quizá no lo volvería a ver.

—Está bien —dijo Herbert al fin—. Lo voy a hacer por ti. Para que veas la clase de persona que es Herbert Mocker.

Le di las gracias, concretamos cómo hacerlo, y luego me levanté y fui hacia la barra sin mirar a los cuatro tipos. Pedí pollo diablo, o sea muslos, confiando en que aquí los prepararan mejor que en las palapas. Debí pedir una torta para llevar, habría sido mucho más rápido, pero estaba inquieto. Me fastidiaba bastante, eso de que me mandonearan.

Fui a sentarme al sitio de costumbre, fuera, y contemplé los barcos teñidos de rojo óxido y el agua rosácea. El polvo del camino era de un rosa subido. Pensé en lo que podía ocurrir cuando llegara Herbert. Me tocaría comprar boletos de ida y vuelta para cuatro, otra pequeña fortuna, pedir prestado una vez más, pero después de lo que me había dicho Gordo, no creía que hubiese otra alternativa. No sabía qué pensar de todo el asunto, pero al menos tenía la certeza de que no podía fiarme de nadie.

Noté una mano en el hombro; era mi amiga, la que se había hecho prostituta. Estaba yo tan ensimismado que no la había oído acercarse.

Se levantó el ceñido top dejando al aire sus pechos rosa oscuro y balbució: «Me love me». Estaba como una cuba.

—*No, gracias* —dije yo, y me sentí triste otra vez. No me esperaba que pudiera ser tan deprimente. Supongo que ella me caía bien. Parecía una buena persona, era divertida y tenía estilo.

Me dedicó una gran sonrisa ebria y a punto estuvo de caerse al dar media vuelta. Logró recuperar el equilibrio, y entonces el pretendiente dijo una grosería. No entendí toda la frase, pero pude distinguir la palabra «*puta*». Quise advertir a mi amiga, habida cuenta de lo que le había pasado a aquella otra mujer que acabó con la frente aplastada contra la pared, pero no sabía qué decir, me faltaba vocabulario. Además, todo sucedió muy rápido. Ella volvió la cabeza, como si no le hubiera oído bien, y el tipo dio un paso al frente y se lo repitió con una sonrisita.

Ella no lo pensó dos veces. Vi cómo el pretendiente se echaba atrás, y un momento después los hilillos de sangre que brotaban de su mejilla, pero no vi cómo le tocaba ella. Los otros hombres se lanzaron sobre la prostituta y la tiraron al suelo a golpes; yo me levanté y corrí hacia ella, pero me detuve en seco. El sicario de Gordo me daba un miedo especial. Tenía una cicatriz que le cubría media cabeza, le faltaban dientes y un dedo y estaba hasta el tope de coca. El tipo me miró fijo, le propinó un puntapié a la mujer, en el estómago, y esperó un momento para ver mi reacción. Luego la pateó otra vez.

Los otros se sumaron mientras ella se debatía en el suelo; consiguió arrastrarse hasta donde yo estaba y me agarró un tobillo

—*Ayúdame* —dijo.

Le estaban pateando el estómago, la espalda, el pecho, incluso la cara. Yo tenía al pretendiente a solo unos centímetros, mirándome de hito en hito mientras daba patadas.

Yo quería ayudarla, pero sabía que si me metía, aquellos cuatro me iban a matar; solo estaban esperando a que hiciera un movimiento.

—*Por favor* —les rogué.

Y los hombres pararon. Les bastó con esas palabras; tal vez por el mero hecho de decir algo había cruzado la línea.

Me miraron los cuatro, a la espera. Se había congregado allí un corro de pescadores, transeúntes a punto de ser testigos de la muerte de la prostituta, o del gringo, o de ambos quizá. También habían acudido mis amigos los niños.

El sicario de Gordo fue hasta la pared para agarrar un bloque suelto de concreto, volvió y se detuvo junto a mi amiga tirada en tierra, a unos centímetros de donde yo estaba, el pretendiente al otro lado. Yo de buena gana habría retrocedido, pero ella seguía aferrada a mi tobillo. Cuando la miré, me pareció que estaba medio inconsciente. Tenía los ojos cerrados pero se movía un poquito.

El hombre de Gordo levantó el brazo en cuya mano sostenía el bloque y empezó a bajarlo al tiempo que decía «*uno*». Yo no me lo podía creer. Deseé parar el tiempo, que el mundo se detuviera.

El hombre levantó de nuevo el brazo y lo volvió a bajar diciendo «*dos*». Lo subió otra vez.

A la de tres, el sicario ejecutaría a la mujer que yo tenía a mis pies. Al mirarle con detenimiento y ver la cara de placer con que se disponía a descargar el bloque, no me cupo duda de que lo había hecho otras veces. Tuve casi la sensación de que podía ver esas otras ocasiones, y entonces comprendí quién era Gordo.

—*Tres* —dijo el hombre, y bajó el bloque pero luego lo arrojó a un lado y se rió de mí a carcajadas.

Todos rieron. Quedó en evidencia que yo era un cobarde.

Se apartaron todos y yo me arrodillé junto a ella, sosteniéndole la cabeza mientras me preguntaba si conseguiría llegar a un taxi, pero alguien me tiró al suelo de un empujón. Era una de sus amigas. Había un hombre mayor con ella, y entre los dos la levantaron.

—*Puedo ayudarles* —dije, pero no me hicieron caso.

La transportaron entre ambos una treintena de metros y se metieron en uno de los edificios. Yo los seguí, pues había que llevar a mi amiga al hospital. Llamé repetidas veces a la puerta, pero nadie acudió.

Al volverme por fin, vi que la pequeña muchedumbre no se había movido del restaurante. Yo tenía que pasar forzosamente por allí. Iba a ser todo un reto. Decidí caminar despacio y mirando al frente.

Los cuatro hombres de antes quedaban a mi derecha y se aproximaron al llegar yo a su altura. Los pescadores y los niños se apartaron hacia la izquierda, dejando un pasadizo. Me sentí muy solo. Los niños eran los únicos que no deseaban verme muerto, e incluso ellos parecían considerarlo un espectáculo interesante. Me prometí a mí mismo no volver a aquel restaurante. Si ahora me dejan pasar, pensé, no vendré nunca más. Pero los hombres se me iban acercando y yo, por suerte, acerté con las palabras adecuadas:

—No regreso aquí.

Continué andando, siempre con la mirada al frente pese a que ahora tenía a los cuatro en mi punto ciego. Seguí derecho hasta dejar atrás la vivienda de Gordo y cruzar el campo y llegué al barco. Fui abajo, me senté en la cama y, aprovechando que nadie podía verme, rompí a llorar como un niño, un bebé alto y fuerte. Sentía pena por mi amiga a la que habían golpeado, y sentía pena por mí mismo; estaba muerto de miedo, sobre todo por Gordo y Santiago, y quería matar a toda aquella gente.

Tuve que sonarme la nariz. De vez en cuando me sobrevenía el llanto otra vez, pero me fui dominando poco a poco. Ya no me acordaba de la última vez que había llorado —creo que hacía años—, pero me sentó bien. Llorar no cambiaba el hecho de que a ella la hubieran lastimado ni de que alguien deseara mi muerte, pero al menos me sentí un poco mejor.

Por más que quisiera hacer algo por ayudarla, no podía volver a aquella parte; ni siquiera andar otra vez en dirección al restaurante y la flota pesquera.

Subí a cubierta con la ración de mantequilla y mermelada para los niños, pues mi idea era no volver hasta la noche. Se mostraron huraños, no me dirigieron la palabra ni me miraron siquiera, pero aceptaron la merienda. Yo me aposté en la esquina a la espera de que pasase un taxi, siempre del lado del campo, y finalmente monté en uno para ir a las palapas.

Los faros gemelos me parecieron esa tarde maravillosamente inocentes, tan prometedores y vistosos a la luz del sol. Era un gran alivio estar en la parte segura del puerto. La palapa número 8 estaba abarrotada y decidí ir hasta las obras. Me situé detrás de una cuadrilla que trabajaba en hilera con picos y mazos y martillo neumático y enseñé los mil pesos. Tardaron un poco en reaccionar, pero luego varios de ellos me miraron, dejaron de trabajar, el resto hizo otro tanto, y por último el del martillo neumático paró también. El generador continuaba en marcha, de modo que tuve que gritar para hacerme oír.

—Mi motore es aquí —les anuncié—. Seis caballos, para un yatche. Un mil pesos. ¿Sabes, dónde está?

Varios de ellos miraron hacia la palapa 8 y la vivienda de Santiago, o así me lo pareció. Fue apenas un momento.

Nadie dijo nada.

—¿No? ¿No quieres un mil pesos? —pregunté—. ¿Dos mil pesos? —probé a continuación.

No llevaba tanto dinero encima, pero podía conseguirlo rápidamente si alguien se decidía a hablar.

Los hombres me miraron y miraron los pesos durante unos segundos más. Luego, varios de ellos volvieron al trabajo, el resto los imitó y el martillo neumático se puso en marcha otra vez.

Seguí caminando por el paseo al borde del mar, agitando los billetes delante de cada palapa y también de las frotadoras de ladrillos. Por fuerza tenía que interesarles el dinero. Estaban frotando ladrillos, ¿no?, y yo les ofrecía el salario de casi un año. Pero apartaron la vista. Aparentemente, los problemas derivados de mi fuera de borda requerían algo más de dos mil pesos.

Entré en el bar que había al final del paseo y pregunté a la amiga del Oso si quería los dos mil pesos, pero se limitó a negar con la cabeza. Fui hasta las pangas varadas en la playa y pregunté lo mismo a los pescadores. Me fijé en que tenían motores Yamaha, de 75 caballos, motores nuevos que costaban entre cinco y diez mil dólares. Por lo tanto, eran ricos. Eran los traficantes de droga. Me dijeron que no y vi que sonreían e intercambiaban risas a mi costa.

Regresé hacia las dunas, camino de donde vivía Santiago, y entonces oí pasos a mi espalda, alguien que venía corriendo de la parte de la playa. Era Santiago.

—¡*Amigo!* —gritó—. Pero ¿qué haces? ¿Quieres que te maten?

—Eso intento, sí —dije—. Pero de momento nadie ha aceptado mi ofrecimiento.

—Esto no es broma. Tienes que tener cuidado. Los hombres que roban tu motor son malos.

—¿Y quiénes son, por cierto? —pregunté—. Tengo que hablar con ellos.

—*Amigo* —dijo Santiago, meneando la cabeza.

—Hablo en serio. Tú sabes dónde está ese motor. Llévame, o al menos dime adónde tengo que ir. Si no estás dispuesto a hacer eso, ¿cómo voy a confiar en ti?

—*Amigo* —repitió él.

Por lo visto, lo que yo decía era tan manifiestamente ridículo que no merecía ninguna otra reacción por su parte.

—Enséñame el puto motor —dije.

Santiago desvió la vista hacia las pangas. Una característica de la cultura mexicana —o guatemalteca, o cualquiera que fuese la cultura dominante allí— es que nadie se toma los insultos a la ligera. No es como en California. Si dices según qué palabrota, el ambiente cambia. Y era lo que yo necesitaba. Estaba hasta el tope de que me tomaran el pelo.

—Si te cuento esto, te matarán —dijo Santiago—. Eres mi amigo, por eso no te lo quiero decir.

Bajo el sol ardiente, con Santiago, me quedé sin saber a qué atenerme.

—Vamos a la palapa —propuso—. Quizá Eva está libre y podemos ir a Tapachula.

Intentaba salirse por la tangente, eso era obvio, pero yo ya no sabía a quién más preguntar por el fuera de borda, y además estaba agotado. No había pegado ojo en toda la noche, no había comido ni bebido nada desde primera hora de la mañana. Estaba mareado.

—Bueno —dije—, pero me estoy hartando de que Eva también me tome el pelo.

Regresamos por la playa. Miré el reloj y me sorprendió que fueran ya las tres. Hacía unas nueve horas que no ingería sólidos ni líquidos, una estupidez con aquel sol abrasador. Me sentí cansado, arrastrando los pies por la arena.

Nos sentamos a la sombra rodeados por el ruido increíble, y Helena vino a tomar la orden. Eva estaba ocupada; todos los hombres se la comían con los ojos y le pedían más cerveza.

—No estará libre —le dije, grité, a Santiago.

—Le digo que tú marchas pronto —gritó él en respuesta—. Hablo con el dueño también, y quizá la deja salir. A Helena también, quizá. Voy ahora.

Se metió en la cocina y al cabo de un buen rato volvió a salir y acorraló a Eva. Cuando ella miró hacia donde yo estaba, no pude evitar que renacieran mis viejas esperanzas. Era joven y bella, y no hay carta más alta que esa.

Santiago volvió sonriente.

–Dentro de una hora nos vamos –dijo–. Come un poco, amigo, bebe algo. Y después vamos a Tapachula.

–Gracias –dije, y debo reconocer que me ilusionaba salir.

Pensé también en la inocencia de Santiago. Él no podía chasquear los dedos y que las cosas sucedieran; tenía que hablar con la gente, negociar, como cualquier persona. Aquí el peligroso era Gordo.

Comí, bebí, e incluso apoyé la cabeza en la mesa y eché un sueñecito. Pronto estaría con Eva.

No fue una hora sino dos, claro está, al ritmo del reloj local. Yo ya estaba impacientándome como siempre, pero por fin apareció Eva, recién bañada, con una falda corta y una camiseta, y Helena detrás.

Ya en el taxi, los cabellos de Eva, todavía mojados, me humedecían el hombro. Ella parecía cansada pero también más cariñosa, me había rodeado con ambos brazos y apoyaba la cabeza en mi hombro. Esta vez no se puso a parlotear con Helena ni se inclinó sobre mí, provocándome. Estaba callada y parecía que se ponía cómoda.

Cerré los ojos y gocé de aquella sensación.

Mientras cenábamos, le pregunté a Eva por su casa en Guatemala. Ella miró un momento a Santiago y luego dijo que no había gran cosa que contar. Que era un sitio bonito, con montañas.

–¿Cuántos gente? –pregunté.

Miró otra vez a Santiago. Él bajó la vista y ella, tras un lapso demasiado largo, respondió:

–No sé.

–¿De dónde viene? –pregunté.

Eva miraba a Helena y Santiago pidiendo ayuda, pero ninguno de los dos levantaba la vista del plato respectivo. Eva se cruzó de brazos y miró hacia el cine.

–¿Nicaragua? –insistí–. ¿El Salvador?

–Honduras. –Fue Santiago quien respondió–. Eva es de Honduras. Helena y ella son hermanas.

–¿Hermanas?

–*Sí*.

Eva continuaba sin mirarme.

–¿Y por qué no me habías dicho la verdad? –pregunté–. ¿Qué problema hay? ¿Qué pasa por ser de Honduras o porque Helena sea su hermana? –Apoyé una mano en el hombro de Eva–. *Tranquila* –le dije.

Ella levantó una mano y la posó sobre la mía, pero continuaba sin mirarme. Todo aquello era muy extraño. Yo no entendía nada.

–¿Es verdad lo de su padre, que lo mataron?

–Sí –respondió Santiago.

–¿Por qué me dijiste que era de Guatemala?

–Amigo, ella no quiere que piensas que intenta sacar dinero. Una vez intenta ir a California, pero el coyote le coge el dinero y la policía la detiene y la envía a frontera, frontera de Guatemala, y entonces ella vuelve aquí para intentar otra vez. Necesita dinero pero no quiere que tú sabes.

–Sigo sin ver por qué tenía que decir que es de Guatemala y no de Honduras, o que ocultara que Helena y ella son hermanas.

Santiago se limitó a encoger los hombros. Había algo aparentemente obvio que yo no alcanzaba a entender.

Me arrimé a Eva y la rodeé con el brazo. Ella se recostó contra mí.

–*Estás mi corazón de melón* –le dije.

Era mi frase cariñosa preferida en español. Nunca la había utilizado, solo la conocía de oídas.

En el cine, cuando apagaron las luces y empezó la película, Eva me besó. Había poca gente en la sala, y nadie cerca salvo Helena y Santiago. Me besó con mucha pasión y mucha desesperación, un beso fuerte y triste. Fue algo nuevo para mí, solo comparable a lo del día en que las tres sirenas me abordaron. Me hizo pensar en la cultura, en lo que significa crecer en un mundo diferente. Quizá no existen los universales. No es solo que ella sienta diferente, sino que incluso estar con ella es una sensación diferente. Vemos a dos personas besándose y creemos que en todas partes es igual, pero nunca lo es.

De la película, no me enteré. Ni siquiera escuché el soundtrack. En el taxi de regreso, la idea de tener que separarme de ella se me hizo insoportable. Pero luego, cuando llegamos a los faros y Santiago y Helena se bajaron del coche, Eva se quedó.

Santiago tradujo a Helena.

—Dice que es la hermana mayor de Eva, y que no pasa nada porque se quede. Ahora no tienen padres, y Helena hace de padre a Eva.

Me limité a asentir con la cabeza. No supe qué decir. Y «Gracias» tal vez habría sonado de muy mal gusto.

Mientras recorríamos la bahía camino del muelle pesquero, me pregunté qué conclusión sacar. ¿Por qué ahora?, ¿cuáles eran sus expectativas? Estar con Eva no parecía sensato, se me antojaba el inicio de nuevos y mayores problemas, pero al mismo tiempo parecía inevitable. Antes me habría cortado yo un brazo que perder la oportunidad de acostarme con ella.

Había hombres observándonos junto a la vivienda de Gordo, tipos a los que ahora temía, pero nos dejaron pasar hacia el campo. Y Gordo no estaba en el barco. Allí no había nadie.

Salté yo primero a cubierta y luego ayudé a Eva. El estado del barco era penoso, pero al menos la sala de máquinas estaba tapada y el interior más limpio que de costumbre. No pareció que a ella le importara. Había estado antes en el barco, pero caminaba despacio como si fuera la primera vez, fijándose en todo, con especial atención a la teca barnizada y el grabado de dragón sobre la puerta de mi camarote. Más arriba, en la pared de popa de la sala grande, había otro grabado, más grande, un ave fénix persiguiendo una perla flamígera, y Eva levantó la mano para pasar la yema de sus dedos por la perla.

—Qué lindo —dijo.

La abracé por detrás. Ella dejó caer el peso, y mis manos callosas acariciaron la suavísima piel de su vientre y de sus pechos. Volvió la cabeza para iniciar un beso, y yo la atraje más hacia mí.

Me condujo al dormitorio. Encendí dos velas mientras ella se tumbaba en la cama, pero las apagó de un soplo y se echó a reír. Me acosté también y ella me besó como había hecho en el cine. Fue muy triste otra vez, y al mismo tiempo tremendamente hermoso y extraño. No era así como yo sabía besar. Me sentí de nuevo como un muchacho, aprendiendo, no lo que se hace con la boca o con la lengua, sino lo que es el corazón, la naturaleza del sentimiento. Estaba reaprendiendo el deseo como si fuera la primera vez.

Eva me guió. En aquel entorno infame ella era de alguna manera limpia, suave y perfecta, y aunque yo debería haberme hecho más preguntas sobre lo que estaba sucediendo —si esto era una trampa que me tendía Santiago, u otra persona, o si esta joven hondureña solo se acostaba conmigo porque estaba desesperada y necesitaba dinero—, no tuve ningún pensamiento. Me dejé sumir en un sueño y supe, sobre la marcha, que recordar esta noche me serviría de consuelo cuando fuera viejo y estuviera muriéndome.

Cuando me desperté por la mañana, Eva ya se había ido. Reconozco que sentí cierto alivio. E incluso sorpresa al comprobar que no había sucedido nada espantoso. Eva no era una trampa. Nadie había subido a bordo para matarme mientras dormía. Pero estos pensamientos eran injustos. La belleza de Eva y la noche que habíamos pasado juntos bastaban para compensarme con creces por lo que me había acaecido aquí. Me pregunté qué tipo de relación se suponía que teníamos ahora. Lo cierto es que yo no entendía nada.

Me levanté para ir al escusado de Gordo tras tomar la decisión de que le exigiría conocer el paradero de mi fuera de borda. Le temía a él y temía a sus hombres, pero ¿qué podía hacer Gordo? ¿Matarme? Eso me parecía demasiado radical. Y, por otra parte, necesitaba saber si podía confiar en Santiago.

—¿*Es Gordo aquí?* —pregunté a uno de sus hombres, y él negó con la cabeza—. ¿*Qué tiempo?* —dije, queriendo decir la hora.

—*Por la tarde, quizás* —respondió el hombre—. *No sé.*

De modo que el jefe probablemente no volvería hasta la noche. Estaba ocupado con sus cosas. A Gordo nunca le veía trabajar, solo le veía desaparecer.

Volví al barco y contemplé los bidones de gasóleo dejados en el muelle. Pesaban demasiado como para levantarlos y verter el contenido en mi tanque, pero apañé una llave con una vieja manguera de jardín y puede hacer el trabajo bastante rápido. Todo salió bien, lo cual era una novedad. Estaba justo donde había empezado, desde luego, con un tanque que perdía un poco y que ahora estaba lleno de combustible, pero al menos no habían surgido nuevos problemas.

Los niños seguían callados, cosa que me preocupó un poquito. De alguna manera, la noche pasada con Eva me había hecho pensar que todo iba bien, y eso era un error. Por ejemplo, no podía ir al restaurante, ni siquiera tomar la calle de tierra en aquella dirección. Pero necesitaba comer y hacer varias llamadas.

—*Muchachos* —les dije a los niños—. *¿Qué pasa?*

Uno de ellos me preguntó si me marchaba ya a Californoa. Otro preguntó si pensaba regalarle el barco a Gordo. Un tercero me preguntó si Eva y yo éramos *novios*. A los niños se les escapaban muy pocas cosas.

—Necesito mi motores —dije—. Un motore muy pequeño, seis caballas, aquí en las palapas, y un motore de diésel en Tapachula.

Los niños, esta vez, se limitaron a bajar la vista. Al parecer, sabían que en ese tema no debían meterse.

—*Está bien* —dije, y después de repartir la ración de mantequilla y mermelada para la tarde, me encaminé a las palapas.

Eva, como de costumbre, estaba ocupada y no pudo venir a mi mesa. Me miró apenas un momento, eso sí, sosteniendo media docena de botellas. No supe cómo interpretar su mirada. Lo primero que pensé fue que ella esperaba que le diese algún dinero, pero quién sabe…

Decidí no almorzar en la palapa número 8. A la altura de los faros monté de un salto en la parte trasera de una camioneta y disfruté de la brisa mientras el vehículo corría a lo loco. Nos jugábamos la vida, cierto, pero eso no quita que aquel lugar fuera muy bonito, si uno apartaba la vista de la basura desperdigada a ambos lados del camino y se limitaba a contemplar la selva en un costado o el mar en el otro.

Cuando salté al llegar a Puerto Madero, vi algo de lo más extraño. Un hombre blanco que mendigaba, a plena luz del día, abordando a cuantos estaban en la parada de taxis y en la calle. Lucía una barba rala y tenía todo el pelo alborotado. No llevaba sombrero. Estaba quemado y su piel era de un canceroso marrón rojizo. No lo había visto nunca.

La gente se apartaba de él aterrorizada. Lo digo en serio. Les daba pánico. No entendían que un estadounidense blanco estuviera mendigando en Puerto Madero. El hombre hablaba fuerte y pronunciaba muy mal el español. «*Dinero, dinero*», no paraba de decir, tendiendo las manos y acorralando a la gente. Tan malo era su español que casi parecía que dijese «*Dínero, dínero*».

Pensé que si conseguía que aquel tipo se sumara a la búsqueda de mis motores, la situación podía cambiar. Ni el mismo Gordo sabría qué hacer.

El hombre reparó en mí y se me acercó.

—*Dínero, dínero* —pidió, adelantando ambas manos.

—Soy estadounidense —le dije.

—Pues dame veinte pesos.

—Estoy intentando encontrar dos motores. Un diésel que está en Tapachula y un fuera de borda cerca de los faros y las palapas. Si consigues encontrar cualquiera de los dos, te doy dos mil pesos.

—Vamos, hermano —dijo—. Solo veinte pesos.

—¿No me has oído?

—Al carajo con tus motores. Dame veinte pesos.

—Vete al carajo tú —repliqué—. ¿Qué haces aquí? ¿No ves que este sitio es lo más pobre del mundo?

—Dame tu sombrero —dijo.

—Okey, muy bien. —Le di mi sombrero.

—Y el reloj.

—No, gracias —dije, y entonces me empujó, tratando de tirarme al suelo, pero yo le empujé a mi vez y el tipo se alejó y al momento estaba otra vez con su cantinela, «*Dínero, dínero*», con mi sombrero puesto. Como si tal cosa. Podía atravesar una multitud con la facilidad de un cuchillo al rojo, la gente parecía fundirse hacia los lados. La cara que ponían era impagable.

Subí a una combi con otros veinte y partimos hacia Tapachula y el centro comercial. Después de ver a aquel tipo, me sentía casi invencible. Dudo que nada salvo el cáncer de piel pudiera vencerle. No tenía nada que temer de la gente del lugar. Yo iba pegado a un costado de la combi con la cabeza medio aplastada contra el techo, pero en una de las paradas adelanté una mano y le pedí al que iba a mi lado: «¿*Cinco pesos?*». El hombre reaccionó con la cara de espanto que yo ya preveía, y acto seguido se apeó abriéndose paso a codazos. Seguramente no era su parada.

No se me borró la sonrisa durante el resto del trayecto. Me sentía francamente mejor.

En el centro comercial compré un sombrero nuevo y comí un plato de chow mein. Después tomé un taxi para ir a DINA.

Cuando me vieron entrar menearon la cabeza, pero lo que me llevaba allí esta vez era diferente.

—Hice venir a un mecánico —les expliqué—. Se llama Herbert Mocker. Él encontrará el motor y lo instalará, pero seguramente va a necesitar tu ayuda. —Fue una suerte no tener que esforzarse con el español, pues un empleado hablaba inglés.

—Ningún problema, amigo —digo—. Te ayudaremos.

—Aparte de eso, me han contado que mi amigo Santiago, el que siempre me acompaña cuando vengo aquí, es quien robó el motor. Lo tiene escondido en Tapachula.

El hombre levantó mucho las cejas al oírlo.

—Y ofrezco una recompensa por el motor. Si averiguas algo que nos ayude, a mí o a Herbert, a encontrarlo, te pagaré dos mil pesos.

—Amigo —dijo—. Nosotros te ayudamos. No tienes que pagar nada.

En el taxi, volví a visitar las callejuelas de las peores zonas industriales. No sabía muy bien dónde estaba, pero al poco rato reconocí el almacén que tenía una cámara de seguridad en la entrada y pedí al taxista que parara. El hombre estaba claramente nervioso, pero me prometió esperar allí. Como yo aún no le había pagado nada, pensé que eso me daba ciertas garantías.

Me recibió en el callejón el mismo tipo bajito de la primera vez.

—Amigo —dijo—, entra.

Miré un instante a mi alrededor, porque, en el poco tiempo transcurrido desde mi anterior visita, el inventario había cambiado. Ahora tenían material de grandes dimensiones.

—¿Puedo hablar en inglés? —le pregunté.

—Naturalmente, amigo.

—El que vino conmigo el otro día, Santiago, es quien me robó el motor diésel, un Ford-Lehman rojo, para barcos. Estoy dispuesto a pagar lo que sea necesario. ¿Se te ocurre algún sitio donde pueda tenerlo escondido?

El hombre estaba cruzado de brazos y miraba muy serio al suelo. Se llevó un puño flojo a la boca y se dio unos golpecitos en los labios, como pensando. Dio la impresión de que quizá sabía algo. Pero luego meneó la cabeza y dijo:

—No, amigo. Yo no sé dónde está su motor.

—¿Conoces a Santiago?

—Solo del día que vino aquí.

Volví al taxi y fuimos al siguiente local, y luego al otro, y aparentemente la conclusión era que Santiago no se había llevado el motor. Nadie le conocía, nadie se acordaba de él.

Le pregunté también al taxista. Dijo que no sabía, y luego me hizo ver que Tapachula era una ciudad, con muchos habitantes, y que al fin y al cabo mi amigo Santiago era de Puerto Madero.

Seguí preguntando aquí y allá y ofreciendo dos mil pesos, y en un viejo taller de reparaciones que tenía delante un decrépito camión de volteo, uno de los operarios sabía algo.

—*Sí, Santiago* —dijo, y luego añadió algo como «El motor está aquí en Tapachula», pero no logré entender dónde me decía que estaba. Pero accedió a ir conmigo, y con un amigo suyo, a buscarlo, de modo que pagué al taxista y nos subimos a un viejo Datsun para continuar la búsqueda.

El coche, más que andar, cojeaba, alimentado por sus dos o tres únicos cilindros. Parecía que llevara dentro un fuelle gigante, no un motor de combustión. Pero aquel par de tipos, Ernesto y Javier, iban hablando muy animados y parecían seguir una pista. Ernesto era bajo y rechoncho y todo el rato hablaba de tequila. Lo suyo era el tequila y las mujeres. De vez en cuando hacía un gesto obsceno con la boca, entre silbar y sorber, para ilustrar lo que les hacía a las mujeres. Tenía un gran diastema y, por lo visto, eso ayudaba mucho. No había forma de que se centrara en la tarea.

Por el contrario, Javier sí parecía decidido a encontrar el motor y cobrar la recompensa. Nos condujo a una parte de la ciudad donde terminaban las naves y talleres y no se veía un alma. Luego detuvo el coche enfrente de lo que parecía un edificio abandonado.

Me hizo bien bajar del coche y estirar las piernas. Estaba medio mareado por culpa de los gases del escape. Resultaba difícil creer que mi motor pudiera estar allí.

Al volverme para preguntar, vi que Javier empuñaba una llave de cruz. Ernesto tenía una navaja, y volvió a hacer el gesto de silbar-sorber. Debió de parecerle apropiado también para la situación.

—Está bien —dije, entregándoles todo el dinero que llevaba en metálico, más de dos mil pesos. Eran casi trescientos dólares.

—Ahora sus tarjetas —dijo Javier.

—*No* —protesté—. *Yo nesesito.*

Javier dio un paso al frente con el hierro en la mano, de modo que tomé posiciones. Había practicado la lucha durante tres años, que era como tener una pelea programada cada semana al salir del colegio. Confié en que la experiencia me sirviera de algo.

Pero Ernesto le dio un manotazo a su amigo y ambos retrocedieron hasta el coche y se alejaron a toda velocidad.

—Sí que soy idiota —exclamé, aunque nadie podía oírme.

Inicié una larga caminata. La tarde decaía y el calor no eran tan fuerte, y además iba calzado. Esta vez no me habían robado los zapatos. Mientras dejaba atrás un sinfín de edificios medio ruinosos, me puse a pensar en el dinero. Tendría que pedir prestado otra vez a mi madre para el boleto de avión a California, para los boletos de Herbert y sus ayudantes, y para futuras reparaciones o demoras imprevistas. Antes de disminuir, mis deudas iban a aumentar.

Tenía que confiar en Turquía. Había programado chárteres por la costa turca en un barco alquilado para el verano siguiente, pero también había visto un navío en venta cerca de Bodrum. Veintisiete metros de eslora, un barco enorme con capacidad para dieciséis pasajeros, con lo que los ingresos serían mayores. Mientras que con *Grendel* podía sacar unos treinta mil dólares al año, con el barco grande podía sacar hasta trescientos mil. Y Seref, a quien había conocido en Bodrum, me había dicho que el barco podía salir por unos trescientos o trescientos cincuenta mil dólares, incluida la puesta a punto. Ese era el mejor plan, si es que encontraba el modo de llevarlo adelante. Con el barco grande podría limpiar las pérdidas derivadas de *Grendel* en un solo año y amortizarlo en un año más.

Así entendía yo los negocios: si algo no funciona y no puedes permitirte tener pérdidas, te buscas un plan mejor con el que reducir las pérdidas. Pero es como en los juegos de azar. Es como doblar una apuesta. Un paso motivado por la desesperación. Y ahí está el poder del dinero. Me sentí encerrado. Había tomado decisiones que en su momento parecían necesarias o inevitables, y ahora creía haberme quedado sin alternativas. Me maldecía por haber mandado el barco a Puerto Madero, pero no había vuelta atrás, como tampoco había modo de salir de allí ni luz al final del túnel. Podía marcharme y Herbert tal vez encontraría el motor, pero también podía ser que no, y entonces yo tendría que volver, quién sabe por cuánto tiempo. La culpa de todo era mía, desde luego, por eso no cambiaba el hecho de que me hubiera convertido en un esclavo.

Lo extraño de todo esto es que yo había elegido una carrera que nada tenía que ver con el dinero. Era escritor en parte porque mi padre se había hecho dentista únicamente por dinero, una profesión que detestaba, y al final se había quitado la vida. Pero luego, cerca ya de cumplir los treinta, me había entrado el pánico al ver que iba a estar por debajo del umbral de la pobreza, quizá hasta que muriera. Abrir este negocio fue mi intento de solucionarlo, y ahora estaba en un aprieto.

Al cabo de mucho rato empecé por fin a ver gente en la calle. Pasaba algún coche, pero ninguno quiso parar. El sol se había puesto. En el crepúsculo, se me ocurrió pensar que no estaba en una zona especialmente segura de la ciudad, pero en ese momento no tuve miedo. Me sentía plenamente en el mundo, y si lo siguiente era darse golpes con alguien, pues lo haría.

Cuando por fin llegué al barco, era tarde y Gordo estaba esperándome. Esta vez tocaba Buda enojado.

—Vete —me dijo—. Tienes que marcharte de aquí.

—*Ich habe ein problem* —le dije en alemán.

Gordo iba a tener que familiarizarse con la lengua materna de Herbert.

—Yo no te protegeré —dijo—. Ni siquiera de mis hombres.

Me encogí de hombros.

—Esto no es ninguna tontería, amigo.

—Ya lo sé —dije.

—Santiago ha hecho promesas a mucha gente. Y mucha gente está contra ti.

—¿Dónde está el fuera de borda? —pregunté—. Necesito verlo con mis ojos. De lo contrario no sé a quién creer; no sé qué es verdad y qué no.

—La verdad te la estoy diciendo.

—Y yo te aseguro que agradezco el detalle —dije—. Pero Santiago no es más que un pobre guatemalteco que habla un poco de inglés. Vive con su madre.

—No, su madre no está aquí —dijo Gordo—. Es una de sus muchas mentiras.

—Vaya. Muy interesante —dije—. Yo no he llegado a verla, eso seguro. ¿Y su hermana?

—Santiago no tiene hermanas.

—Vale, muy bien. Aun así, cuesta creer que él haya organizado todo esto. ¿Por qué iba a hacer nadie lo que Santiago dice?

—No te enteras de nada —dijo Gordo—. Los planes son a medias con Ramón, el que se quedó tu bomba. ¿Te acuerdas de él?

—Claro que me acuerdo.

—¿Y Helio, el soldador? ¿Sabes por qué no quiere reparar ese tanque?

—¿Porque Santiago le dijo que no lo hiciera?

—Exacto.

—Bueno —dije—. Será que soy tonto, pero me cae bien Santiago. Somos amigos. Así que necesito ver el fuera de borda para creer que él me está viendo la cara desde hace meses. Necesito una prueba.

—Si yo te digo dónde está ese fuera de borda, te matarán.

—Haré como el saltamontes. Caminaré sobre papel de arroz sin que las patas lleguen a tocarlo.

Gordo, por fin, sonrió y se puso de pie. Echó los hombros hacia atrás e hizo crujir la nuca. Luego se frotó la barriga.

—No vas a durar mucho aquí, mi gracioso amigo —dijo—. Y muy listo no eres. Tú piensas que eres listo, que no es lo mismo. No vale la pena que te proteja. Te voy a decir dónde está el fuera de borda; así te matarán y yo podré quedarme con tu barco.

—Muchas gracias.

—¿Sabes ese sitio donde los pescadores tienen las pangas? —Gordo me describió una pequeña palapa, la vivienda de no sé quién, siguiendo la playa.

—Creo que sé cuál es —dije—. Cuando estábamos anclando el barco para que la draga pudiera pasar, Santiago dijo que allí vivía un amigo suyo. Ese amigo le ayudaría a cuidar del barco mientras yo estuviese fuera.

—Sí, es ahí —dijo Gordo—. Tú luego puedes creer lo que quieras.

Saltó al muelle y echó a andar pesadamente por el campo. Tuve la sensación de que no volvería a verle más, y eso, de forma inesperada, me entristeció. Gordo me caía bien.

Fui abajo por una linterna y la pistola de bengalas pequeña. La cargué y me la metí en el bolsillo grande de mi pantalón corto; en el otro bolsillo guardé dos bengalas de repuesto. Después me puse en camino hacia las palapas.

Un taxi me dejó en los faros. A la sombra de uno de ellos, observé las obras. El martillo neumático estaba en marcha, y los picos arrojaban sombras larguísimas al elevarse bajo la luz artificial. Los obreros que los manejaban eran como oscuros recortables, sin profundidad alguna.

La música de cantina sonaba a todo volumen y lo seguiría haciendo toda la noche, pero en las mesas había pocos hombres bebiendo. Era tarde.

Me pregunté si Eva tal vez estaría libre a estas horas, y dónde dormiría. Quizá se acostaba con Santiago. Todo era posible. Incluso podía estar con Gordo.

Rodeé la hilera de palapas en dirección al mar. La calzada era de tierra y muy desigual; no había sido pensada como vía de paso, pero el uso la había convertido en lo que era ahora. No vi a nadie. Había luces encendidas cerca de la Capitanía de puerto, de modo que me apresuré hacia la playa, donde reinaban las sombras.

En esa playa había conocido yo a Santiago, chapoteando ebrio en el agua con sus amigos, cuando dijo que él me ayudaría. No había vuelto a ver a esos amigos, Santiago siempre estaba solo. Yo ya no sabía qué pensar. Cuanto me había dicho Gordo parecía factible, tanto como que Santiago fuera inocente.

Caminé deprisa, siguiendo la orilla. Podía sentir el bombeo de la sangre en mis oídos. Bordeé la laguna, dejé atrás la palapa que había en la punta de la playa y me desvié hacia las pangas, y al llegar vi que había varios pescadores/narcotraficantes. Me vieron pasar, pero yo me limité a saludarlos con el brazo y no me dijeron nada.

Unos metros más allá, al borde del agua, empezaba a crecer vegetación. Me estaba acercando a la zona de aguas remansadas y no pude dejar de pensar en serpientes y cocodrilos, que seguramente se alimentaban de noche. Las plantas me llegaban ya a la cintura. Temía ser atacado en cualquier momento por una alimaña.

De vez en cuando me detenía y aguzaba el oído, y en más de una ocasión pensé en dar media vuelta, pero seguí avanzando. Ya no estaba lejos de donde vivía el amigo de Santiago. No había luces encendidas, pero el resplandor del puerto, al fondo, me permitió ver algo entre árboles pequeños. Era una sola habitación, quizá un poco más grande que la de Santiago, y mejor construida. El tejado se extendía hasta cubrir varios palmos de terreno, y cuando me aproximé a gatas pude distinguir unas formas voluminosas arrumbadas contra las paredes, todo ello cubierto con lonas.

Me encontraba a solo tres metros de la pared, tendido en el suelo, y me quedé allí quieto un buen rato, tratando de escuchar. El zumbido de los insectos era tan fuerte que amortiguaba el ruido de la draga y la música de cantina, y luego estaban mis propios latidos, irregulares de puro miedo, de modo que no oía nada con claridad.

Con mucho sigilo saqué del bolsillo la pistola y me acerqué un poco más.

La luz era mala, pero mis ojos se habían acostumbrado y veía bastante bien. Pude ver los tablones de la pared y el alféizar de una ventana, lo cual me hizo extremar precauciones. Si dentro había alguien, seguro que oiría un ruido.

De las cosas tapadas con lonas, una podía ser mi motor, a juzgar por la forma. Repté hacia lo que podía ser la parte del motor donde estaba la hélice.

Entonces oí algo, justo sobre mi cabeza, y al levantar la vista me encontré con el cañón de una pistola. La boca era cuadrada, no sé si de metal o de polímero. Era una pistola militar, e inmediatamente pensé en Mike, el cocinero, porque él me había hablado de su Glock 9 milímetros. Pensé que lo que apuntaba a mi nariz podía ser eso, y lo más sorprendente es que no sentí miedo ni cólera, solo tristeza. Estaba a punto de morir.

Pensé también en mi padre, que se había quitado la vida con una pistola. Qué extraño que durante tantos años hubiera temido yo estar condenado a repetir su suicidio y que ahora llegara el momento y fuese otro quien empuñara la pistola. Esa era la parte que no había visto. Como yo quizá no habría sido capaz de apretar el gatillo, me había buscado a alguien que lo hiciera por mí. La actitud arrogante en el muelle pesquero, y aquí en las palapas, provocando a la gente, yendo a donde nadie me quería; eso no podía haber sido por un simple motor fuera de borda o incluso para rescatar el barco. ¿Cómo iba a serlo? No era tan importante, lo que había en juego. No, lo que yo estaba forzando que pasara era otra cosa, algo como lo de ahora.

El bombeo de la sangre, ya no podía oír nada más, y mi deseo era ver por fin el momento en que mi padre lo hizo, el momento en que se decidió. Siempre había querido saber por qué mi hermana y yo no fuimos motivo suficiente para él, y ahora me daba cuenta de que no existió tal decisión. Él no habría pensado nada, no habría decidido nada. Simplemente se habría descubierto sentado en aquella silla, pistola en mano, llamando a mi madrastra. Le dijo: «Te quiero pero no pienso vivir sin ti». Ella estaba trabajando y no le oyó bien, de modo que tuvo que asomarse a una puerta y pedirle que repitiera lo que acababa de decir. Así lo hizo él, palabra por palabra. «Te quiero pero no pienso vivir sin ti.» Luego apoyó el cañón de la pistola en su sien, y ella oyó el estampido y poco después el leve goteo a medida que del techo empezaba a caer sangre y fragmentos de cabeza. Pero, incluso en el momento de apretar el gatillo, puede que mi padre estuviese esperando otra cosa, puede que no se hubiera decidido aún.

Miré fijamente la boca del cañón, esperando el momento, pero nadie apretó el gatillo. Retrocedí lentamente, todavía boca abajo, sin dejar de mirar el cañón, y este giró siguiendo la dirección de mi mirada al tiempo que yo retrocedía. Esperé hasta que estuve a una treintena de metros y entonces di media vuelta para continuar en sentido contrario, pero sin levantarme del suelo ni apresurarme, sin hacer el menor ruido. Y cuando llegué a la arena, cerca ya de donde vivía Santiago, me puse de pie y caminé hacia el agua, continué por la orilla en dirección al paseo entarimado y al grupo de hombres que estaban despedazando la tierra y lo que ellos mismos construían, y sentí que empezaba de nuevo, que acababa de llegar al mundo.

Rodeé las palapas una vez más, evitando especialmente la número 8, y tomé un taxi hasta los faros. Pensaba tomar del barco solo lo imprescindible, ir a Tapachula y esconderme en un hotel hasta que pudiera tomar el avión. No quería pisar Puerto Maduro nunca más. Mi tiempo aquí había concluido.

En el muelle pesquero le pedí al taxista que esperara y corrí al barco atravesando el campo oscuro, con la esperanza de que nadie estuviera esperándome. Me había granjeado demasiados enemigos. No había tenido cuidado. No había acabado de creerme este sitio, lo que podía ser y lo que podía hacer conmigo. De la manera menos razonable posible, había creído que yo era intocable, como si este sitio fuera risible, y risible también la gente de México y de toda Centroamérica. Me había sentido superior, y eso me había costado casi la vida. Pero si me daba prisa, aún podía escapar.

Me detuve un instante al borde del muelle para escuchar, pero el barco parecía vacío. Fui abajo, encendí la linterna y registré todas las habitaciones. El barco me pareció más grande, con más sitios donde ocultarse, todo cobraba vida, las sombras y las molduras, pero no encontré a nadie. Metí lo más imprescindible en mi mochila pequeña, desechando la mayoría de mi ropa y los libros.

Me aseguré de dejar todas las ventanas y ojos de buey cerrados y subí a cubierta, cerrando con llave la escotilla de cámara. «Adiós, *Grendel* –dije–. Siento abandonarte así.» Fue muy duro abandonar el barco. Herbert iba a venir, y si la cosa no salía bien, a mí me tocaría volver, pero no habría podido dar mi palabra de que haría tal cosa. En aquel momento pensaba que lo mejor era no regresar jamás, aunque eso supusiera perder el barco.

Me volví con la idea de saltar al muelle y allí estaba Eva. Di un pequeño salto, ahogando un grito.

—Perdóname —le dije—. Me asustaste.

—Te echo de menos —dijo ella en inglés.

Pero Eva no hablaba inglés. Quizá Santiago le había enseñado esa frase unos minutos antes. Miré hacia la calle y vi el taxi que había pedido pero ningún otro coche. Alguien la había dejado allí a toda prisa. Reparé en su pelo hecho un desastre, en su improvisado aspecto general.

—Y yo a ti —dije, mientras me preguntaba cómo cruzar la línea donde ella estaba.

Eva, como si hubiera leído mis pensamientos, volvió la cabeza hacia el taxi y dio un paso adelante, cortándome el paso al borde mismo del muelle. Me pareció alta, y las sombras de los barcos cercanos daban a sus pómulos un aire mucho más duro. Pasó sobre el guardamancebos y se acercó a mí. Me echó los brazos al cuello, me dio un beso y luego se inclinó para empujar la escotilla de cámara. Pero yo la había cerrado con llave.

—Iba a ir a un hotel de Tapachula —le dije.

—*Un hotel* —dijo ella, sonriendo.

—*¿Vamos?*

Me pareció que invitarla era lo único que podía hacer. No veía cómo salir del aprieto, si no.

Echamos a andar, cruzamos el campo, ella colgada con ambas manos de mi brazo, y al llegar al taxi eché un último vistazo a la calle. Varias siluetas recostadas en el cercado, alguien sentado a una mesa delante del restaurante, pero todo apenas visible; y los hombres de Gordo observándome desde sus puestos respectivos.

El taxista condujo despacio por la calzada llena de baches. Yo iba mirando al frente, esperando ver aparecer a Santiago y sus amigos a la luz de los faros. Momentos después pasábamos cerca de donde tenían escondido mi fuera de borda y por delante de la vivienda de Santiago, pero lo único que vi fue vegetación espesa, camino de tierra y trayectorias de insectos. Nada vivo, aparte de eso. Habían enviado a Eva en el último momento, después de mi intentona de recuperar el fuera de borda; eso lo veía claro. Pero ¿por qué? ¿Cuál era su misión? ¿Qué plan tenían?

Para mi sorpresa, llegamos a las palapas. El taxista continuó en dirección a los faros, tal vez pensando que allí podría coger más pasajeros, pero yo le dije:

—No otros.

Él, de todos modos, echó un rápido vistazo. Había varios hombres allí sentados, tal vez obreros haciendo una pausa, pero viendo que nadie se acercaba, el taxista volvió a la carretera que llevaba a Puerto Madero y Tapachula.

Llevábamos las ventanillas bajadas; el denso aire nocturno olía a mar y a basura. Vimos un fuego más adelante, el taxista aminoró la marcha y pude ver unos cuantos soldados con rifles de asalto. Se acercaron al coche cuando el taxista se detuvo y nos miraron a la luz de linternas.

Uno de ellos preguntó al taxista adónde se dirigía. Eva me cogió más fuerte del brazo; ella estaba ilegalmente en México. Confié en que se la llevaran y así quedar libre. Pero luego me sentí fatal por desear semejante cosa, porque ¿y si Eva era inocente? Había visto cómo unos soldados, o milicianos, asesinaban a su padre en plena calle; a su madre le había pasado no sé qué; y no tenía más familia que Helena. La guardia fronteriza estadounidense la había deportado (y quién sabe si violado también), y lo peor que podía pasarle era que la deportaran de nuevo.

Adelanté el cuerpo y ofrecí una sonrisa al que llevaba la voz cantante. Hice un gesto de saludo con la mano y luego le pasé cuarenta pesos al taxista. El soldado apoyó el brazo en la puerta y asomó la mano por debajo, al estilo habitual, aceptando el dinero. Luego dio dos golpecitos al techo y arrancamos.

—*Gracias* —me susurró Eva al oído.

Me sentí confuso otra vez. Quizá era que había trabajado hasta muy tarde, había ido en taxi hasta mi barco y el taxi se había marchado al ver otro coche esperando allí. Sí, podía ser. Tal vez no la había enviado Santiago. Claro que, por otra parte, siempre que quedábamos, ella aparecía recién bañada y arreglada. Y nunca la había visto tomar un taxi. No, seguro que la habían enviado a toda prisa. Pero no lo entendía; si Santiago quería que me marchara y así apoderarse del barco, ¿para qué iba a mandarla a ella?, ¿por qué no dejar que me fuera y basta?

Aminoramos la marcha otra vez al llegar a Puerto Madero y desviarnos tierra adentro, hacia Tapachula. La *plaza* estaba desierta, pero en la zona de taxis que había más allá vi una docena de personas esperando. Nos llegó el ruido de un club nocturno a poca distancia de allí. El taxista se arrimó a la parada pero yo le dije que no.

—*Pago* —dije.

Aceleramos por la carretera principal a la que yo había conseguido sobrevivir un montón de veces, pese a la ausencia de líneas y de límite de velocidad, y me sentí muy bien con Eva a mi lado. No podía evitarlo; quería estar con ella otra vez.

Llegando a Tapachula le pedí al taxista que nos dejara en un hotel. Pedí una zona donde hubiera varios, para poder elegir.

Resultó ser una parte de la ciudad que desconocía. Seguía siendo el centro y todo estaba sucio, rejas en todos los escaparates, pero aun así más agradable que cuanto yo había visto hasta entonces. Divisé un hotel en una esquina, me sonó de algo, y enseguida recordé que era donde se había hospedado el abogado. Me pareció idóneo también para Eva aunque fuera por una noche nada más, en caso de que yo estuviera equivocado respecto a ella. Se merecía un sitio bonito. Dije al taxista que parara, le pagué y Eva y yo entramos en el hotel.

—*Qué lindo* —dijo ella.

El aire era fresco y seco, la iluminación cálida. Costaba de creer que todavía estuviéramos en Tapachula.

Pagué al empleado lo que costaba una habitación por una noche y le entregué el resto de mi dinero a Eva, unos trescientos dólares, el salario de todo un año.

—*Para ti* —le dije, en voz baja—. *Para California.*

Ella tomó el dinero enseguida. Supongo que no debí dárselo allí, en el vestíbulo, aunque lo hice con cuidado. El personal no nos quitaba ojo; imagino que debieron de pensar que Eva era prostituta.

—Necesito un cajero automático, para el aeropuerto después —le dije.

Se ofreció a venir conmigo pero yo insistí en que no hacía falta, y entonces dijo que ya subiría ella la bolsa a nuestra habitación. Sabía que yo la abandonaba. Me partió el corazón. No me cabía en la cabeza que ella pudiera formar parte de ningún plan contra mí.

—Tranquila —dije—. Regreso en cinco minutos.

Le pregunté al empleado dónde estaba el cajero más próximo y fui hacia la salida sin mirar a Eva otra vez. Comencé a caminar con ánimo por la acera, y cuando torcí la cabeza apenas un momento al llegar a la esquina, la vi en la acera mirando cómo yo me alejaba.

Bajé la cabeza y empecé a correr. Primero una manzana, giré otra vez, corrí otras dos manzanas, intentando no llorar pero sin conseguirlo. El mundo estaba desierto para mí, solo existía esa mujer de la que en realidad nada sabía, y me avergoncé de dejarla tirada. Pero seguí adelante, saqué dinero en el cajero automático, corrí varias manzanas más —las suficientes como para que ella no pudiera dar conmigo—, me metí en un hotelucho y me escondí en un cuarto pequeño con la luz apagada y la puerta cerrada con llave.

Esperé en el hotel hasta que llegó Herbert. Me ofrecí a colaborar en la búsqueda del motor, pero él dijo que me marchara; no necesitaba mi ayuda, incluso parecía preocupado por mí, como si se hubiera convertido de pronto en mi abuela alemana. Tomé, pues, el avión y una vez en California trabajé varios días con Julie en cosas del negocio, pasados los cuales volé a las islas Vírgenes Británicas para ocuparme de mis chárteres. Qué mundo tan diferente. Puerto Madero parecía increíblemente lejano, pero yo seguía conectado a través de Herbert.

El mecánico no estaba teniendo suerte. Se hospedaba en Tapachula, en el hotel San Francisco, porque se negó a hacerlo en mi barco con las ratas. Iba casi a diario al centro comercial, para ver alguna película, y había encontrado una cafetería cuyo dueño, de ascendencia alemana, hablaba inglés a la perfección. En una de sus frecuentes charlas, por fin un día Herbert mencionó mi motor extraviado y se pusieron a hablar de ello con detalle. Dos días más tarde, Herbert me aseguró que el motor apareció tirado en la playa, cerca de las palapas. Alguien lo había dejado allí durante la noche. Le pregunté si le había pagado algo al hombre del bar, o si este había pagado a otros, pero Herbert contestó que no. Y parece ser que había vuelto a hablar más con él.

–Cuando ocurre una cosa así –me dijo–, es mejor no hacer preguntas.

Yo, sin embargo, tenía varias. El motor no lo habían entregado en DINA, la dirección acordada, y DINA no lo había dejado en la playa, así que alguien había tenido mi motor todo este tiempo, sabiendo que era mío, o quizá lo supieron después de que el alemán les informara. Él quizá no tenía nada que ver, con esa demora de dos días. Cualquiera podía haber estado implicado, incluyendo a Herbert, y quizá el motor estaba en Puerto Madero, cerca de las palapas, no en Tapachula. Por lo visto, alguien había sido presionado, pero ¿quién, y por quién? Herbert no quiso especular. Intenté preguntarle por Santiago, pero desdeñó cualquier mención de dicha persona.

—Santiago es un delincuente —dijo—. Yo no trabajo con gente así.

Pagué para que vinieran sus ayudantes en avión, instalaron el motor y zarparon rumbo al norte, pero luego recibí un mensaje de Herbert diciendo que algo había salido mal. Le llamé desde un teléfono público en una playa de las Vírgenes, procurando hablar en voz baja pues mis huéspedes estaban cerca.

—¿Qué pasa? —pregunté—. ¿Cómo es que estás en California? ¿Y el barco?

—El barco está en Puerto Madero —respondió Herbert—. Te lo dejé en el mismo sitio.

—Pero ¿qué sucedió? Pensaba que tenías el motor nuevo y la tripulación.

—Sí, pero el barco iba muy lento. Navegamos a un nudo durante todo un día y después dimos media vuelta. A esa velocidad tardarímos dos semanas en llegar a Acapulco. Creo que quizá necesitas una hélice diferente.

—Pero ¿el motor funcionaba o no? ¿El problema era que iba lento y nada más?

—Sí, a un nudo. Es demasiado lento.

—Pero yo te pagué los boletos de avión y las horas de trabajo. ¿Por qué no llegaste al menos hasta Acapulco? ¿Cómo se te ocurrió dar media vuelta?

—A Herbert Mocker nadie le habla en ese tono.

—Perdona, Herbert. Solo intento comprender. A ver, tú tenías pensado estar a bordo un par de semanas, ¿no?

Ya no sabía qué más decirle.

Herbert, como de costumbre, aceptaba mal cualquier crítica, de modo que tuve que deshacerme en disculpas y luego rogarle que por favor volviera a Puerto Madero y lo intentara con otra hélice, porque el barco estaba allí muerto de asco otra vez, con la diferencia de que ahora funcionaba. Gordo, Santiago, o Mike, cualquiera podía navegar hasta Guatemala o Costa Rica, y nadie iba a impedírselo. Cuando terminara en las Vírgenes, yo tenía que volar a California y luego a Turquía, donde iba a estar cuatro días organizando los chárteres de verano, y luego tenía que dar clases en la universidad durante la primavera. Ni siquiera tenía tiempo libre para volar a México.

—Está bien —dijo finalmente Herbert—. Vuelvo a Puerto Madero y llevo tu barco hasta Acapulco, pero nada más. Porque Herbert Mocker es así.

Y entonces le dio un ataque al corazón. Por suerte, fue una cosa leve, pero Herbert iba a tener que hacer reposo durante varias semanas, quizá más. Existía, naturalmente, la posibilidad de que no pudiera volver a trabajar.

Yo no quería pensar en mi negocio, en un momento así. El hombre había sufrido un infarto. Pero no pude evitarlo. No pude evitar darme cuenta de que yo le había pagado por adelantado, o alterarme por que le hubiera dado ese ataque justamente ahora. Luego me regañé a mí mismo por haber pensado semejante cosa.

Vistas las cosas desde ahora, se podría decir que fue una estupidez contratar a Herbert Mocker, a la vista del mucho dinero desperdiciado, sobre todo en boletos de avión. En su primer viaje, ni siquiera pisó el barco, y en el primero que hice yo, no atinó a decirme que me llevara un tester de compresión, más adelante insistió en que les pagara el avión a sus operarios pese a que aún no sabíamos si el motor se podía salvar, luego se desdijo de la idea de llevar el motor nuevo por carretera hasta México, y cuando por fin tuvo el motor instalado y una tripulación a bordo, volvió a puerto porque el barco era demasiado lento. Y, encima, tratar con él era una lata, todo debía hacerse a su manera. Pero, al final, acabé tomándole cariño. Su conversación con aquel alemán en Tapachula fue probablemente el detonante de que apareciese por fin el motor, y Herbert bajó todas las veces necesarias a una sala de máquinas que era el más cochambroso entorno donde él hubiera trabajado nunca. Y le importaba de verdad hacer las cosas bien. De eso estoy convencido.

Volé a Turquía para ultimar lo necesario de cara al verano, y en esos cuatro días pesqué una bacteria extrañísima. Estaba en el baño de mi habitación, en el hotel, sintiéndome un poco raro, y de pronto me desplomé. Di con la boca contra el canto del lavabo y antes de tocar el suelo había perdido el conocimiento. Al volver en mí, reparé en que me había hecho por delante y por detrás; de hecho yacía sobre los catastróficos resultados, pero pasaron horas hasta que pude moverme otra vez. Tenía la boca más hinchada cada vez, notaba el sabor de la sangre. Y pensé que en México había sobrevivido a todo, pero que aquí sucumbiría por un bocado de berenjena. Finalmente, sin embargo, logré arrastrarme hasta la bañera, me lavé y luego me quedé dormido.

Herbert también se recuperó, y al cabo de unas semanas los médicos lo dieron de alta. Regresó al barco, vio que nadie lo había tocado —Gordo continuaba en funciones de vigilante— y zarpó al norte hasta el puerto de Ixtapa, cerca de Acapulco. Mi barco había conseguido escapar de Puerto Madero, por fin, y en junio yo me encargaría de llevarlo hasta su destino en La Paz. Había encontrado la manera de hacer chárteres de forma legal en el mar de Cortés, y el plan era dejar el barco en perfectas condiciones para el invierno siguiente. Todo iba a salir bien, si exceptuamos, claro, las tremendas deudas que ya acumulaba.

Cuando llegué a Ixtapa en junio, casi no podía creer que fuera el mismo país. Ixtapa era todo lo que Puerto Madero ansiaba ser pero nunca lograría ser. También aquí el gobierno había subsidiado las obras, pero esto estaba pensado para turistas estadounidenses, no guatemaltecos. El faro tenía un restaurante dentro y no estaba hecho con malla de alambre. El náutico era una maravilla, yates de muchos millones de dólares al final de una larga tira de hoteles de lujo, y los precios más altos que yo había visto jamás. Herbert no lo había organizado bien y mi barco pagaba la tarifa diaria, más de 2.500 dólares en total. Fue otra debacle económica y tuve que pedir prestado a mi madre, como siempre. Menos mal que los chárteres de verano en Turquía prometían ser un éxito; ya no quedaban plazas para los viajes programados. Todo parecía indicar que la aventura turca me salvaría, sobre todo si encontraba la manera de comprar aquel barco más grande. Se avecinaban tiempos mejores.

Herbert no había instalado la hélice nueva que compré. Simplemente había hecho pequeños ajustes al motor con el fin de llevar el barco a puerto dentro del plazo. La pregunta lógica era por qué Herbert no había hecho eso mismo en el viaje anterior. Él, de todos modos, me recomendó que cambiara la hélice, ya que el trayecto que me quedaba a mí era bastante largo. Así que, una vez que estuve en shorts, me senté en el muelle con los pies metidos en el agua tibia. Era avanzada la tarde y una suave brisa rizaba la superficie.

La hélice estaría a un metro y medio de profundidad y metida otro tanto hacia la línea de crujía, difícil sin equipo de buceo. Y yo tenía una llave inglesa grande pero nada con que hacer palanca. No sabía muy bien cómo había que instalarla, era una más de esas tareas que me superaban. Pero, bueno, tenía mi careta y mi snorkel, me había atado la llave al brazo y atado también al muelle la hélice nueva, para no perderla.

Me sumergí. La sensación fue agradable. Después de ajustarme la careta, miré abajo, hacia la hélice, y vi que en el casco habían crecido muchas cosas. El barco era una cosa verde y peluda y difusa en un agua más turbia de lo que yo esperaba encontrar.

Me ajusté de nuevo la careta y el tubo y me disponía a bucear hasta la hélice y ponerme a ello cuando desvié un momento la vista hacia el otro lado, sobre la superficie del agua. No sé por qué lo hice, el caso es que vi la protuberancia de un hocico que surcaba el agua en mi dirección, emergiendo apenas a la superficie y dejando la más leve estela a su paso, y detrás un par de ojos prehistóricos. Un cocodrilo de los grandes, casi invisible, venía por mí.

No sé cómo, logré dar un salto en vertical hasta el muelle. Eso me pareció, al menos. Un momento antes estaba metido en el agua, a punto de morir, y al momento siguiente estaba a salvo. No puedo decir que hubiera transición entre ambos momentos. El cocodrilo estaba muy cerca de mí, a solo unos palmos, mucho más grande y pesado de lo que yo jamás habría podido imaginar, y de repente ya no estaba.

Cocodrilo, de David Vann
se terminó de imprimir en septiembre de 2015
en los talleres de Litográfica Ingramex, S.A. de C.V.
Centeno 162-1, Col. Granjas Esmeralda,
C.P. 09810 México, D.F.